RELOJES DE SANGRE

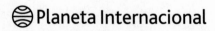 Planeta Internacional

LENI ZUMAS

RELOJES DE SANGRE

Traducción de Mariana Hernández

Planeta

Diseño de portada: Estudio la fe ciega / Domingo Martínez
Fotografías de portada: © Shutterstock / Alex Malikov y Blackday

Título original: *Red Clocks*

© 2018, Leni Zumas

Traducido por: Mariana Hernández Cruz

© 2018, Editorial Planeta Mexicana, S.A. de C.V.
Bajo el sello editorial PLANETA M.R.
Avenida Presidente Masarik núm. 111, Piso 2
Colonia Polanco V Sección
Delegación Miguel Hidalgo
C.P. 11560, Ciudad de México
www.planetadelibros.com.mx

Primera edición en formato epub: septiembre de 2018
ISBN: 978-607-07-5177-6

Primera edición impresa en México: septiembre de 2018
ISBN: 978-607-07-5180-6

Impreso en los talleres de Impresora Tauro, S.A. de C.V.
Av. Plutarco Elías Calles 396, col. Los Reyes Iztacalco, c.p. 08620, Ciudad de México.
Impreso en México – *Printed in Mexico*

Para Luca y Nicholas
per sempre

Porque nada era sencillamente una sola cosa.
También el otro era el faro.

VIRGINIA WOOLF

Nació en 1841, en una granja de ovejas de las Islas Feroe,

La exploradora polar creció en una granja cerca

En el Océano Atlántico norte, entre Escocia e Islandia, en una isla con más ovejas que gente, la esposa de un pastor dio a luz a una bebé que crecería para estudiar el hielo.

Los bloques de hielo representaban tal peligro para los barcos que cualquier investigador que conociera la personalidad de dicho hielo pudiera predecir su comportamiento era valioso para las compañías y los gobiernos que financiaban expediciones polares.

En 1841, en las Islas Feroe, en una cabaña con techo cubierto de pasto, en una cama que olía a grasa de ballena, de una madre que había parido nueve hijos y enterrado a cuatro, nació la exploradora polar Eivør Mínervudottír.

LA BIÓGRAFA

En una habitación para mujeres de cuerpos averiados, la biógrafa de Eivør Mínervudottír espera su turno. Lleva pants, tiene piel blanca y mejillas pecosas; no es joven, no es vieja. Antes de que la llamen a poner los pies en los estribos y sienta que empujan dentro de su vagina una varita que muestra fotografías negras de sus ovarios y útero en una pantalla, la biógrafa observa cada anillo de matrimonio de la sala. Piedras de verdad, gruesas alianzas con brillos. Viven en los dedos de mujeres que tienen sofás de piel y esposos solventes, pero cuyas células, conductos y sangres están fracasando en su destino animal. Como sea, esta es la historia que le gusta a la biógrafa. Es una historia simple y sencilla que le permite no pensar en lo que ocurre en las cabezas de las mujeres o en las de los esposos que a veces las acompañan.

La enfermera Crabby lleva una peluca rosa neón y un artilugio de tiras de plástico que deja al descubierto casi todo su torso, incluida buena parte del pecho.

—Feliz Halloween —explica.

—Igualmente —responde la biógrafa.

—Saquemos un poco de linaje.

—¿Disculpa?

—Sangre. Un anagrama.

—Mmm —dice la biógrafa amablemente percatándose del error.

Crabby no encuentra la vena de inmediato; tiene que hurgar, y duele.

—¿Dónde *está*, señora? —le pregunta a la vena. Meses de agujas han manchado y oscurecido la parte interna de los codos de la biógrafa. Afortunadamente, las mangas largas son comunes en esta parte del mundo.

—El tío Andrés volvió de visita, ¿verdad?

—Con furia.

—Bueno, Roberta, el cuerpo es un acertijo. Aquí vamos… Te *tengo*. —La sangre entra en la cámara en un chorro. Les dirá cuánta hormona foliculoestimulante, estradiol y progesterona produce el cuerpo de la biógrafa. Hay números buenos y malos. Crabby deja el tubo en una gradilla junto con otras pequeñas balas de sangre.

Media hora más tarde, alguien toca la puerta del cuarto de examinación: una advertencia, no una solicitud de permiso. Entra un hombre que lleva pantalones de piel, lentes de aviador y una peluca negra de rizos bajo un sombrero recto.

—Soy el tipo de esa banda —dice el doctor Kalbfleisch.

—Guau —dice la biógrafa, molesta por lo sexy que el médico se ha vuelto.

—¿Echamos un vistazo? —En un banco alto se coloca frente a las piernas abiertas de Roberta, dice «¡Ups!» y se quita los lentes de sol. Kalbfleisch jugaba futbol americano en una universidad de la Costa Este y sigue teniendo cara de chico de fraternidad. Tiene la piel dorada, es malo para escuchar. Sonríe mientras cita estadísticas desoladoras. La enfermera sostiene el expediente de la biógrafa y una pluma para apuntar las mediciones. El doctor enunciará qué tan grueso es el revestimiento, la magnitud de los folículos, cuántos de estos hay. Sumando a estos números la edad de la biógrafa (42), su nivel de hormona foliculoestimulante (14.3), la temperatura exterior (13) y el número de hormigas en el metro cuadrado de tierra que hay directamente debajo de ellos (87), obtendrán las probabilidades. La posibilidad de que tenga un bebé.

—Muy bien, Roberta, veamos qué es qué —dice poniéndose los guantes de látex con un chasquido.

En una escala del uno al diez, donde diez es el hedor penetrante de un queso viejo y uno ningún olor, ¿cómo calificaría el de la vagina de la biógrafa? ¿Cómo se compara con las otras vaginas que pasan por esta sala de examinación todos los días, años de vaginas, una multitud de fantasmas vúlvicos? Muchas mujeres no se bañan antes, están combatiendo un hongo o tan sólo apestan naturalmente en la parte inferior. Kalbfleisch ha encontrado algunos olores fétidos en su momento.

Desliza dentro la vara del ultrasonido, untada con gel azul neón, y presiona hacia arriba, contra la cérvix.

—Tu revestimiento está bien, es delgado —dice—. Cuatro punto cinco. Justo donde lo queremos. —En el monitor, el revestimiento del útero de la biógrafa es un tablero de tiza blanca en un mar negro, difícilmente algo que pueda medirse, le parece, pero Kalbfleisch es un profesional entrenado en cuya experiencia ella pone su confianza. Y su dinero; tanto, que los números parecen virtuales, míticos, pormenores de una historia sobre dinero más que acerca del dinero que alguien tenga realmente. La biógrafa, por ejemplo, no lo tiene. Utiliza sus tarjetas de crédito.

El doctor va hacia los ovarios, empuja e inclina la varita hasta obtener el ángulo que quiere.

—Este es el lado derecho. Buen montón de folículos…

Los óvulos son demasiado pequeños para poder verlos, incluso magnificados, pero pueden contarse sus sacos, hoyos negros en la pantalla grisácea.

—Hay que seguir cruzando los dedos —dice Kalbfleisch, conduciendo la varita hacia afuera.

Doctor, ¿de verdad mi montón es bueno?

Se aleja de la entrepierna de un giro y se quita los guantes.

—Durante varios de tus últimos ciclos —mira al expediente, no a ella— has tomado Clomid para estimular la ovulación.

14

Ella no necesita que se lo digan.

—Desafortunadamente, esto también ocasiona que el revestimiento uterino se encoja, así que les recomendamos a las pacientes lo suspendan durante periodos prolongados. Tú ya lo tomaste por un periodo largo.

Espere, ¿qué?

Ella debió haberlo investigado.

—Así que en esta ronda tenemos que probar con un protocolo diferente. Otro medicamento que, se sabe, mejora las probabilidades en algunos casos pregrávidos de edad avanzada.

—¿De edad avanzada?

—Es sólo un término clínico. —No levanta la mirada de la receta que escribe—. Ella te explicará el tratamiento y te volveremos a ver aquí en nueve días. —Le entrega el expediente a la enfermera, se levanta y se acomoda la entrepierna del pantalón de piel antes de marcharse rápidamente.

Imbécil, en feroés: *reyvarhol*.

—Tienes que comprar esto hoy y empezar a tomártelo mañana, con el estómago vacío. Durante diez días. Mientras lo tomes es posible que notes un olor desagradable en tus secreciones vaginales —explica Crabby.

—Genial —dice la biógrafa.

—Algunas mujeres consideran que el olor es bastante, eh, sorprendente —continúa—. Incluso inquietante, en realidad. Pero, pase lo que pase, no te hagas una ducha vaginal, pues podría introducir químicos en el canal, los cuales, si avanzan por tu cérvix, podrían, ya sabes, poner en riesgo el pH de la cavidad uterina.

La biógrafa no se ha hecho una ducha vaginal en su vida, ni conoce a nadie que lo haya hecho.

—¿Preguntas? —dice la enfermera.

—¿Qué hace el —mira la receta entornando los ojos— Ovutran?

—Estimula la ovulación.

—Pero, ¿cómo?

—Tendrías que preguntarle al doctor.

Ha sometido su zona íntima a todo tipo de invasiones sin comprender ni una fracción de lo que le están haciendo. De repente le parece terrible. ¿Cómo puede criar a un hijo sola sin siquiera averiguar qué le hacen a su zona?

—Me gustaría preguntarle ahora —dice.

—Ya está con otra paciente. Lo mejor sería que le llamaras a la oficina.

—Pero estoy aquí, *en* la oficina. ¿No puede, o hay alguien más que…?

—Lo siento; es un día superocupado. Es Halloween, y eso.

—¿Por qué tendría que estar más ocupado en Halloween?

—Es un día festivo.

—No es un día festivo *nacional*. Los bancos están abiertos, se entrega el correo.

—Tendrás que llamar a la oficina —dice Crabby lenta y cuidadosamente.

La biógrafa lloró la primera vez que no resultó. Estaba en la fila de la caja para comprar hilo dental, pues se había propuesto tener mejor higiene bucal ahora que sería madre, cuando sonó su teléfono: una de las enfermeras. «Lo siento, corazón, pero la prueba salió negativa». La biógrafa dijo gracias, está bien, gracias, y cortó la llamada antes de que se le empezaran a escurrir las lágrimas. A pesar de las estadísticas y de que Kalbfleisch le había dicho: «Este tratamiento no funciona para todas», la biógrafa pensó que sería fácil. Le chorrearon millones de espermas de un graduado en Biología de diecinueve años, cronometrados precisamente para estar presentes cuando se desprendiera el óvulo. El esperma y el óvulo colisionan en el cálido túnel; ¿cómo es posible que *no* ocurra la fertilización? «Ya no seas estúpida», escribió en su cuaderno después de «Acciones inmediatas».

Conduce al oeste por la carretera 22, hacia las colinas oscuras llenas de cicuta, abetos y píceas. Oregon tiene los mejores árboles de Estados Unidos, inmensos y de ramas despeinadas, siniestros en las alturas. Su gratitud por los árboles transforma su resentimiento hacia el doctor. A dos horas de su oficina, su carro llega a la cima de la ruta del risco y surge a la vista el campanario de la iglesia. Le sigue el resto de la ciudad, agazapada en los pliegues de las colinas que descienden hacia el agua. Sale humo de la chimenea del bar. Las redes de pesca se apilan en la playa. En Newville puede verse que el mar engulle la tierra, una y otra vez, sin detenerse. Millones de hectáreas de profundidades abisales. El mar no pide permiso ni espera instrucciones. No sufre por no saber qué demonios, exactamente, tiene que hacer. Hoy sus muros son altos, espuma blanca rasgada, que golpea con fuerza los farallones. «Mar furioso», dice la gente; sin embargo, la biógrafa considera que asignar emociones humanas a un cuerpo tan inhumano es en sí mismo incorrecto. El agua se alza por razones para las que la humanidad no tiene nombres.

PREPARATORIA CENTRAL COAST REGIONAL BUSCA PROFESOR DE HISTORIA (ESTADOS UNIDOS/UNIVERSAL). LICENCIATURA REQUERIDA. UBICACIÓN: NEWVILLE, OREGON, PUEBLO PESQUERO EN TRANQUILO PUERTO OCEÁNICO, BALLENAS MIGRATORIAS. DIRECTOR CON EDUCACIÓN DE IVY LEAGUE COMPROMETIDO CON CREAR AMBIENTE DE APRENDIZAJE DINÁMICO E INNOVADOR.

La biógrafa envió solicitud motivada por el «tranquilo puerto oceánico» y porque no se mencionaba que fuera necesaria experiencia en la enseñanza. Su breve entrevista consistió en que el director, el profesor Fivey, resumiera el argumento de sus novelas de navegación favoritas y citara dos veces el nombre de la universidad a la que asistió. Le dijo que podría hacer el curso de certificación como profesora en dos veranos. Durante siete años la biógrafa ha vivido al socaire de montañas verdes y neblinosas, acantilados de trescientos metros que se zambullen directamente en el mar. Llueve y llueve y llueve. Los camiones de troncos detienen el tráfico en la ruta del acantilado, la población local pesca o hace cosas para los turistas, el bar tiene una lista de viejos naufragios, la sirena de tsunamis se prueba una vez al mes y los estudiantes aprenden a decir «miss» como si fueran sirvientes.

Empieza las clases siguiendo su plan diario, pero cuando ve que las barbillas caen sobre los puños, decide abandonarlo. La Historia Universal de primer año, el mundo en cuarenta semanas con un tonto libro de texto que debe usar por contrato, no es soportable sin tomar algunos desvíos. Después de todo, estos chicos todavía no están perdidos. Alzan los ojos hacia ella con la mandíbula rellena de grasa infantil, y están a punto de que les importe una mierda. Aún les importa un poco, pero para la mayoría de ellos no será por mucho tiempo. Les indica que cierren sus libros, lo que ellos hacen felizmente. La observan con nueva quietud. Les contarán una historia; pueden volver a ser niños a los que no se les pide nada.

—Boudica era reina de la tribu celta de los icenos en lo que ahora es Norfolk, Inglaterra. Hacía algún tiempo que los romanos los habían invadido y gobernaban la tierra. Su esposo murió y les dejó su fortuna a ella y a sus hijas, pero los romanos ignoraron su testamento, tomaron la fortuna, azotaron a Boudica y violaron a las hijas.

Un chico: «¿Qué es azotar?».

Otro: «Dar fregadazos».

—Los romanos le dieron hasta por debajo de la lengua. —Alguien se ríe suavemente al oír esto, por lo que la biógrafa se siente agradecida—. En el año 61 de nuestra era, Boudica condujo a su pueblo a la rebelión. Los icenos pelearon con ganas. Replegaron a los romanos hasta Londres. Sin embargo, tengan en cuenta que los soldados romanos tenían muchos incentivos para ganar porque, si no lo hacían, podían esperar que los cocinaran en alambres y/o los hirvieran a muerte después de ver cómo les sacaban los intestinos del cuerpo.

—Lo máximo —dice un chico.

—Finalmente, las fuerzas romanas fueron demasiado para los icenos. Boudica se envenenó para evitar ser capturada, o se enfermó; de cualquier manera, murió. La victoria no es el punto. El punto es… —Se detiene, consciente de las veinticuatro pequeñas miradas.

En el silencio, alguien que se rio en voz baja aventura:

—¿No te metas con una mujer?

Eso les gusta. Les gustan los eslóganes.

—Bueno —dice la biógrafa—, *más o menos*. Pero, sobre todo, también debemos considerar…

El timbre.

Un estallido de chasquidos, deslizamientos, cuerpos felices de irse.

—¡Adiós, miss!

—Buen día, miss.

La que se rio un poco, Mattie Quarles, se demora cerca del escritorio de la biógrafa.

—Entonces, ¿de ahí viene la palabra inglesa *bodacious*?

—Ojalá pudiera decirte que sí —responde la biógrafa—, pero *bodacious* se originó en el siglo XIX, me parece. Es una mezcla de *bold*, valiente, y *audacious*, audaz. Me agrada, de todas maneras.

—Gracias, miss.

—De veras no hay necesidad de que me digan así —dice la biógrafa por milésima vez.

Después de la escuela se detiene en el Acme, tienda de abarrotes, de herramientas y farmacia a la vez. El asistente del farmacéutico es un chico —ahora un joven— al que le dio clases en su primer año en Central Coast, y ella odia el momento de cada mes en que le entrega la bolsita blanca con el frasquito naranja dentro. *Sé para qué es*, dice su mirada. Aun si su mirada en realidad no dice eso, le es difícil verlo. La biógrafa lleva otros artículos al mostrador (cacahuates sin sal, hisopos) con el fin de ocultar de alguna manera el medicamento para la fertilidad. La biógrafa no recuerda su nombre, pero sí se acuerda de que en clase, siete años atrás, admiraba sus largas pestañas negras; siempre parecían un poco húmedas.

Mientras espera en una sillita de plástico duro, con música de elevador y luz fluorescente, la biógrafa saca su cuaderno. En ese cuaderno todo tiene que estar en forma de lista, y cualquier lista es pertinente. COSAS QUE COMPRAR EN EL SÚPER. DISEÑOS DE LAS CORBATAS DE KALBFLEISCH. PAÍSES CON MÁS FAROS PER CÁPITA.

Empieza una lista nueva: ACUSACIONES DEL MUNDO.

1. Eres demasiado vieja.
2. Si no puedes tener un hijo de manera natural, no deberías tenerlo.
3. Todos los niños necesitan dos padres.
4. Los niños criados por madres solteras son más propensos a violaciones/asesinatos/consumo de drogas/bajas calificaciones en pruebas de aptitud.
5. Eres demasiado vieja.
6. Debiste pensarlo antes.
7. Eres egoísta.
8. Estás haciendo algo antinatural.
9. ¿Cómo se sentirá tu hija cuando comprenda que su padre es un masturbador anónimo?
10. Tu cuerpo es una cáscara seca.
11. ¡Eres demasiado vieja, pobre solterona!
12. ¿Estás haciendo esto porque te sientes sola?

—¿Miss? Su receta está lista.

—Gracias. —Firma en la pantalla del mostrador—. ¿Qué tal tu día?

Pestañas voltea las palmas de las manos hacia el techo.

—Si te hace sentir mejor —dice la biógrafa—, este medicamento me hará tener secreciones vaginales fétidas.

—Al menos es por una buena causa.

Ella se aclara la garganta.

—Son ciento cincuenta y siete dólares con sesenta y tres centavos —añade él.

—¿Perdón?

—Lo siento mucho, de verdad.

—¿Ciento cincuenta y siete dólares por diez pastillas?

—Su seguro no lo cubre.

—¿Por qué cara… mbas no?

Pestañas niega con la cabeza.

—Ojalá pudiera, pues, dárselo a escondidas, pero hay cámaras de seguridad en cada rincón de esta madre.

De niña, la exploradora Eivør Mínervudottír pasó muchas horas en el faro bañado por el mar cuyo cuidador era su tío.

Sabía que no debía hablar cuando él escribía en su libro de registros.

Que nunca debía encender un cerillo sin supervisión.

Sol poniente y cielo grana, buen tiempo para mañana.

Mantener la cabeza gacha en la sala de la linterna.

Orinar en el recipiente y dejarlo, y si hacía caca, envolverla en papel para pescado para tirarla a la basura.

LA CURANDERA

La gallina tullida pone dos huevos, uno cuarteado y uno entero. «Gracias», le dijo la curandera a la gallina, que era una Brahma negra con cresta roja y plumas pintas. Como cojea mucho —no es del club de las ganadoras—, es la favorita de la curandera. Es una felicidad diaria darle de comer, protegerla de los zorros y de la lluvia.

Con el huevo entero en el bolsillo, vierte el grano para las cabras. *Hans* y *Pinka* andan vagando por ahí pero regresarán a casa pronto; saben que ella no puede protegerlas si se alejan demasiado. Tres tejas se desprendieron del techo del cobertizo de las cabras: necesita clavos. Bajo el cobertizo solía dormir una liebre que cambiaba de color: café en el verano, blanca en el invierno. Odiaba las zanahorias y le encantaban las manzanas; la curandera se aseguraba de extraerles las semillas, venenosas para los conejos. La liebre era tan adorable que no le importaba si robaba alfalfa de las cabras o si dejaba bolitas de popó en su cama cuando le permitía entrar. Una mañana encontró su cuerpo destripado, un peludo saco de sangre. Se le llenó la garganta de furia contra el zorro o el coyote, el gato montés; *ustedes se lo llevaron*, pero sólo se alimentaban, *no debieron llevárselo*, las presas son escasas durante el invierno, *pero él era mío*. Lloró mientras cavaba. Colocó la liebre junto al viejo gato de su tía, dos pequeñas tumbas debajo del madroño.

En la cabaña, la curandera revuelve el huevo con vinagre y mostaza salvaje para una clienta que vendrá más tarde, una que sangra demasiado. La bebida contendrá su flujo, doloroso y lleno de coágulos. No tiene trabajo ni seguro médico. «Te puedo pagar con baterías», decía su nota. El huevo con vinagre quedó sellado en un frasco de vidrio que guardó en el fondo del frigobar, al lado de una rebanada de queso cheddar envuelta en papel aluminio. La curandera quiere el queso ahora mismo, en este momento, pero es sólo para los viernes; los dulces de regaliz negro son para los domingos.

Se alimenta principalmente del bosque. Berros y mastuerzo, diente de león, llantén. Salicornia y hierba pajarera, hierba de oso; asada es deliciosa. Raíz de bardana para hacer puré y freírla. Lechuga de minero y ortiga y, en pocas cantidades, pipa de indio (le encantan sus blancos tallos hervidos con limón y sal, pero demasiados te pueden matar). Y de los huertos y campos recoge avellanas, manzanas, arándanos y peras. Si pudiera vivir sólo de la tierra, sin cosas hechas por la gente, lo haría. Todavía no ha descubierto cómo, pero eso no significa que no lo averiguará. Les mostrará cómo lo hacen las Percival.

Su madre era una Percival, su tía era una Percival y la curandera ha sido una Percival desde los seis años, cuando su madre dejó a su padre porque él se iba casi todos los viernes por la tarde y no regresaba sino hasta el lunes, sin jamás decir por qué. «Esta mujer quiere saber por qué», decía la madre de la curandera, «¡al menos dime eso, denpejo! ¡Lugares y nombres! ¡Edades y ocupaciones!». Condujeron hacia el oeste cruzando el alto desierto de Oregon, sobre la cordillera de las Cascadas, madre fumando e hija escupiendo por la ventana, hacia la costa donde la tía de la curandera tenía una tienda donde vendía velas, runas y cartas del tarot. La primera noche, la curandera preguntó qué era ese ruido y supo que se trataba del océano.

—Pero, ¿cuándo se detiene?

—Nunca —respondió su tía—. Es perpetuo, si bien impermanente.

—Qué pretencioso, ¿no? —dijo la madre de la curandera.

La curandera preferiría, en cualquier situación, pretenciosa por encima de drogada.

Se acuesta desnuda con el gato, cerca del calor de la estufa; la lluvia tupida y constante en el techo, el bosque negro y los zorros en silencio; los polluelos de búho duermen en su caja-nido. *Malky* salta de su regazo y araña un poco la puerta.

—¿Te quieres empapar, denpejito?

Ojos salpicados de dorado la miran solemnemente; los flancos grises tiemblan.

—¿Tienes alguna novia a la que necesitas ir a ver?

Se quita la cobija de encima y abre la puerta; él sale como rayo.

Siempre que venía Lola de visita, *Malky* se escondía; ella pensaba que la curandera vivía sola en esa cabaña. «¿No te da miedo —preguntaba Lola— estar hasta acá arriba, en medio de la nada?».

Perra tonta, los árboles no son nada; tampoco los gatos, las cabras, las gallinas, los búhos, los zorros, los gatos monteses, los venados de cola negra, los murciélagos de orejas grandes, los halcones de cola roja, los juncos de ojos oscuros, las avispas de cabeza calva, las liebres que cambian de color, las mariposas negras ni los gorgojos de la vid; tampoco las almas que han dejado sus receptáculos mortales.

Sola con respecto a los *humanos*.

No había sabido de Lola desde el día de los gritos. No hubo notas en su apartado postal ni visitas. Fue algo más que gritos: una pelea.

Lola, con su adorable vestido verde, peleó; la curandera no. La curandera apenas dijo una palabra.

Ya pasó el mediodía, pero las cabras no han regresado a casa. Un retortijón de preocupación. El año pasado destruyeron un campamento cerca del camino. No fue su culpa: algún turista tonto dejó comida esparcida por el bosque. Cuando la curandera las encontró, el tipo le apuntaba a Hans con su rifle. «Más te vale que en lo sucesivo las mantengas en tu terreno —dijo—, porque me encanta el estofado de cabra».

En Europa alguna vez se enjuició a los animales que se portaban mal; no sólo colgaban a las brujas. Enviaron a un cerdo al patíbulo por comerse la cara de un niño, asaron una mula viva por haber sido penetrada por su dueño humano. Por el hecho antinatural de poner un huevo, quemaron a un gallo en la hoguera. A las abejas declaradas culpables de picar a un hombre y matarlo, las sofocaron en su panal y desecharon su miel asesina, no fuera a ser que infectara las bocas que la probaran.

La mujer con miel asesina en los dientes sangrará sal de donde se encuentran las dos curvas de la piel de los muslos. El sangrado salado comenzará al probar la miel de una abeja con la cara del diablo. Las caras de las abejas que han cometido asesinato se parecen a las de los perros muertos de hambre, cuyos ojos se vuelven cada vez más parecidos a los de los humanos conforme más hambre pasan. *Apis mellifera, Apis diabolus*. Si un pueblo fuera invadido por una nube de abejas con cara de diablo y estas dejaran caer gotas de miel en las bocas abiertas, el cuerpo de una mujer con un diente de miel, que sangra sal entre los muslos, habrá de ser atado a cualquier hoguera que la contenga. El enjambre de abejas se meterá en un barril que se arrojará al fuego que devora a la mujer. Los dientes de miel son los que se encienden primero; chispas azules en lo blanco antes de que el rojo de su lengua también se encienda, y los labios. Cuando se queman los cuerpos de las abejas huelen a tuétano caliente; el olor hace que los que miran vomiten, pero no dejan de mirar.

Se necesitaba un bote para llegar al faro, a cuatrocientos metros de la playa, y si azota una tormenta, pasabas la noche en un saco de reno sobre el suelo inclinado de la habitación del vigía.

Durante las tormentas, la exploradora polar se paraba en la galería de la linterna, aferrándose al barandal como si su vida dependiera de ello, porque así era. Le encantaba cualquier circunstancia en que la supervivencia no estuviera asegurada. La amenaza de que el agua la arrastrara por encima del barandal la despertaba del estado de ~~letargo~~ modorra que sentía en casa picando ruibarbo, rompiendo huevos de frailecillo, desollando ovejas muertas.

LA HIJA

Creció en una ciudad que nació del terror a la vastedad del espacio, donde las calles forman una apretada cuadrícula. Los hombres que construyeron Salem, Oregon, eran misioneros metodistas blancos que seguían a los tramperos blancos del comercio de pieles al noroeste del Pacífico, y los misioneros se mostraban menos entusiasmados que los tramperos con la naturaleza que brotaba en todas direcciones. Establecieron su ciudad en un valle donde el pueblo kalapuya había pescado, cosechado y acampado en invierno durante siglos; en la década de 1850, el gobierno de Estados Unidos obligó a los indios a vivir en reservas. En el valle que se robaron, los blancos se amontonaron y se encogieron, hicieron todo más pequeño. El centro de Salem es una caja de calles nombradas al estilo británico: Church, Cottage y Market; Summer, Winter, East.

La hija conocía cada centímetro de su ordenado vecindario urbano. Aún se está aprendiendo cada centímetro de Newville, donde los humanos son menos y la naturaleza más.

Se para en la sala de la linterna del faro de Gunakadeit, al norte del pueblo, adonde fue después de la escuela con la persona que espera nombrar oficialmente su novio. Desde ahí puede ver unos acantilados enormes que emergen del océano, con vetas de óxido y musgo verde; en el borde se reúnen como soldados unos pinos gigantescos, y árboles enanos se proyectan en la pendiente de la superficie rocosa. Puede verse espuma de un blanco plateado azotar los tobillos de los acantilados. El puerto, los botes anclados y el océano más allá, una pradera azul drapeada que se extiende hasta el horizonte, cortada por barras de verde. Lejos de la playa: una aleta negra.

—Es aburrido aquí —dice Ephraim.

¡Mira la aleta negra! —quiere decirle ella—. *¡Los árboles enanos!*

—Sí —dice y le toca la quijada, manchada con una barba nueva. Se besan un rato. A ella le encanta, excepto por los empujones de lengua.

¿La aleta es de un tiburón? ¿Podría ser de ballena?

Ella se aparta de Ephraim para ver el mar.

—¿Qué?

—Nada.

Se fue.

—¿Quieres brincotear? —pregunta él.

Corren por la escalera de caracol; las suelas de sus botas resuenan contra la piedra, y se suben al asiento trasero de su coche.

—Creo que vi una ballena gris. ¿Tú…?

—Nop —responde Ephraim—. Pero ¿sabías que las ballenas *azules* tienen el pito más grande de todos los animales? Miden entre dos y tres metros.

—Los de los dinosaurios eran más grandes.

—No jodas.

—Sí, mi papá tiene un libro… —Se detiene: Ephraim no tiene padre. El padre de la hija, aunque es molesto, la quiere más que todo el oro del mundo—. En fin —dice—, un chiste: un esqueleto le dice a otro esqueleto: «¿Quieres que te cuente un chiste?». Y el segundo esqueleto responde: «Sólo si no es a mis costillas».

—¿Cuál es el chiste?

—Pues «a mis costillas». Son huesos.

—Es un chiste para niños.

Era el chiste favorito de su mamá. No es culpa suya que él no supiera que las costillas eran huesos.

—Basta de *hablar*. —Se dispone a besarla, pero ella lo esquiva y le muerde el hombro a través de la playera de algodón de manga larga, tratando de abrirle la piel, pero también de no hacerlo. Él le baja los calzones tan rápido que parece un profesional. Su pantalón ya está tirado en algún rincón del coche, a lo mejor sobre el volante, a lo mejor abajo del asiento delantero; también los jeans de él y su sombrero.

Ella alcanza su pene y le envuelve la cabeza con la palma, como si la estuviera puliendo.

—Así no… —Ephraim le mueve la mano para que agarre la pene completo. Arriba abajo arriba abajo arriba abajo—. Así.

Él se escupe en la mano, se moja el pene y lo guía adentro de su vagina. Empuja adelante y atrás. Se siente bien, pero no maravilloso; definitivamente no tan maravilloso como dicen que se debería sentir, y tampoco ayuda que no deje de golpearse la nuca con la manija de la puerta. Sin embargo, la hija también ha leído que requiere tiempo volverse bueno en el sexo y disfrutar de él, en especial para la mujer. Él tiene un orgasmo con el mismo gemido agitado que al principio le pareció raro, pero al que se está acostumbrando, y a ella le alivia dejar de golpearse la cabeza con la manija de la puerta, así que sonríe. Ephraim sonríe también, y ella siente un escalofrío al ver la leche pegajosa que escurre de su cuerpo.

Al principio la exploradora iba al faro siempre que se lo permitían, y una vez que pudo manejar el bote sola, iba incluso cuando se lo prohibían. A su tío Bjartur le causaba lástima que su padre estuviese muerto, así que la dejaba llegar aunque le molestaban sus preguntas; era cuidador de un faro, Dios lo sabía, porque prefería su propia compañía, pero su maltrecho corazón le dio para dejar a esta pequeña, Eivør, la hija menor de su hermana favorita, correr por las escaleras de caracol y rebuscar en su baúl de escombros de barcos y observar el clima sobre las empapadas puntas de los pies.

LA ESPOSA

Entre el pueblo y la casa hay un camino largo y sinuoso que abraza el acantilado, que se eleva y desciende y vuelve a elevarse.

En la curva más cerrada, con un mísero muro de contención, la mandíbula de la esposa se tensa.

¿Qué pasaría si quitara las manos del volante y se dejara ir?

El auto saldría disparado entre las ramas superiores de los pinos de la costa, abriendo una buena estela verde; daría una voltereta antes de ganar velocidad, volaría sobre las rocas y caería al agua, se hundiría para siempre y…

Después de pasar la curva, relaja la mandíbula.

Ya casi en casa.

Esta semana es la segunda vez que se lo imagina.

Tan pronto guarde la despensa que compró, se permitirá unos minutos arriba. No los matará ver una pantalla.

¿Por qué compró la carne de libre pastoreo? Son doce dólares más por kilo.

Es la segunda vez esta semana.

Dicen que la carne de libre pastoreo tiene las mejores grasas.

Puede que sea completamente común, tal vez todo mundo se lo imagina, quizá no tan seguido como dos veces por semana, pero…

Al otro lado del camino sufre un animalito. Oscuro, como de treinta centímetros de largo.

¿Una zarigüeya? ¿Un puercoespín? Trata de cruzar.

Tal vez incluso sea sano imaginárselo.

Más cerca: negro de quemado, chamuscado hasta parecer hule.

Tiembla.

Ya muerto, todavía tratando.

¿Qué lo quemó? ¿O quién?

—¡Harás que choquemos! —dicen desde el asiento trasero.

—No chocaremos —responde la esposa; su pie es capaz y firme. Nunca chocarán con su pie en el freno.

¿Quién quemó a ese animal?

Convulsionándose, temblando, ya tan muerto. El pelo chamuscado, la piel negra como chapopote.

¿Quién te quemó?

Más cerca: es una bolsa negra de plástico.

Pero ella no puede borrarse la imagen de esa cosa temblando, quemada y muerta y tratando.

En la casa: desabrochar el cinturón, desenredar, levantar, cargar, bajar.

Desempacar, guardar.

Deshebrar tiras de queso.

Distribuir tiras de queso.

Colocar a Bex y a John frente a una caricatura aprobada.

Arriba, la esposa cierra la puerta del cuarto de costura y se sienta con las piernas cruzadas sobre la cama. Fija la mirada en el muro blanco rasguñado.

Sus dos niños dan alaridos y aullidos. Ruedan y saltan, golpean y tontean, aporrean la alfombra pelada con sus pequeños puños y talones.

Son suyos, pero no puede entrar en ellos.

Ellos no pueden regresar a su interior.

Blanden los puños: Bex con más energía, pero John con valentía.

¿Por qué le pusieron John? No es un nombre de alguien de la familia y es casi tan aburrido como el de la esposa. Bex dijo: «Le pondré Yarnjee al bebé».

¿Es John valiente o tonto? Se retuerce a propósito mientras su hermana tira puñetazos. La esposa no les dice «¡Sin pegar!» porque no desea que se detengan: quiere que se cansen.

Recuerda la razón por la que se llama John: porque todo mundo puede escribirlo y decirlo. John, porque su padre detesta corregir la pésima pronunciación en inglés de su propio nombre; los errores burocráticos. John es a veces *Jean-voyage*, y Ro lo llama Plinio el Joven.

En la última hora, los niños han:

Rodado y saltado.

Comido palomitas que sobraron, revueltas con yogur de limón.

Preguntado a la esposa si pueden ver más televisión.

Les ha dicho que no.

Dado lata a su antojo.

Tirado la lámpara de pie.

Roto una pestaña.

Preguntado a la esposa por qué un ano está en el espacio si debería estar entre las nalgas.

Cacheteado y tonteado.

Preguntado a la esposa qué hay de cenar.

Les han respondido que espagueti.

Preguntado a la esposa qué tipo de salsa cree que es mejor para pasta de nalgas.

La carne de libre pastoreo sangra dentro de la bolsa de plástico. ¿Estar en contacto con el plástico cancela sus cualidades? No debería desperdiciar carne cara en una mera salsa para espagueti. ¿Marinarla esta noche? Hay un tarro de salsa comercial en la…

—Sácale el dedo de la nariz.

—Pero le gusta —responde Bex.

Y brócoli. Esos bollitos precocidos son deliciosos, pero no combinan con la pasta.

Por favor, barra de chocolate con almendras y sal de mar guardada en el cajón de la cocina, debajo de los mapas, por favor, sigue estando ahí.

—¿Te gusta tener el dedo de tu hermana metido en la nariz?

John sonríe, se agacha y asiente.

—¿Cuándo carajos estará la cena?

—¡¿Qué?!

Bex sabe cuál es su crimen; le lanza a la esposa una mirada astuta.

—Quise decir «cuándo rayos».

—Dijiste otra cosa. ¿Sabes siquiera lo que significa?

—Es malo —responde Bex.

—¿Alguna vez usa Mattie esa palabra?

—Emm…

¿Qué lado elegirá su niña: proteger o incriminar?

—Creo que tal vez sí —dice Bex con angustia.

Bex adora a Mattie, la niñera buena, preferida por mucho a la señora Costello, la mala. La niña, cuando miente, se parece mucho a su padre. Los ojos hundidos, que a la esposa alguna vez le parecieron cautivadores, no son los que habría deseado para su hija; dentro de no mucho, los ojos de Bex tendrán círculos morados.

Pero ¿qué importará cómo luzca la niña si es feliz?

Al mundo le importará.

—Respondiendo a tu pregunta, la cena estará cuando me dé la gana.

—¿Cuándo te dará la gana que esté?

—No sé —responde la esposa—. Tal vez simplemente no cenaremos hoy.

Barra de chocolate. Con almendras. Y sal de mar.

Bex frunce el ceño de nuevo, pero esta vez sin malicia.

La esposa se arrodilla sobre el tapete y acerca sus cuerpos al suyo, los aprieta y abraza.

—¡Ay, duendecillos! No se preocupen: claro que vamos a cenar. Sólo bromeaba.

—A veces haces bromas muy malas.

—Es verdad, lo siento. Predigo que la cena estará a las seis y cuarto de la tarde, hora estándar del Pacífico. Predigo que la cena consistirá en espagueti con salsa de tomate y brócoli. Entonces, ¿qué tipo de duendecillos son hoy?

—De agua —dice John.

—De madera —responde Bex.

Hoy es la fecha marcada con una pequeña «P» negra en el calendario de la cocina, lo que significa «preguntar».

Preguntarle de nuevo.

Desde la ventana salediza, cuyo marco tiene la pintura descarapelada y posiblemente llena de plomo —se le sigue olvidando hacer una cita para que les realicen pruebas a los niños—, la esposa observa a su esposo caminar con pesadez por la entrada, con las piernas cortas dentro de jeans demasiado apretados para él, demasiado juveniles. Le dan horror los pantalones de papá e insiste en vestirse como cuando tenía diecinueve años. Su bolsa de hombro golpea contra uno de sus delgados muslos.

—Ya llegó —anuncia.

Los niños corren para saludarlo. Antes adoraba imaginar este momento: el hombre llega a casa del trabajo y los niños le dan la bienvenida; es un momento perfecto porque carece de pasado o futuro: no importa de dónde viene o qué pasará después de la recepción; solamente importa el alegre encuentro, el «¡Ya llegaste, papi!».

—¡Fi fai fo fu! *¡Je sens le sang* de dos niñitos estadounidenses-quebequenses blancos de clase media! —Los duendecillos hacen barullo a su alrededor—. ¡A ver, a ver! ¡Ya cálmense, eh! —exclama, pero está contento con John colgado de su hombro y Bex

38

abriendo su bolsa para ver si hay golosinas de la máquina expendedora. A ella le gusta lo salado, como a él. ¿Sacó todas sus características de él? ¿Qué hay en ella de la esposa?

La nariz; se salvó de la nariz de Didier.

—Hola, *meuf* —saluda agachándose para bajar a John al piso.

—¿Cómo estuvo el día?

—El infierno de siempre. Bueno, de hecho no fue el de siempre: corrieron a la maestra de música.

Qué bien.

—¡Hola, infierno! —dice Bex.

—Nosotros no decimos *infierno* —replica la esposa.

Me da gusto que se haya ido.

—Papi…

—Quise decir *invierno* —dice Didier.

—Niños, quiero que recojan esos bloques del suelo. Alguien se puede tropezar. ¡Ahora mismo! Pero pensé que todos adoraban a la maestra de música…

—Crisis presupuestaria.

—¿O sea que no la sustituirán?

Él se encoge de hombros.

—¿Entonces ya no habrá clases de música?

—Tengo que orinar.

Cuando sale del baño, ella está recargada en el barandal de la escalera, escuchando a Bex darle órdenes a John para que recoja los bloques del suelo.

—Deberíamos conseguir a alguien que haga la limpieza —comenta Didier, por tercera vez este mes—. Acabo de contar los vellos púbicos en el borde del escusado.

Y la costra de jabón en el lavabo.

El polvo negro del rodapié.

Bolas suaves de cabello rubio en cada esquina.

Barra de chocolate con almendras y sal de mar en el cajón.

—No podemos pagarlo —responde la esposa—, a no ser que

ya no contratemos a la señora Costello, pero no voy a renunciar a esas ocho horas.

Ella mira sus ojos azul-gris, al nivel de los suyos. Muchas veces ha deseado que Didier fuera más alto. ¿Su deseo es consecuencia de la socialización, o una adaptación evolutiva de los tiempos en que alcanzar comida de un árbol más alto era una ventaja de vida o muerte?

—Pues —responde él— *alguien* necesita empezar a hacer limpieza. Esto ya parece una central de autobuses.

No le preguntará esa noche.

Anotará una «P» de nuevo, en otra fecha.

—Por cierto, había doce —dice Didier—. Ya sé que tienes cosas que hacer, no digo que no; pero ¿podrías, tal vez, lavar el escusado de vez en cuando? Doce pelos.

Cielo rojo a la alborada: cuidado, que el cielo se enfada.

LA BIÓGRAFA

No puede ver el océano desde su departamento, pero sí lo puede oír. La mayor parte de los días, entre las cinco y las seis treinta de la mañana, se sienta en la cocina a escuchar las olas y a trabajar en su estudio sobre Eivør Mínervudottír, una hidróloga polar del siglo XIX cuya investigación pionera sobre los bloques de hielo se publicó con el nombre masculino de un conocido. No existe un libro sobre Mínervudottír, sólo menciones tangenciales en otros libros. Ahora la biógrafa ya tiene una multitud de notas, un esquema, algunos párrafos. Una maraña de borrador, más huecos que palabras. En la pared de la cocina pegó una foto del estante de la librería de Salem donde vivirá su libro. La foto le recuerda que lo terminará.

Abre el diario de Mínervudottír, traducido del danés. «Admito que temía el ataque de un oso polar, y los dedos me dolían todo el tiempo». Una mujer hace mucho tiempo muerta que vuelve a la vida. Sin embargo, ese día, mientras observa el diario fijamente, la biógrafa no puede pensar. Tiene el cerebro confuso y punzante por el nuevo medicamento para los ovarios.

Se sienta en el auto con el radio encendido, la garganta temblándole por los asomos de vómito, hasta que ya va lo suficientemente tarde a la escuela como para que no le importe si el Ovutran hace más lenta la reacción ojo-pie-freno. Los caminos tienen muros de contención. La frente le pulsa con fuerza. Ve que un encaje negro cruza a lo largo del parabrisas y lo desaparece de un parpadeo.

Hace dos años, el Congreso de Estados Unidos ratificó la Enmienda de Estatus de Persona, que da derecho constitucional a la vida, la libertad y la propiedad a un óvulo fertilizado desde el momento de la concepción. Ahora el aborto es ilegal en los cincuenta estados. Quienes lo practican pueden recibir cargos de asesinato en segundo grado; quienes buscan hacerse uno, cargos de conspiración para cometer un asesinato. La fertilización *in vitro* también se prohibió a nivel federal, porque la enmienda proscribe la transferencia de embriones del laboratorio al útero. (Los embriones no pueden dar su consentimiento para que los transfieran).

Cuando ocurrió, ella daba clases de Historia tranquilamente. Una mañana despertó con un presidente electo por el que no había votado. Ese hombre pensaba que las mujeres que perdían un embarazo debían pagar por el funeral del tejido fetal y que un técnico que dejara caer accidentalmente un embrión durante una transferencia *in vitro* sería culpable de homicidio imprudencial. Había oído que hubo manifestaciones de alegría en los jardines del centro de retiro de su padre en Orlando. Marchas en las calles de Portland. En Newville: una calma salobre.

A falta de sexo con un hombre con el que no habría querido acostarse en otras circunstancias, el Ovutran, las varitas vaginales lubricadas y los dedos mágicos del doctor Kalbfleisch son el único camino biológico que le queda. Inseminación intrauterina. A su edad, no es mucho mejor que una jeringa para pavos.

Hace tres años está inscrita en la lista de espera para adoptar. En su perfil de madre adoptiva describió ansiosa y prolijamente su trabajo, su departamento, sus libros favoritos, a sus padres, a su hermano (omitiendo su adicción a las drogas), y la belleza salvaje de Newville. Añadió una fotografía en la que se veía amigable pero responsable, divertida pero estable, alivianada pero de clase media alta. Después depositó el suéter rosa coral que se compró para esa foto en el bote de donaciones de ropa que había afuera de la iglesia.

En el comienzo, claro, le advirtieron: las madres biológicas tendían a elegir parejas heterosexuales casadas, en especial si la pareja era blanca. Sin embargo, no todas las madres biológicas elegían así. Le dijeron que cualquier cosa podía suceder. El hecho de que estuviera dispuesta a aceptar un niño más grande o que necesitara cuidados especiales hacía que las probabilidades estuvieran a su favor.

Supuso que tomaría un tiempo, pero que finalmente ocurriría.

Pensó que por lo menos llevaría a cabo un periodo de acogida que, si marchaba bien, podía llevar a una adopción.

Entonces, el nuevo presidente se mudó a la Casa Blanca.

Tuvo lugar la Enmienda de Estatus de Persona.

Una de las ondas que tuvo como secuelas: la Ley Pública 116-72.

El 15 de enero, en menos de tres meses, la ley, también conocida como Todo Niño Necesita Dos, tendría efecto. Su misión: «Restaurar la dignidad, fortaleza y prosperidad de las familias estadounidenses». Las personas solteras estarían legalmente impedidas para adoptar niños. Además de licencias de matrimonio válidas, todas las adopciones requerirían aprobación por medio de una agencia bajo regulación federal, lo que haría que las transacciones privadas fueran delito.

Atontada por el Ovutran, subiendo pesadamente los escalones de Central Coast Regional, la biógrafa recuerda su paso por el equipo preparatoriano de carreras. «¡Mueve las piernas, Stephens!», gritaría el entrenador cuando sus músculos estuvieran a punto de rendirse.

Informa a los alumnos de primer grado que deben eliminar de sus ensayos la frase «La historia nos dice».

—Es un tic retórico obsoleto. No significa nada.

—Pero sí nos dice algo —comenta Mattie—. La historia nos dice que no repitamos sus errores.

—Es posible que lleguemos a esa conclusión por medio del *estudio* del pasado, pero la historia es un concepto; no habla con nosotros.

Las mejillas de Mattie —blancas, frías, con venas azules— se ponen rojas. No está acostumbrada a que la corrijan, se avergüenza con facilidad.

Ash levanta la mano.

—¿Qué le pasó en el brazo, miss?

—¿Qué? Ah. —La biógrafa lleva la blusa remangada por encima del codo. La jala hacia abajo—. Doné sangre.

—Parece que donó litros. —Ash se frota la nariz de cerdito—. Debería demandar al banco de sangre por difamación.

—Por *desfiguramiento* —dice Mattie.

—Sí, la desfiguraron, miss.

Hacia el mediodía se desvanece la pulsación turbia que sentía detrás de las cejas. En la sala de profesores come frituras de maíz inflado y observa al profesor de Francés picar algo parecido a unos dedos rosados de una caja de comida china para llevar.

—Algunas especies de camarones producen luz —le dice—. Son como antorchas que flotan en el agua.

¿Cómo puedes criar a un hijo sola cuando lo único que almuerzas son frituras de maíz de la máquina expendedora?

Él gruñe y mastica.

—Estos camarones no.

Didier no tiene un interés particular por el francés pero, como primera lengua en su Montreal de origen, lo puede hablar hasta en sueños. Era como enseñar a caminar o a sentarse. Culpa a su esposa por ese predicamento. Durante su primera conversación con la biógrafa, hace años, mientras comían galletas y queso crema en la sala, le explicó:

—Ella me dice: «Además de cocinar no tienes otras habilidades, pero cuando menos puedes enseñar francés, ¿verdad?...». Entonces, pues *ici. Je. Suis.* —La biógrafa se imaginó entonces a Susan Korsmo como un enorme cuervo blanco que oscurecía la vida de Didier con sus grandes alas.

—Los camarones tienen muchísimo colesterol —dice Penny, la maestra principal de Literatura, mientras quita las semillas a unas uvas en la mesa.

—Esta sala es donde muere mi alegría —dice Didier.

—Uy, qué triste. Ro, necesitas nutrirte. Toma un plátano.

—Es del profesor Fivey —dice la biógrafa.

—¿Cómo podríamos estar seguros?

—Le escribió su nombre.

—Fivey sobrevivirá a la pérdida de una fruta —dice Penny.

—Uyy —La biógrafa se toca las sienes.

—¿Estás bien?

—Sólo me levanté demasiado rápido —responde tambaleándose de vuelta a la silla.

Los altavoces cobran vida con un chisporroteo, tosen dos veces.

—Atención, estudiantes y maestros. Atención. Este es un anuncio de emergencia.

—Por favor, que sea un simulacro de incendio —dice Didier.

—Tengamos todos al director Fivey en nuestros pensamientos el día de hoy. Su esposa está internada en el hospital en situación crítica. El director estará fuera del campus hasta nuevo aviso.

—¿Tiene que anunciarles eso a todos? —pregunta la biógrafa.

—Repito —dice la prefecta—: la señora Fivey está en situación crítica en el Hospital Umpqua.

—¿En qué habitación? —le grita Didier a la bocina montada en la pared.

La esposa del director siempre acude a la reunión navideña con vestidos de coctel pegados al cuerpo. Y cada Navidad, Didier dice: «La señora Fivey se está poniendo sexy».

La biógrafa maneja a casa para acostarse en el suelo en ropa interior.

Su padre la llama otra vez. Han pasado días, ¿semanas?, desde la última vez que le contestó.

—¿Qué tal Florida?

—Tengo curiosidad por tus planes para Navidad.

—Faltan meses, papá.

—Pero es mejor que reserves el vuelo con anticipación. Las tarifas se dispararán. ¿Cuándo salen de vacaciones en la escuela?

—No sé. ¿El 23?

—¿Tan cerca de Navidad? Por Dios.

—Yo te digo, ¿está bien?

—¿Tienes planes para el fin de semana?

—Susan y Didier me invitaron a cenar. ¿Y tú?

—A lo mejor voy al centro comunitario para ver los nabos humanos a los que alimentan. A no ser que mi espalda me lo impida.

—¿Qué te dijo la acupunturista?

—*Ese* es un error que no cometería dos veces.

—A mucha gente le funciona, papá.

—Es vudú, carajo. ¿Llevarás un acompañante a la cena de tus amigos?

—Nop —contesta la biógrafa y se prepara para la siguiente oración de su padre; se le pone tenso el rostro de tristeza porque su padre no puede evitarlo.

—Ya es hora de que encuentres a alguien, ¿no crees?

—Estoy bien, papá.

—Bueno, pues yo *me preocupo*, niña. No me gusta la idea de que estés tan sola.

Ella podría reiterar la lista usual («Tengo amigos, vecinos, colegas, gente del grupo de meditación»), pero no necesita justificar frente a su padre su aceptación de estar sola; una aceptación ordinaria, sin heroísmo. El sentimiento es de ella. Simplemente puede sentirse bien y no explicarse o disculparse por eso, ni esgrimir argumentos contra el argumento de que *en realidad* no se siente contenta y se está engañando para protegerse.

—Bueno, papá. Tú también estás solo.

Puede confiar en que cualquier referencia a la muerte de su madre le callará la boca.

Estuvo con Usman durante seis meses, en la universidad. Con Victor durante un año, en Minneapolis. Relaciones de cuando en cuando. No es una persona de largos plazos. Le gusta su propia compañía. Sin embargo, antes de su primera inseminación, la biógrafa se obligó a consultar los sitios de citas por internet. Navegó un rato y peló los dientes. Navegaba y sentía una depresión que le aplastaba el pecho. Una noche de verdad lo intentó. Eligió el sitio menos cristiano y empezó a escribir.

¿CUÁLES SON TUS TRES MEJORES CUALIDADES?

1. Independencia
2. Puntualidad
3.

¿EL MEJOR LIBRO QUE HAYAS LEÍDO RECIENTEMENTE?

Actas del Tribunal de Investigación del «Proteus» sobre la expedición de rescate de Greely de 1883

¿QUÉ TE FASCINA?

1. Cómo el frío detiene el agua
2. Los patrones que el hielo traza en la piel de un perro de trineo muerto
3. El hecho de que Eivør Mínervudottír perdiera dos dedos a causa del congelamiento

Sin embargo, la biógrafa no tenía interés en contarle eso a nadie. Borrar, borrar, borrar. Por lo menos podía decir que lo había intentado. Al día siguiente pidió una cita en la clínica de medicina reproductiva de Salem.

Su terapeuta pensó que iba demasiado rápido. «¿Apenas decidiste hacerlo y ya elegiste un donante?», dijo.

Ay, terapeuta, ¡si supieras lo rápido que puede elegirse un donante! Enciendes la computadora. Seleccionas las casillas de raza, color de ojos, educación, estatura. Aparece una lista. Lees algunos perfiles. Haces clic en COMPRAR.

En el espacio de comentarios de Maternidad sin Pareja por Elección, una mujer escribió: «Pasé más tiempo podando mis rosas que seleccionando un donante».

Sin embargo, como le explicó la biógrafa al terapeuta, *no* eligió rápidamente. Leyó con cuidado. Se esforzó. Se sentó durante horas en la mesa de la cocina a mirar los perfiles. Esos hombres habían escrito ensayos sobre sí mismos. Enumeraban sus fortalezas personales. Recordaban momentos de júbilo infantil y describían los rasgos de sus abuelos que más les agradaban. (Por cien dólares por eyaculación, con gusto hablaban de sus abuelos).

La biógrafa tomó notas de docenas y docenas…

PROS

1. Se llama a sí mismo «lector ávido»
2. «Pómulos fantásticos» (personal)
3. Disfruta «los desafíos mentales y los acertijos»
4. Para un hijo futuro: «Espero saber de ti en dieciocho años»

CONTRAS

1. Muy mala caligrafía
2. Evaluador comercial de bienes raíces
3. De su propia personalidad: «No soy demasiado complicado»

… Después, lo redujo a dos. El donante 5546 era un entrenador deportivo que el personal del banco de esperma describió como «guapo y encantador». El donante 3811 era un graduado en Biología con respuestas bien escritas en los ensayos; la manera afectuosa en que describió a sus tías hizo que le cayera bien a la biógrafa; pero ¿y si no era tan guapo como el primero? Los historiales de salud de ambos eran perfectos, o eso decían ellos. ¿La biógrafa era tan superficial para que la persuadiera el aspecto físico? ¿Pero quién querría a un donante feo? Sin embargo, el 3811 no era necesariamente mal parecido. ¿La fealdad era un problema? Lo que ella quería era buena salud y buen cerebro. El donante 5546 afirmaba rebosar salud, pero no estaba segura de su inteligencia.

Así que compró muestras de los dos. No se topó con el 9072, el tercero perfecto, hasta un par de meses después.

—¿Sientes que no mereces una pareja? —preguntó el terapeuta.

—No —respondió la biógrafa.

—¿Te sientes pesimista acerca de encontrar una pareja?

—No necesariamente *quiero* una pareja.

—¿Es posible que tu actitud sea una forma de autoprotección?

—¿Quiere decir que me estoy evadiendo?

—Es otra manera de expresarlo.

—Si digo que sí, entonces no me estoy engañando. Y si digo que no, es mayor prueba de engaño.

—Tenemos que terminar ahí —dijo el terapeuta.

A la exploradora polar le gustaba pararse en la azotea cubierta de pasto de la cabaña de dos habitaciones y pensar en que sus pies quedaban justo arriba de la cabeza de su madre —que estaba mezclando o cortando o aporreando—, y en cuántos centímetros de pasto y tierra había entre ellas, y en cómo ella estaba arriba, su madre abajo, revirtiendo el orden, poniendo el mundo de cabeza, sin que nadie pudiera decirle que eso no se podía hacer.

Después la llamaban para que ayudara a hervir el frailecillo.

LA CURANDERA

Regresa a casa de la biblioteca por el camino largo, pasando por la escuela. La campanada de las tres de la tarde resuena enorme sobre el puerto; hay hojuelas de bronce que gotean lentamente sobre el agua, campana en su boca, campana en su vaina. Se abren las puertas azules de la escuela: botas, bufandas y gritos. Medio escondida detrás de un cerezo amargo, la curandera espera. Un hilo de linternas de Aristóteles —los puntiagudos dientes de los erizos de mar— cuelga de su cuello como protección. La semana pasada estuvo aquí durante una hora hasta que salió el último niño y las puertas se cerraron, pero la chica a la que esperaba no apareció.

La curandera no tuvo muy buen desempeño en Central Coast Regional, que abandonó hace quince años sin un certificado. «No logra cumplir con los estándares mínimos. Actúa deliberadamente con desinterés hacia lo que sucede en las clases». ¡Qué idiotas! No actuaba; su mente ni siquiera estaba en el aula. La curandera se aseguró de nunca hablar en las clases, excepto con almas perdidas o con la luna bulbosa que bajaba hacia el estómago del océano. Sus neuronas tamborileaban dentro de su cráneo, huían al camino que va al bosque, donde la madre topo yacía abierta y desgarrada por el búho, sus crías desperdigadas como semillas rojas; o a las franjas de algas marinas que los cangrejos transformaron en laberintos. Su cuerpo estaba en el aula, pero su mente no.

Atraviesan las puertas azules, chicos y grandes, bien arropados para el clima: hijos de pescadores, hijas de tenderos, hijos de meseras. Chicas con maquillaje corrector en las mejillas, párpados oscurecidos y labios escarlata; no son la chica a la que espera. La chica a la que espera no usa maquillaje; al menos la curandera no ha podido notarlo. Huele humo, del que exhalaba su tía Temple. ¿Acaso está cerca Temple? ¿Temple se ha...? ¡Tonta! ¡Tonta! Ellos no regresan. Es la comadreja rubia que da clases en la escuela; su cabello y sus dientes apuntan a todos lados. Ella lo ha visto con su hija e hijo por el camino que va al acantilado, apuntando hacia el agua.

—¿Busca a alguien? —pregunta él.

Ella lo mira de reojo.

La comadreja rubia da el golpe y exhala.

—Parece que sí.

—No —responde ella y se va.

No debería dejarse ver tratando de echarle un vistazo a la niña. La gente ya cree que está loca, que es un bicho raro del bosque, una bruja. Aunque es más joven que las brujas que la gente conoce por la tele, eso no impide que cuchicheen.

Sube por la calle empedrada hacia el camino del acantilado, luego de regreso hacia los árboles. Un pino Douglas fue derribado sobre la colina, dividido en trozos, llevado en un camión a un aserradero; cortaron tablas, las secaron y alisaron; un hombre las compró y las clavó para hacer una cabaña. Dos cuartos y un baño con puerta, estufa de leña, fregadero doble, una alacena al norte y otra al sur. Las lámparas y el frigobar funcionan con baterías; una regadera afuera clavada arriba; durante el invierno se da baños de esponja o apesta. El cobertizo de las cabras y el gallinero están detrás de la cabaña, a ambos lados de un espino negro muerto, partido por un rayo. En esa grieta, la curandera ha construido cajas-nido para los búhos, las golondrinas, los mérgulos jaspeados y los reyezuelos de moño dorado.

Debe tener más cuidado; no puede dejar que la gente la vea observando. La comadreja de cabello amarillo y dientes chuecos parecía tener sospechas. No es un crimen observar a alguien, pero a los humanos les gusta llamar normales a *estas* cosas y peculiares a *aquellas otras*.

Clementine llega a la puerta de la curandera con una hielera de día de campo y un dolor. Su molestia anterior había sido un ardor tremendo al orinar; la dolencia de hoy es nueva. «Quítate el pantalón y acuéstate», dice la curandera, y Clementine se desabrocha el pantalón y se lo quita con ayuda de sus piernas. Sus muslos son blancos y muy suaves; su calzón no es más grande que una agujeta. Se acomoda de nuevo sobre la cama de la curandera y separa las rodillas.

Una vesícula en el labio inferior de Clementine, en el pliegue interno, blanco y rojo sobre el rosa café: ¿qué tanto le duele?
—¡Ay, Dios! Me duele mucho. A veces en el trabajo grito «¡Ayyy!», y creen que estoy… Bueno, como sea, ¿tengo sífilis?
—No; es sólo una típica verruga de coño.
—Mi vagina no está teniendo un buen año.

El ungüento: emulsión de portulaca, verruga de obispo y uña de gato en aceite de ajonjolí. Unta un par de gotas en la verruga, vuelve a cerrar el recipiente y se lo da a Clementine.
—Ponte esto dos veces al día.
Es probable que le salgan más verrugas, posiblemente muchas más, pero no ve la necesidad de decírselo.

Cuando Clementine se marcha, la curandera la extraña; quiere de vuelta esos suaves muslos blancos. Le gusta que los cuerpos de sus chicas sean grandes, como sirenas terrestres que se aprietan y serpentean en cuerpos carnosos.

Afuera, en el cobertizo, sirve una porción de grano y espera a que *Pinka* y *Hans* lleguen galopando. *Hans* frota su nariz en la entrepierna de la curandera y *Pinka* levanta una pezuña para saludarla.

—Hola, bellezas.

Sus lenguas son duras y limpias. La primera vez que vio la pupila de una cabra —rectangular, no redonda— sintió de golpe una sensación de reconocimiento. *Te conozco, rareza.* Nunca las apartarán de su lado. Ahora saben cómo comportarse, después de su travesura cerca de la vereda.

Clementine le trajo como pago un besugo: sus hermanos son pescadores. La curandera lo saca de la hielera, lo pone en un plato hondo y toma el cuchillo pequeño. Le da de comer la carne a *Malky* y tritura los huesos en su boca, avienta los ojos al bosque. *Malky* necesita proteína para poder cazar como lo hace; se va durante días y regresa flaco. No hay que temer a los huesos de pescado; sólo debes masticarlos bien para que no te perforen la garganta o el recubrimiento del estómago.

«Tu profesor de Ciencias te lo dirá —dijo Temple—: los huesos de pescado son calcio puro y el cuerpo humano no los puede digerir, pero te aseguro que ahí no termina el asunto». Una de las cosas que a la curandera más le gustaban de su tía era su «pero te aseguro que»; eso y que cocinaba comidas normales. Ni una sola vez durante el tiempo que vivió con Temple tuvo que comer condimentos fritos como cena. Temple se responsabilizó de ella después de que la madre de la curandera dejara una nota que decía: «Hestarás mejor con tu tía no te preocupes ¡te escribiré!». La curandera tenía sólo ocho años y no era particularmente buena con la ortografía, pero notó que la primera palabra no estaba bien escrita.

Temple decía que las cosas que vendía en su tienda, Goody Hallett's, eran baratijas para los turistas, pero que si a su sobrina llegaran a interesarle las verdaderas propiedades de la alquimia, ella le podía enseñar. La magia era de dos tipos: natural y artificial. La magia natural no era otra cosa más que el conocimiento preciso de los secretos de la naturaleza. Armada con ese conocimiento, una podía hacer maravillas que a alguien ignorante le parecerían milagros o ilusiones. Una vez, un hombre curó la ceguera de su padre con la vesícula biliar de un pez mandarín; el ritmo de un tambor hecho con la piel de un lobo destrozaría un tambor hecho con la piel de un cordero.

La curandera embotelló su primera tintura poco después de que su madre la dejó. Por instrucción de Temple, recogió docenas de varas de verbasco en flor, amarillas y de formas alegres. Recolectó las flores y las puso a secar sobre una toalla; luego las colocó en un frasco de vidrio con hojuelas de ajo y llenó el frasco con aceite de almendras, para dejarlo reposar en el alféizar de la ventana durante un mes. Después coló el aceite y llenó con él seis frasquitos de vidrio ámbar, que dispuso en fila sobre la barra de la cocina —ya era lo suficientemente alta—, y llevó a Temple para que los viera. Su tía se acercó; mirando por encima de ella, con su vivaz melena de cabello rojizo —todo ese largo, fibroso y destellante cabello—, dijo: «¡Bien hecho!», y esa fue la primera vez en la vida de la curandera, hasta donde podía recordar, que recibió un cumplido por hacer algo en lugar de recibirlo por no haberlo hecho (por no hablar, por no llorar, por no quejarse cuando su madre se tardaba más de seis horas en regresar de la tienda). «La próxima vez que te duela el oído —dijo Temple—, esto es lo que usarás». La promesa de arreglar y curar le provocó a la curandera una serie de olas calientes que le atravesaron el estómago. Muéstrales cómo lo hacen las Percival.

Cuando se despierta, la cabaña está muy oscura por la lluvia y los árboles; no sabe que ya es de mañana, pero lo es, y *Malky* está rasguñando y alguien toca la puerta.

Ella toma té de ashwagandha que sabe a caballo y come pan integral. La nueva clienta no quiere nada más que agua. Se llama Ro Stephens y tiene rostro seco y preocupado, cabello seco y opaco (¿sangre débil?), cuerpo delgado (aunque no excesivamente). La curandera siente que Ro ha perdido seres queridos. Un ligerísimo olor, como una cucharada de humo.

—He intentado durante mucho tiempo con el doctor Kalbfleisch en la Clínica de Medicina para la Fertilidad Hawthorne.

La curandera ha escuchado sobre el doctor Kalbfleisch por otras clientas; una lo describió como un NQMC: Nazi Que Me Cogería.

—Así que has tomado sus medicamentos.

—Un demonial, sí.

—¿Cómo está tu mucosa cervical?

—Bien, creo…

—¿Cuando estás cerca de tu ovulación se parece a la clara del huevo?

—Por uno o dos días, aunque mi periodo no es muy regular que digamos. Ha mejorado con los medicamentos pero, aun así, no es que funcione como relojito.

Está muy preocupada y trata de esconder su preocupación. Su rostro se contorsiona, se sale de sus líneas de comportamiento, se descompone con los «¿Y qué pasaría si…?», los «Pero ¿y entonces qué?», para luego alisarse y obedecer de nuevo. En el fondo no cree que la curandera pueda ayudarla, no importa cuánto quiera creerlo; es una persona que no está acostumbrada a que le ayuden.

—Déjame ver tu lengua.

Una pasta blanca encima de lo rosado.

—Necesitas dejar de tomar leche.

—Pero yo no…

—¿Crema en el café? ¿Queso? ¿Yogur?

Ro asiente.

—Deja todo eso.

—Lo haré —responde Ro, pero parece que piensa: *No vine por consejos de nutrición*.

Come alimentos calientes y que calienten: camotes, habas, frijoles negros, caldo de hueso. Come más carne roja: las paredes del reloj necesitan constitución. Menos lácteos: tu lengua retiene humedad. Más té verde: las paredes todavía están débiles. ¡Todo está en lo más elemental, perras! Todo mundo quiere amuletos, pero los treinta y dos años que lleva en la tierra han convencido a la curandera de que son puro espectáculo. Cuando el cuerpo es lento para hacer algo o galopa demasiado rápido hacia la muerte, la gente quiere que las varitas mágicas se pongan en acción. «¿Caldo? ¿Eso es todo?». La curandera les enseña a hervir los huesos de la carne durante días. A hervir a fuego lento semillas y tallos y el alga fuco seca, a colarla, beberla. El té para el útero tiene un hedor cruel.

Baja el frasco de té de la alacena norte. Vierte un poco en una bolsa café, la cierra con un trozo de cinta y se la entrega a Ro.

—Calienta esto en una olla grande con agua. Cuando hierva, baja la flama y déjalo hervir a fuego lento durante tres horas. Tómate una taza cada mañana y cada noche. No te gustará el sabor.

—¿Qué es lo que contiene?

—Nada que te haga daño: raíces y hierbas. Harán más frondoso tu recubrimiento uterino y más fuertes tus ovarios.

—¿*Cuáles* hierbas y raíces, específicamente?

Es una de esas personas que piensan que entenderán las cosas si escuchan su nombre, cuando en realidad lo único que hacen es escuchar ese nombre.

—Flor de vellón seca, raíz de cardencha malaya, moras goji, licopus, semilla de cuscuta china, agripalma, dong quai, raíz de peonia roja y tubérculo de corocillo.

El té sabe a agua enterrada durante meses en una cubeta de madera podrida en la que nadan gusanos y a la que le escupió un ratón de campo (la curandera lo ha probado).

El vello sobre el labio superior de Ro, su sangrado irregular, su lengua pastosa, la sequedad.

—¿El doctor Kalbfleisch te ha hecho estudios de SOP?

—No, ¿qué es eso?

—Síndrome de ovario poliquístico. Afecta la ovulación, así que podría contribuir. —Al ver que Ro reacciona con miedo, agrega—: Muchas mujeres lo padecen.

—Pero, ¿no lo hubiera mencionado? Llevo más de un año viéndolo.

—Pide que te hagan la prueba.

Ro tiene un rostro amable, con pecas, líneas de expresión por reír, tristeza en las comisuras de los labios. Pero sus ojos están furiosos.

Cómo preparar frailecillo hervido (*mjólkursoðinn lundi*):

1. Desollar el frailecillo; enjuagar.
2. Quitar patas y alas; desechar.
3. Quitar los órganos internos; reservar para el puré de cordero.
4. Rellenar el frailecillo con pasas y masa de pastel.
5. Hervir en leche y agua una hora o hasta que los jugos se aclaren.

LA HIJA

Tiene siete semanas de retraso, aproximadamente, más o menos.

Mira fijamente el piso del salón, juntando mosaicos de linóleo en grupos de siete. Uno siete. Dos siete.

Pero no se siente embarazada.

Tres siete. Cuatro siete.

Para esos días ya habría sentido algo, cinco siete, si lo estuviera.

Ash le pasa una nota: «¿Quién es mejor: Xiao o Zakile?».

La hija escribe su respuesta en la nota: «Ephraim».

No está en la lista, babosilla.

—Entonces, ¿de qué estamos hablando? —dice el profesor Zakile—. Tenemos la blancura. La ballena blanca. ¿Por qué es blanca?

—¿Dios la hizo blanca? —responde Ash.

Seis siete.

—Bueno, a ver, eso no era realmente lo que yo estaba… —El profesor Zakile hojea sus notas, probablemente sacadas tal cual de internet, en busca de esas frases copiadas y pegadas para las que no le da el cerebro con el que nació.

Tú has estado —dijo el capitán Ahab— *donde jamás llegó campana o buzo.*

Se ha movido entre los cimientos del mundo.

La hija quiere hundirse a la deriva en las manos asesinas de la fragata Tierra.

Tú has visto bastante para desgajar los planetas.

Siete siete.

Y no dices una sílaba.

Ya se ha retrasado otras veces. Todas se han retrasado. Las anoréxicas, por ejemplo, se saltan periodos constantemente, ya que el hambre suspende la sangre; o si no has consumido suficiente hierro; o si fumas demasiado. La hija se fumó tres cuartos de una cajetilla ayer. La hermana de Ash, Clementine, dice que las adictas a las metanfetaminas tienen sexo sin temor porque la droga evita la concepción.

El año pasado, una de las alumnas de último año se aventó por las escaleras del gimnasio, pero incluso después de que se rompió una costilla seguía embarazada, y Ro / miss dijo en clase que esperaba que comprendieran a quién había que culpar por esa costilla: a los monstruos del Congreso que aprobaron la Enmienda de Estatus de Persona y a los lobotomizados ambulantes de la Suprema Corte que revirtieron Roe vs. Wade. «Hace apenas dos años —dijo, o en realidad gritó—, el aborto era legal en este país, pero ahora tenemos que arrojarnos por las escaleras».

Y, por supuesto: Yasmine.

La que se hizo sola un raspado. La mutiladora.

Yasmine, la primera persona de la que la hija se convirtió en hermana de sangre (en segundo año).

Yasmine, la primera persona a la que la hija besó (en cuarto año).

Yasmine, que lo obligó a usar condón, pero de cualquier manera se embarazó.

La hija desearía poder hablar con su mamá al respecto. Para que le dijera: «¡Siete semanas de retraso no son nada, pollita!».

En la mayoría de los temas, su mamá es sensible y sabia…

—¡Mi popó está peluda!

—No te preocupes. Es por ese *detox* verde que te hiciste. Es la placa mucosa que se desprende de las paredes intestinales.

… pero no en todos los temas.

¿Me puedes decir de qué color eran los ojos de mi abuela?

¿De qué color era el cabello de mi abuelo?

¿Todas mis tías abuelas eran sordas?

¿Todos mis tíos abuelos estaban locos?

¿Vengo de un linaje de matemáticos?

¿Sus dientes estaban tan chuecos como los míos?

No, no me lo puedes decir, ni tampoco papá, ni tampoco la agencia.

Fue una adopción cerrada. Cero rastro.

¿Eres mío?

Ephraim no tiene un orgasmo; se detiene después de un par de minutos diciendo que no tiene ganas. Quita su peso de encima de ella. Lo primero que ella siente es alivio. Lo segundo es miedo. Ningún adolescente varón deja pasar la oportunidad de tener relaciones, según su mamá, quien el año pasado le dio La Plática, que gracias a Dios no incluyó detalles anatómicos, pero sí advertencias sobre la mente de los chicos, esclava del sexo. Y, sin embargo, aquí está Ephraim, de dieciséis, casi diecisiete, rechazando una oportunidad. O deteniéndose a media oportunidad.

—¿Hice… algo mal? —pregunta en voz baja.

—Nah. Sólo estoy muy cansado. —Bosteza como para demostrarlo. Se echa hacia atrás el cabello con mechas rubias—. Estamos haciendo dos entrenamientos diarios de futbol. ¿Me pasas mi sombrero?

A ella le encanta su sombrero; hace que parezca un detective guapísimo.

Pero su propia ropa: *leggings* de lana negros, falda de tubo roja, manga larga blanca con brillitos, bufanda de aro morada. Un atuendo patético; con razón se detuvo.

—¿Quieres que te deje en casa de Ash?

—Sí, gracias. —Ella espera que él diga algo sobre la próxima vez, que haga un plan, que aluda a su futuro juntos, aunque sea sólo «¿Vas al juego el viernes?». Llegan a casa de Ash y no ha dicho nada. Ella habla—: Entonces…

—Nos vemos, chica de septiembre —dice él y la besa, más bien la muerde, en la boca.

En el baño de Ash, tira la bufanda morada a la basura y la cubre con un montón de papel de baño arrugado.

La familia de Eivør Mínervudottír vivía de pescado, papas, carnero fermentado, frailecillo hervido en leche y ballena piloto. Su comida favorita era el *fastelavnsbolle*, un pan dulce de carnaval. ~~En 1771, el rey sueco se comió catorce *fastelavnsbolle* con langosta y champaña, y luego murió al instante de indigestión.~~

LA ESPOSA

Bex no quiere ponerse el impermeable. Estarán casi todo el tiempo dentro del *auto* y a ella no le *importa* si se le moja el cabello al ir del auto a la tienda y *odia* cómo se siente el plástico en el *cuello*.

—Bueno, pues mójate —es la respuesta de Didier; pero la esposa no lo aceptará: llueve a cántaros y Bex se pondrá el impermeable.

—¡Pón-te-lo! —le dice con un rugido.

—¡No! —grita la niña.

—¡Sí!

—¡No!

—Bex, nadie subirá al auto hasta que te lo pongas.

—Papi dijo que no me lo tengo que poner.

—¿Qué no ves que está lloviendo muy fuerte?

—La lluvia es buena para mi piel.

—No, eso no es cierto —responde la esposa.

—¡Por Dios! ¡Ya *vámonos*! —grita Didier.

—Por favor, apóyame en esto.

—Lo haría si estuviera de acuerdo contigo, pero ya llevamos aquí parados diez malditos minutos. ¡Es ridículo!

—¿Obedecer las reglas es ridículo?

—Yo no sabía que teníamos una *regla* sobre…

—Pues sí, la tenemos —responde la esposa—. ¿Bex? ¿Quieres tenernos a todos aquí atorados, o ya estás lista para comportarte como una niña de seis años y ponerte el impermeable?

—No tengo seis años —contesta cruzada de brazos—. Soy una bebita; necesito que me cambien el pañal.

La esposa echa abruptamente el impermeable sobre los hombros de Bex, le acomoda la capucha y ata las agujetas bajo su barbilla. Levanta el cuerpo rígido de la niña y la carga hasta el auto.

El esposo sujeta el volante con las dos manos, en la posición de las diez y diez, un hábito que sorprendió a la esposa en sus tiempos de noviazgo: él había tocado en bandas, consumido drogas, golpeado a su padre en la cara a los catorce años; sin embargo, sostenía —sostiene— el volante como una abuelita.

Le da gusto no estar manejando: no debe tomar decisiones en la curva de la carretera.

Un animalito negro se contorsiona, calcinado a muerte pero sin estar completamente muerto.

Un trozo de llanta tratando de cruzar.

Animalito, bolsa de plástico.

Pero tal vez no era una bolsa de plástico.

Tal vez lo que vio primero era lo correcto.

Alguien le prendió fuego, algún chico malo, un adulto malo. Newville no carece de maldad…

… *pero aquí es hermoso y tu familia ha venido a este lugar por generaciones, y el aire marino está lleno de iones negativos que levantan el ánimo. ¿Recuerdas?*

Para cuando llegan a la tienda, Bex ya está platicando de nuevo.

Dónde está la sección de muñecas.

John es tan flojo.

La mamá de alguien vino a la clase y es dentista; dijo que hay que cepillarse hasta el chichón de un diente adulto que va saliendo.

—Los Perfect, a tu derecha —dice Didier entre dientes, dando un ligero codazo a la esposa.

69

No ellos. No hoy.

—¡Shell! —grita Bex con voz chillona—. ¡Dios mío, es *Shelly*!

Las niñas se abrazan de manera teatral, como si encontrarse por casualidad en el pueblo donde ambas viven fuera la sorpresa más increíble.

Bex: «Tu vestido es tan bonito».

Shell: «Gracias, me lo hizo mi mamá».

—¡Hola, amigos! —trina Jessica Perfect—. ¡Qué bueno verlos!

—Igualmente. —La esposa se inclina hacia ella para saludarla con un beso en el aire—. Trajeron a toda la banda, ¿eh?

Los bronceados y esbeltos hermanos de Shell están parados en fila detrás de sus bronceados y esbeltos padres.

—Sí, es uno de esos días.

«Esos días» en la familia de los Perfect probablemente son un poco distintos de «esos días» en la colina.

Además de hacer vestidos, Jessica teje suéteres de lana Shetland local para sus cuatro hijos.

Embotella mermelada elaborada con las moras silvestres que recogen.

Cocina en casa sus comidas libres de trigo y de lácteos.

Nunca entran a su casa los *nuggets* de pollo ni las tiras de queso.

Su esposo es nutriólogo y alguna vez le dio un sermón a Didier sobre la importancia de dejar remojando las nueces en la noche.

—Blake —saluda Didier con la cabeza.

—¿Cómo estás, mi amigo?

—Grande y fuerte —responde el esposo, apenas con un ligero destello de sonrisa.

—¡Pero mira a *este* jovencito! ¡Se está poniendo tan grande! ¿Qué edad tienes ya? —Blake se agacha un poco hacia John, que se retuerce en el carrito del supermercado y esconde la cara contra el abdomen de Didier.

—Tres y medio —contesta la esposa.

—¡Guau! Sí que *pasa* el tiempo, ¿no creen?

—Ciertamente —dice Jessica—, ¡y ha pasado una eternidad desde que vinieron a nuestra casa! Tenemos que repetirlo. Es difícil encontrar una buena noche para eso con los chicos, que tienen tantas ocupaciones después de la escuela. Tenemos futbol, campo traviesa, violín… ¡Dios! ¿Qué me falta?

—Mi clase para dotados y talentosos —responde su hijo mayor.

—Sí, eso; es cierto, querido. El año pasado, *este* chico —dice acariciando la cabeza del niño— sacó un puntaje increíble, así que calificó para un programa avanzado de Matemáticas, Lectoescritura y Artes. Ustedes no son vegetarianos, ¿o sí? Estamos consiguiendo la carne de res más divina de nuestros amigos que viven en la siguiente calle. Su ganado es de libre pastoreo; no tiene ni un solo antibiótico, es pura carne de res feliz.

—¿Quieres decir feliz antes de que la lleven al matadero —pregunta Didier—, o ya que es comida?

Ella ni siquiera parpadea.

—Así que cuando nos visiten prepararé filetes, y las acelgas ya están casi listas. ¡Dios, tenemos *hectáreas* de acelgas este año! Afortunadamente, a los niños les encantan.

Sigue lloviendo con fuerza camino a casa; los limpiaparabrisas furiosos.

—¿A balazos? —pregunta Didier.

—Demasiado rápido —responde la esposa—. ¿Qué veneno surte efecto lentamente?

—La cicuta, creo —contesta él, quitando la mano del volante para acariciarle la nuca—. No, espera, ¡de inanición! Que les salga el tiro por la…, pues, lo que sea.

—Culata —termina ella.

—¿Y qué se supone que son las culatas?

—No me acuerdo, pero voto a favor de la inanición.

—«Noto que tienen algunas nueces sin remojar en este lugar y estoy un tanto consternado. Honestamente, ni en sueños les daría a mis hijos una sola nuez sin remojar».

—¿De qué hablan? —pregunta Bex.

—De un programa que vimos en la tele —contesta Didier—; se llama *La culata más pequeña del mundo*. Te habría gustado, Bex. Hay un episodio donde cada vez que alguien se echa un pedo, puedes ver el pedo: hay nubecitas cafés detrás de los personajes.

Bex suelta una risita.

La esposa pasa la mano de Didier de su nuca a su muslo y cierra los ojos, sonriendo. Él aprieta su carne envuelta en mezclilla.

Ella recuerda lo que ama.

No los chistes sobre pedos, sino la dulzura. La solidaridad en contra de los Perfect de este mundo.

Se lo preguntará mañana.

En la ventana empañada del auto dibuja una «P».

La última vez que él se negó fue muy difícil, sí. Se prometió a sí misma que no le volvería a preguntar.

Pero los niños lo adoran.

Y a veces es verdaderamente dulce.

Tengo el nombre de una persona de Salem —le dirá— *que se supone que es fantástica, no tan cara y hace citas tarde. Le podemos pedir a Mattie que cuide a los chicos...*

Y ella se ha imaginado a sí misma echando el carro por el acantilado con los niños en el asiento de atrás.

Cuando la exploradora polar cumplió seis años, le enseñaron la mejor manera de sostener un cuchillo y hacer un corte en la garganta de un cordero: sólo uno, no lo sienten, hazlo con fuerza, mira a tu hermano. Pero cuando ella sujetó el cuchillo y su madre estaba en cuclillas a su lado con el animalito, no quiso hacerlo. Se le ordenó dos veces a Eivør que lo cortara y las dos veces respondió: «Nei, Mamma».

Su madre puso una mano sobre la suya y el cuchillo debajo de la cara del cordero; se le cayó la cara; Eivør cayó con ella, gritando, y su madre alzó al animal sobre una tina para que se desangrara.

Le pegaron a Eivør en los muslos con una correa de cuero que usaban para colgar cortes de cordero en la choza de secado. Y esa Navidad no comió *ræst kjøt* ni *skerpikjøt* esa primavera, excepto por un bocado ocasional que su hermano Gunni le guardó en su zapato en secreto.

LA BIÓGRAFA

No sabe con certeza que Gunni le guardara pedazos de cordero fermentado en el zapato cuando a Eivør se le prohibió comerlo, pero la biógrafa lo escribe en su libro porque su propio hermano le escondía galletas en una servilleta cuando su madre le decía que no debía comer más postres a no ser que quisiera ponerse gorda. Archie dejaba las galletas en su cajón para que ella las sacara. Cada vez que abría el cajón y veía entre sus calcetines la servilleta oscurecida por la grasa, se le encendía una llama de felicidad en la garganta.

Escribió las primeras oraciones de *Mínervudottír: Una vida* hace diez años, cuando trabajaba en un café de Minneapolis y trataba de ayudar a Archie a rehabilitarse. Cuando no lo llevaba a las reuniones o a las citas como paciente ambulatorio, preparaba *smoothies* de vegetales que él no se tomaba. Buscaba signos de inyecciones en sus pupilas, jeringas en sus cajones; revisaba su propia cartera por si le faltaba efectivo. A veces le pedía que leyera el manuscrito. A él le gustaba la parte en que la exploradora polar observaba a los hombres que conducían a las ballenas a su muerte en una caleta poco profunda.

Archie, que odiaba las tradiciones, habría aplaudido sus esfuerzos por embarazarse en solitario. También habría intentado que sus amigos le proporcionaran esperma gratis. (Una dosis de semen de Athena Cryobank cuesta ochocientos dólares).

La biógrafa no le ha contado a su padre sobre sus esfuerzos.

Cierra su computadora y deja el diario de Mínervudottír encima de una pila de libros sobre expediciones al Ártico en el siglo XIX. Gira la cabeza de un lado a otro. ¿La rigidez en el cuello es otro síntoma del síndrome de ovario poliquístico? Ha investigado acerca del síndrome en internet, un poco, lo más que puede tolerar. Las estadísticas de embarazo no son buenas.

Sin embargo, es posible que Gin Percival no sepa de qué está hablando. Según Penny, que ya daba clases en Central Coast cuando Gin se salió, ni siquiera se graduó de la preparatoria. La visita que le hizo no salió mal, ni particularmente bien. Gin Percival le caía bastante bien. Ella salió con una bolsa de un té horrendo.

Hablando de eso: la biógrafa saca una cacerola. Mientras se calienta el té, se prepara para el sabor de una boca humana que no se ha lavado los dientes en muchas lunas y se pregunta si debe cambiarse para la cena. Son sólo Didier, Susan y los niños; pero, para ser franca, hace un tiempo que no lava sus pants.

Su taza blanca tiene rayas cafés adentro. ¿Sus dientes están así de manchados? Probablemente, casi. Años de cafés frecuentes. Largos hiatos del dentista. ¿Una mala higiene dental podría ser causa del síndrome de ovario poliquístico? ¿La inflamación provoca filtraciones de las encías al torrente sanguíneo, como un veneno lento, y hace que sus hormonas se mareen y sean poco efectivas?

Si *tiene* el síndrome, quizá Gin Percival pueda darle otro brebaje para reducir sus niveles de testosterona y reparar su sangre. Sus células se pondrían a trabajar, se esponjarían, engordarían y se espesarían; su hormona foliculoestimulante caería a un solo dígito; la enfermera Crabby le llamaría con los resultados de sus análisis de sangre y diría: «Guau, simplemente, guau», e incluso Fleischy movería la cabeza por la sorpresa. Meterían dentro el esperma del escalador de rocas o del entrenador deportivo o del graduado en Biología o del mismo Kalbfleisch, y la biógrafa, por fin, concebiría.

Debe ser casi una tontería, desde luego. Corteza de árbol, saliva de rana y encantamientos. Mézclale unas cuantas moras y semillas y llámalo una solución.

Pero, ¿y si funciona? Miles de años de proceso, afinados por mujeres en los pliegues oscuros de la historia, ayudándose unas a otras.

Y en este punto, ¿qué más podría hacer?

Podrías dejar de esforzarte tanto.

Podrías amar tu vida tal como es.

La casa de los Korsmo, hermosa sobre su colina como en una película de terror, provocaría la envidia de la biógrafa si esta fuera alguien que desea una casa, pero no lo es, pues las casas la hacen pensar en alguien endeudado hasta el cuello con la hipoteca; sin embargo, admira sus cristales emplomados y la enredadera atigrada recortada en el porche. El bisabuelo de Susan la construyó como casa de verano. En el invierno ponen aislante en las ventanas y tapan con suéteres los huecos bajo las puertas.

Didier fuma en los escalones del porche; el cabello amarillo le sale como ramas de heno bajo el gorro. Tiene los ojos sumidos y los dientes chuecos, y sin embargo consigue ser atractivo (la biógrafa no puede descifrar cómo). Guapo de tan feo. Levanta una mano hermosa y fea para saludarla.

—¡ROOOOOO! —grita Bex y atraviesa corriendo el pasto para llegar hasta la biógrafa.

—Baja la voz, carajo —dice su padre. Aplasta el cigarro con el tacón de la bota, lo mete entre las hojas de un arbusto seco y camina hacia la niña para darle vueltas en el aire—. Bexi, acuérdate de que *carajo* va en la caja especial. ¿Tienes hambre, Robitussin? Ah, e invitamos a Pete.

—Me siento dichosa. ¿Cuál es la caja especial?

—La caja de palabras que nunca le decimos a mami —responde Bex.

—Ni siquiera cerca de mami —Didier baja a la niña y se apresura para regresar a la casa—. Veo que no trajiste nada, lo cual es sensacional.

—¿Cómo?

—Mi esposa se adhiere a la creencia del siglo XX de que la gente civilizada llega con pequeños regalos o contribuciones cuando la invitan a comer. Y, una vez más, esto demuestra que se equivoca, porque eres civilizada pero, como siempre, no trajiste nada.

La biógrafa prevé la punzada de desaprobación que se archivará contra ella. Susan lleva la cuenta hasta la tumba.

Plinio el Joven camina tras ellas dando fuertes pisadas mientras Bex le da a la biógrafa una nueva visita guiada por su cuarto. Está muy orgullosa de él. Las paredes moradas están llenas de hadas, leopardos, alfabetos y narices de Pinocho. Cuando su hermano se atreve a mover un conejo de la cama, Bex le da un manazo; él aúlla.

—No creo que debas hacer eso —dice la biógrafa.

—Sólo fue un golpe *suave* —dice la niña—. Mira, tengo una repisa para los monstruos y otra para los peces. Esta es una momia de ardilla.

—¿Es una ardilla de verdad? —La biógrafa la mira de cerca.

—Sí, pero se murió. Que es como cuando… —Bex suspira, se retuerce las manos y alza la vista hacia la biógrafa—. ¿Qué es morirse?

—Ay, ya sabes —responde la biógrafa.

Rubios castaños, encantadores, demandantes, a veces bastante molestos: de qué manera tan extraña se parecían a Susan y a Didier. Era mucho más que el color: estaban *moldeados* como sus padres; Bex con las cuencas oculares sombreadas de Didier, John con la barbilla delicada de Susan; pequeños rostros grabados por dos linajes rastreables. Son los productos del deseo: sexual, sí, pero más importante aun(por lo menos en la era de los anticonceptivos) del deseo de reiterarse. Dame la oportunidad de repetirme. Dame una vida nueva y más grandiosa. Dame un ser para cuidar, y mejor. ¡Otra vez, por favor, otra vez! Se dice que estamos programados para querer la repetición. Para querer semillas y suelo, huevos y cascarones, o eso se dice. Dame una cubeta y dame una campana. Dame una vaca con ubres hinchadas. Dame el ternero de ojos grandes, lengua grande, que se aferre al pezón y succione.

En la planta baja se tropieza con un camión de plástico y se golpea el codo con una mesa lateral. El piso está abarrotado de juguetes. Patea un tren azul contra la pared.

—Viven en la mugre —dice Pete Xiao.

—Creo que me esguincé el codo.

—Fuera de eso, ¿cómo estás? —Pete llegó a Central Coast Regional hace dos años para dar clases de Matemáticas, y anunció que sólo permanecería ahí durante un año porque no estaba hecho para el interior del país. Se supone que este año, también, será su último, y el año siguiente será el último indudablemente.

—Genial —dice. Genialmente hinchada. El Ovutran inflama.

Se reúnen en el comedor, que Susan ha decorado con estilo: vigas gruesas de roble en el techo, muros grabados a mano con aparadores incorporados. El pequeño asado negro está rebanado y servido. Masticaciones y sorbos.

—Los padres de este año son aún más racistas que los del anterior —dice Pete—. Un tipo me dice: «Me da gusto que mi hijo por fin estudie Matemáticas con alguien de su tendencia».

—Relaja tu cañón, Pete-on —dice Didier.

—¿Tengo un cañón?

—Está en tu pantalón, acurrucado como un ratoncito.

—Qué blanco de tu parte cambiar el tema de los estereotipos de las minorías modelo.

—Oye, Roosevelt, ¿tú estás usando sólo esperma de blancos por racismo?

—Didier, *por Dios* —dice Susan.

—El blanco es el color estatal de Oregon —dice Pete.

—El niño ya se sentirá raro debido a su concepción —responde la biógrafa—, y no quiero contribuir más a la confusión.

—Una vez que tengas a ese niño, no podrás ir a cagar sola. Y te volverás aún menos *cool* de lo que ya eres. Como dicen: «La heroína nunca dañó mi colección musical, pero la paternidad desde luego que sí».

—Nadie dice eso —replica Susan, estirándose para agarrar otro bollo.

—Una vez escribí un texto sobre la historia de las palabras usadas para decir *pene* —dice Didier—, y *cañón* era el término preferido hasta hace un par de siglos.

—¿Eso se consideraba un tema de investigación en tu universidad pirata? —pregunta Pete.

—No era tan pirata que digamos —responde Susan—; más bien tenía bloques de cristales opacos y ventanilla de atención para coches. Nada de eso suena pirata.

—¿Qué es *pirata*? —pregunta Bex.

Didier se rasca el cuello.

—Incluso si *hubiera* ido a una universidad local, que no fui, ¿eso qué? O sea, literalmente, *meuf*, ¿importaría?

—¿Por qué ahora todos dicen tanto *literalmente*? —grita Pete.

—«A remo y vela parte a la ligera, que es el viento de amor el que lo inflama, y deseoso de gozar su dama afondó aquella noche en su ribera —recita Didier—. El cañón de la cruxía se dispara, y al descargar las perlas que traía, quedó la nave de sus ojos rota». «Ribera» se refiere al coño, por cierto.

—Y, sin embargo, no puede recordar el nombre del pediatra de los niños —dice Susan.

Didier observa a su esposa un largo rato, se levanta de la mesa y va hacia la cocina.

Regresa con un plato de mantequilla.

—No necesitamos mantequilla —dice Susan—. ¿Para qué la trajiste?

—Porque quiero ponerles mantequilla a mis papas —responde él—. Están un poco *secas*.

—Papi —dice Bex—, acabas de poner cara de nalgas. —Risitas—. ¡No seas nalguinski, nalguinski!

—Dilo con tu voz de radio, *chouchou* —dice Didier.

—¡Odio el radio!

—Lo que tu papi quiere decir es que tienes que hablar más bajo o te vas de la mesa.

Bex le susurra algo a su hermano y luego cuenta hasta tres.

—¡AAAAAAHHHHH! —gritan.

—Ya basta —dice Susan bruscamente—. Se acabó. Váyanse de la mesa.

—¡Pero John no ha terminado! Si no nos dan de comer, eh, es *maltrato infantil.*

—¿Dónde oíste ese término?

—Por Dios —dice Didier—, seguro lo sacó de la tele. Relájate.

Susan cierra los ojos. Durante unos segundos, nada se mueve. Cuando vuelve a abrirlos, su voz suena serena.

—Vámonos, duendecillos; es hora del baño. Den las buenas noches.

Pete y Didier no dejan de abrir cervezas y de ignorar a la biógrafa. Sus temas de conversación incluyen el futbol europeo, el whisky artesanal, famosas sobredosis de drogas y un juego de video para varios participantes cuyo nombre suena como *Damasco*. Después, al parecer, Didier recuerda a su invitada de repente.

—En lugar de manejar miles de kilómetros hasta Salem, ¿por qué no vas con la bruja? La vi el otro día esperando afuera de la escuela. Por lo menos creo que era ella, aunque se ve menos brujil que la mayoría de las niñas de Central Coast.

—No es una *bruja.* Es… —Alta, pálida, de cejas pobladas. Ojos enormes de color verde estanque. Con una tela negra enrollada en el cuello—. Poco común.

—Igual, ¿por qué no lo intentas? —pregunta Didier.

—Nah. Me daría una taza de corteza de árbol. Y ya tengo una

deuda enorme. —La biógrafa no está segura de por qué miente. No le avergüenza haber visitado a Gin Percival.

—Otra razón para evitar ser madre soltera —dice Didier.

¿Siente vergüenza?

—Entonces, ¿sólo las parejas con deudas enormes deben tener hijos? —alza la voz.

—No; sólo quiero decir que no tienes idea de lo difícil que será.

—De hecho, sí sé —responde ella.

—Claro que no. Mira, yo soy el *producto* de una madre soltera.

—Exacto.

—¿Qué?

—Tú saliste bien —dice la biógrafa.

—Eres una prueba humana —añade Pete.

—Espera a que sean las cuatro de la mañana —continúa Didier— y el niño esté vomitando, cagando y gritando, y no sepas si lo tienes que llevar a urgencias y no haya nadie que te ayude a decidir.

—¿Por qué necesito que alguien me ayude a decidir?

—Okey, ¿y si el niño tiene una presentación de guitarra en un conjunto y no puedes ir por el trabajo y todos se ríen de él por llorar?

La biógrafa hace como que toca un violín diminuto.

Didier palpa el bolsillo de su camisa.

—¿Dónde diablos están mis cigarros? Pete, ¿tú…?

—Yo tengo, *bro*. —Salen juntos.

Ella piensa en empezar a recoger la mesa, sería algo agradable, cortés y útil; pero se queda en su silla.

Susan, desde la puerta:

—Por fin se durmieron. —Su rostro delgado, enmarcado por rizos rubios, vibra de ira. ¿Con los niños, por no dormirse más rápido? ¿Con su esposo, por no hacer nada? Merodea detrás de una silla, inspeccionando el desastre de la mesa. Incluso enojada está resplandeciente; cada haz de luz del comedor se prende y se unta en sus mejillas.

Los hombres regresan dando fuertes pisadas, con olor a cigarro y frío. Didier ríe.

—¡Eso fue lo que les dije a los de último año!

—Clásico —dice Pete.

Susan recoge los platos. La biógrafa se levanta y alza la sartén del asado.

—Gracias —le dice Susan a la sartén.

—Yo lavo.

—No, está bien. ¿Puedes sacar las fresas del refri? Y la crema.

La biógrafa enjuaga, sacude y corta las cabezas.

—Las compré especialmente para ti —dice Susan.

—¿Por si necesito ácido fólico?

—¿Estás…?

—Tengo otra inseminación la semana que entra.

—Bueno, distráete si puedes. Ve al cine.

—Al cine —repite la biógrafa. Susan es experta en compadecerse por el sufrimiento que no ha sufrido. Lo que no se siente como compasión o empatía, pero ¿por qué no? Aquí está una amiga que trata de conectar por medio de los problemas. Sin embargo, la biógrafa decide que el esfuerzo es insultante en sí mismo. La primera vez que Susan se embarazó no fue planeada. La segunda vez (se lo contó a la biógrafa) acababan de empezar a tratar de nuevo; ha de ser una de esas diosas de la fertilidad; ella esperaba que demorara más, pero mira y asómbrate. Si le contara a Susan que ve a la bruja, reaccionaría con apoyo y seriedad, y después se reiría de ello a espaldas de la biógrafa. Con Didier. Ay, pobre Ro; primero compra esperma por internet y ahora vagabundea en el bosque para consultar a una indigente. Ay, pobre Ro, ¿por qué lo sigue intentando? No tiene idea de lo difícil que será.

Con su salario de maestra, morirá recogiendo notificaciones de las agencias de crédito mientras Susan y Didier, que también viven con salarios de maestros, están libres de deudas, hasta donde ella sabe, y no pagan renta. Sin duda, Bex y John tienen fideicomisos en engorda constante gracias a los padres de Susan.

«La mente que compara es una mente desesperada», dice la maestra de meditación.

Bueno, la biógrafa ya verá cómo mandar a la universidad al bebé que todavía no existe. Es decir, si el bebé elige ir a la universidad. Ella no lo presionará. A la biógrafa le gustó la universidad, pero ¿quién puede decir lo que le gustará al bebé? Podría decidir ser pescador y quedarse justo ahí, en la costa, y cenar con la biógrafa todas las noches, no por obligación sino por gusto. Harían sobremesa y se contarían uno al otro cómo les fue en el día. Para entonces la biógrafa ya no daría clases, sólo escribiría; después de la publicación de *Minervudottír: Una vida* y la aclamación de la crítica, trabajaría en una historia integral de las exploradoras del Ártico; y el bebé, cansado después de horas en el barco de pesca pero que incluso así le prestaría atención, le haría preguntas inteligentes a la biógrafa sobre la menstruación a veintiséis grados bajo cero.

De niña me encantaba (¿pero por qué?) ver el *grindadráp*. Era una danza de la muerte. No podía dejar de mirar. El olor de las fogatas encendidas en los acantilados, llamando a los hombres a la caza. Ver los botes arrear la manada hacia la caleta, las ballenas agitándose más rápido conforme sentían pánico. Hombres y muchachos entrando al agua con cuchillos para cortarles la médula espinal. Tocan el ojo de la ballena para asegurarse de que esté muerta. Y la espuma del agua se vuelve roja.

LA CURANDERA

Malky ha estado fuera de casa desde hace tres días. Es mucho tiempo para él; a ella no le gusta. El sol está bajando, hay depredadores en el bosque. *Malky* es un depredador, pero no es contrincante para los coyotes, los zorros y los halcones de cola roja. Cada criatura, presa de alguna otra. La chica se va de la escuela en el auto de un chico que lleva un sombrero pasado de moda (¿acaso creerá que se le ve bien?). El chico del sombrero camina empujando la cadera: *bum* contoneo contoneo, como un pirata.

No hay modo de que la curandera pueda advertirle a la chica. Se ha mantenido alejada del pueblo por temor a que esta la sorprenda observando.

Limpia el fregadero, la barra de roble de la cocina. Pone orden en el cajón de las semillas. Acomoda frascos limpios junto a una canasta de cebollas sin ojos.

Bum contoneo *bum*.

Un pirata durmió en una taberna de Cape Cod para reponerse de sus terribles hazañas. Conoció a la joven guapa del pueblo, que aún no tenía dieciséis años. Maria Hallett se enamoró perdidamente de ese bandido. Luego, Black Sam Bellamy volvió al mar y ella se quedó esperando un bebé. El bebé murió la misma noche que nació: escondido en un granero, ahogado con un poco de paja.

O al menos así lo cuenta la historia, pero se equivocaban. No sabían que la esposa de un granjero crio al recién nacido y no se lo dijo a nadie más que a su diario.

A Goody Hallett la encarcelaron o la expulsaron del pueblo. Se convirtió en una ermitaña; vivía en una choza, en un terreno abandonado. Con sus mejores zapatos rojos, esperó en el acantilado a Black Sam Bellamy. Montó el lomo de ballenas, ató linternas a sus aletas, atrajo barcos para que se atascaran en los bajos. Se consiguió una reputación: bruja.

Black Sam era el Robin Hood de los piratas. Ellos les roban a los pobres bajo el resguardo de la ley, dijo, y nosotros saqueamos a los ricos bajo la protección de nuestra propia valentía. En 1717, luego de algunos saqueos en el Caribe, el capitán Bellamy navegó de vuelta por el Atlántico con su banda de bucaneros. Su barco robado, el *Whydah*, se encontró con la peor tormenta del noreste en la historia de Cape Cod. La nave quedó destrozada, había piratas muertos por toda la playa. El cuerpo de Black Sam nunca se encontró.

En 1984 hallaron los restos del *Whydah* sobre la costa de Wellfleet, Massachusetts. Ese mismo año Temple Percival compró en Newville, Oregon, una vieja tienda de equipo de pesca en bancarrota, acomodó en los estantes algunas baratijas escalofriantes y la llamó Goody Hallett's.

Ahora las uñas de los dedos de Temple viven en un frasco en un estante de la cabaña; sus pestañas, en un sobre de papel encerado. Cabello y vello púbico en cajitas de cartón separadas, ambas ya casi vacías. El resto de su cuerpo está en el congelador, atrás del comedero del cobertizo de las cabras.

Rasguños en la puerta. *Malky* entra deslizándose, sin saludar o disculparse. Ella trata de sonar contundente: «¡No te vuelvas a quedar afuera tanto tiempo, denpejo!». Él ronronea con ansiedad, exigiendo su cena, y ella saca un plato de salmón del frigobar. Es una alegría ver cómo lame con su lengua rosa. Feliz, feliz, el rey del bosque.

Dos golpes breves en la puerta. Pausa. Dos más y pausa. Uno más. *Malky*, que conoce bien ese ritmo, continúa comiendo.

—¿Eres tú?

—Soy yo.

Abre la puerta, pero se queda en el umbral. Cotter es su único amigo humano, la persona más amable que conoce, aunque eso no significa que lo quiera dentro de la cabaña.

—Una clienta nueva —dice mientras sostiene en alto un sobre blanco. Sus pobres mejillas llenas de barros están peor que siempre. Las toxinas tratan de salir; deberían salir a través del hígado, pero lo hacen por la piel.

La curandera se guarda el sobre en el bolsillo.

—¿Hablaste con ella?

—Trabaja en la planta de celulosa en Wenport. Tiene diez semanas.

—Está bien, gracias. —Necesita surtirse de tusilago y marimonia, revisar cuánto poleo le queda—. Buenas noches.

Cotter frota su gorro de lana negro.

—¿Estás bien? ¿Necesitas algo?

—Estoy bien. ¡Buenas noches!

—Ginny, una cosa más. —Se quita el gorro y se palmea la frente—. La gente anda diciendo que tú hiciste que volviera el dedo de hombre muerto.

La curandera asiente.

—Sólo te lo digo —agrega Cotter.

Ella quiere sentarse junto a la estufa con *Malky* en las piernas y con la mente vacía, sin vigilancia, sin miedo.

—Estoy cansada.

Cotter suspira.

—Entonces vete a la cama temprano. —Se da la vuelta y se lo lleva el bosque.

Cotter trabaja en la oficina de correos. De lo que sea que hable la gente, él se entera; pero ella lo sabía desde antes de que se lo dijera. Ha recibido notas en su apartado postal, de los pescadores, de las esposas de los pescadores; están espantados por la plaga de algas marinas.

Es verdad que en su cabaña tiene un cordón de algas dedo de hombre muerto secas colgando de una ventana, sí. ¿Será que Clementine les dijo a sus hermanos pescadores? Los pescadores odian el dedo de hombre muerto porque ensucia los cascos en el muelle, porque envuelve los ostiones y se los lleva.

«¿Crees que tiene gracia? Es como nos GANAMOS LA VIDA».

Le pone más ramas de pino a la estufa. ¿Dónde está *Malky*? «Ven acá, denpejito». No convence al gato de subirse a sus piernas, a pesar de que sabe cuánto lo ha extrañado.

«¡Deja de echarle maleficios al agua, puta!».

Su propio gato no la obedece; ¿por qué habrían de hacerlo las algas marinas?

¿Por qué podía soportar que mataran a las ballenas, pero no a los corderos?

LA HIJA

Pensó que las cosas ocurrirían de una manera diferente. No pensó que esa manera fuera que bajara por las escaleras de la izquierda hacia el comedor y viera la mano de Ephraim debajo de la playera de Nouri Withers con los ojos cerrados y temblorosos.

La hija no hace ni un sonido. Vuelve a subir las escaleras arrastrándose.

Pero no puede respirar.

Respira, babosilla.

Se sienta en el descanso y extiende la caja torácica para hacerle espacio al aire.

Respira, niña blanca ignorante.

Todavía tiene que terminar el día. Pasar por Latín y Matemáticas. Recoger su paladar nuevo.

¿Nouri Withers? A lo mejor si te gusta el pelo enmarañado, la sombra de ojos negra y el barniz de uñas de mierda de nutria.

Nunca había extrañado tanto a Yasmine como en ese preciso momento.

Yasmine, amante de las fresas, reina de la crema batida.

Cantante de himnos y fumadora de hierba.

Quien habría dicho: «Olvídate de ese maldito de Transilvania».

Quien habría dicho: «¿Tú crees que en cinco años te acordarás de su culo?».

Yasmine, quien era más inteligente que la hija, pero que sacaba peores calificaciones por su «actitud».

Yasmine salió del baño alzando el palito donde había orinado.

Un mes antes había entrado en vigor la prohibición federal del aborto.

La hija pensaba: tenemos que llevarte a Canadá. Todavía no les habían cerrado la frontera a quienes buscaban practicarse un aborto. El Muro Rosa era apenas una idea.

Un año y medio después, la patrulla fronteriza de Canadá arrestaba a las estadounidenses que buscaban hacerse un aborto y las regresaba a Estados Unidos para que las procesaran.

—Hay que gastarnos el dinero de los contribuyentes en criminalizar mujeres vulnerables, ¿verdad? —dijo Ro/miss en clase.

—Pero si están rompiendo la ley, *son* criminales —dijo alguien.

—Las leyes no son fenómenos naturales —respondió Ro/miss—. Tienen historias particulares, y a menudo horrorosas. ¿Alguna vez oyeron de las Leyes de Núremberg? ¿Han oído de Jim Crow?

A Yasmine le habría caído bien Ro/miss, que habla de la historia de una manera que la hace recordable y que usa ropa de niño: pantalones de pana café, sudaderas verdes, tenis.

Dentro de ella se multiplica una carnosidad de células. Mitad Ephraim, mitad ella.

No puedes estar segura.

Lleva la prueba cerrada en su morral.

Si *está…*

Podría no estarlo. Su cuerpo se siente casi igual a como se siente siempre.

Pero si está, ¿qué demonios hará?

«No te preocupes por cosas de otros»: mamá.

«Métete en tus asuntos»: papá.

Después de todo, podría no estarlo.

En Matemáticas, Nouri Withers golpea la pata de la silla con la bota de casquillo, probablemente de emoción; está pensando en su próxima vez con Ephraim. ¿Adónde irán? ¿Qué harán? *¿Qué ya hicieron?* Ash no está ahí para consolarla; la hija no tiene amigos en ese salón; es Cálculo, puros alumnos de segundo y tercero, menos ella. Los de primero creen que es una esnob porque se mudó ahí de Salem y toma clases avanzadas y su papá no es pescador y una vez dijo que le parecía tonto decirles «miss» a las maestras. Para demostrar su falta de esnobismo, ahora ella también les dice «miss».

Después de la clase, el profesor Xiao la llama para «hablar un momento». Ya está bastante alterada por la combinación de ocho semanas de retraso más la mano de Ephraim debajo de la playera de Nouri; la idea de que la regañe su segundo maestro favorito hace que se le llenen los ojos de lágrimas.

—¡Oye, oye! No hay problema. Por Dios, Quarles, todo está bien.

—Perdón —dice tallándose los ojos.

—¿Estás bien?

—Tengo la regla. —Los maestros varones no discuten esa excusa.

—Bueno, pues te tengo buenas noticias. ¿Has oído de la Academia de Matemáticas de Oregon?

La hija asiente.

Como si hubiera dicho que no, el profesor Xiao le explica:

—Es un programa de residencia de una semana en Eugene, el campamento académico más prestigioso y competitivo del estado. Nunca han seleccionado a nadie de Central Coast. Pero yo te postularé.

Ella escucha las palabras, pero no le provocan ningún sentimiento.

—Muchas gracias.

—Creo que tienes buenas posibilidades. Eres lista, eres mujer, y como pequeña ventaja adicional, cursé la licenciatura con uno de los tipos de las admisiones. —Espera que ella se vea impresionada.

La Matilda Quarles del año pasado —del *mes* pasado— estaría eufórica en ese mismo momento. Se moriría por llegar a casa para contarles a sus padres.

—La fecha límite es el 15 de enero —añade el profesor Xiao, que no es bueno para percibir cómo se siente la gente a no ser que llore o grite, así que cree que la hija se siente tan feliz como debería.

—Espero con ansias enviar la solicitud —dice.

En realidad, ella sabe bastante de la Academia de Matemáticas de Oregon. Ha querido ir desde que estaba en séptimo grado. Yasmine y ella tenían planes para postularse juntas. En segundo, Yasmine obtuvo la calificación más alta de la escuela en la sección de Matemáticas del examen del estado; la hija quedó dos puntos detrás de ella.

Ir a la academia la ayudaría a entrar en las universidades con mejores departamentos de Biología Marina.

Sus padres no cabrían de felicidad.

El programa de la academia es en abril, durante las vacaciones de primavera.

Si ahora tiene tres meses de embarazo, para entonces tendrá ocho.

Cómo hacer *skerpikjøt* («carne de cinturón»):

1. Colgar las patas traseras y el lomo del cordero en la choza de deshidratación (en octubre).
2. Cortar el lomo y comerlo como *ræst kjøt* («carne semiseca») (en Navidad).
3. Cortar las piernas y trinchar para servir (en abril).

LA ESPOSA

Juntar las migajas en la palma.

Rociar la mesa.

Limpiar la mesa con el trapo.

Enjuagar las tazas y los platos.

Colocar las tazas y los platos dentro del lavaplatos.

Abrir el sobre con la cuenta del seguro dental de Didier.

Abrir el sobre con la cuenta del plomero, que ni siquiera arregló la llave que gotea.

Abrir el sobre con el aviso de la cuenta vencida de la visita de John a urgencias, donde todo lo que hicieron fue darle una pastilla contra el mareo, pero que aun así costó seiscientos dólares.

Llenar el cheque para el seguro dental porque sólo es de 49.84 dólares.

Guardar las cuentas del plomero y del hospital en la carpeta etiquetada PAGAR EL MES PRÓXIMO.

Hacer una lista en la parte de atrás de un sobre: «Por qué tenemos que ir con un terapeuta».

Pensar en qué poner primero: no la razón más fuerte ni la más débil.

En la escuela de Derecho te enseñan a terminar cualquier discurso con el argumento más convincente y enterrar lo más débil en medio.

La primavera pasada, la respuesta de Didier consistió en cinco variaciones de «Porque no quiero».

A las 11:00 a.m. se detiene el sedán violeta.

La señora Costello molesta menos a John que a Bex; el dulce John nunca se queja cuando los martes y jueves el sedán deja a la señora Costello con su bolsa de tejido. La esposa siempre está lista con su bolsa al hombro, las llaves en la mano. Cuatro horas, dos veces por semana, son suyas y sólo suyas.

—Hay barritas de pescado empanizado en el congelador y zanahorias bebé; también le conseguí más bolsas de té PG…

—Estaremos perfectamente bien —responde con tristeza la señora Costello.

Y John deja que ella le acaricie el cabello rubio. John, que es más lindo que el resto de los que viven en la colina, que va a acurrucarse con la señora Costello a pesar de que huele a dientes de viejito. Bex fue un accidente, pero tomó diez meses concebir a John; la esposa se empezó a desesperar, lloraba todas las mañanas después de que Didier se iba a la escuela, pero finalmente funcionó. John llegó murmurando al mundo, goteando lo que parecía ser leche; se le formaban en los pezones gotitas blancas, leche de bruja.

La esposa tiene hasta las 2:45 p.m., cuando debe recoger a Bex.

¿Qué debería hacer hasta la hora de recogerla?

No está muy contenta con la maestra de primero de primaria, la tarea es una hoja donde hay que rellenar las líneas en blanco o alguna pregunta sencilla que deben responder usando una enciclopedia digital.

No tiene ganas de ir de compras ni de hacer ningún encargo; puede hacer esas cosas con los niños.

Pero qué se puede esperar de un distrito escolar rural que no puede ni costear las clases de música.

No le gusta quedarse en casa, escondiéndose de John, porque se la pasa en casa todo el maldito tiempo.

La escuela privada más cercana está a una hora y es católica, y aunque es más barata que el promedio de las escuelas privadas, sigue siendo demasiado cara para los Korsmo. Los padres de la esposa no tienen nada más que darles. La madre de Didier atiende medio tiempo en un bar, y a su padre no lo ha visto desde que tenía catorce años.

Elige la biblioteca. Alguna vez fue buena investigadora, tranquila y cómoda en los estantes, buscando, juntando, hojeando, escogiendo.

La lluvia arrecia.

La esposa tuvo su propio cubículo en la biblioteca de Derecho con ventanales de nueve metros, espejos negros en la noche.

En un banco bajo cerca del estante de los periódicos se encuentra la sobrina de Temple Percival; apesta a cebolla y tiene ramitas en el cabello. Ese es su banco preferido.

La esposa sonríe, como siempre.

Se siente culpable de que le parezca repulsiva, pero es que *es* repulsiva.

Una vez, Temple Percival le leyó las cartas del tarot en su tienda: «El castillo caerá».

En una de las dos mesas de madera clara, la esposa abre el periódico.

—Disculpe, ¿ya desocupó la sección de deportes?

Axilas y crema de afeitado. Ella se voltea. Él da clases en la preparatoria; ¿cómo se…?

—Oh, hola —la saluda—. Eres la esposa de Didier, ¿verdad?

—Susan. Creo que nos conocimos en el día de campo de verano. ¿Cómo estás? —Le lastima el cuello mirarlo hacia arriba: es tan largo.

—*Sudado*. Discúlpame —dice jalando la silla a su lado—. Los chicos están haciendo pruebas de opción múltiple, así que estoy libre hasta el entrenamiento de futbol y se me ocurrió correr un rato; no fue una gran idea.

—¿Qué enseñas?

—Literatura, como penitencia.

Es grande, todo en él es grande: cuello, brazos, hombros, cabeza; húmedos y brillantes mechones de cabello negro, hoyuelos cuando sonríe.

—Perdona, pero se me olvidó tu…

—Bryan Zakile.

—¡Claro! Mi esposo dice que eres un, eh, excelente maestro.

—Didier es un buen tipo; los chicos lo adoran.

—Eso es lo que siempre me dice.

—¿No estás leyendo la sección de deportes, entonces? —pregunta mientras señala la esquina del periódico.

—No puedo decir que me interese.

—Sí, es basura frívola, pero mantiene ocupado el cerebro reptil de los hombres.

La esposa ve que Bryan Zakile no le quita los ojos de encima.

—Entonces, ¿*qué* sí te interesa? —le pregunta a la esposa en voz más baja.

—Mmm —responde—, varias cosas.

Van a la heladería Cone Wolf, a dos locales. Mientras comen una bola de helado de chocolate, ella se entera de algunas cosas de Bryan.

Jugó en la primera división de futbol universitario y lo invitaron a presentarse para el equipo olímpico, pero una lesión en la rodilla puso fin a su carrera.

Ha viajado por Sudamérica.

Está comenzando su tercer año en la preparatoria, en la que consiguió trabajo porque el director está casado con su prima segunda.

—¿La señora Fivey es tu prima? ¿Cómo está?

—Hablando y moviéndose por ahí. Todavía en el hospital, pero ya pronto podrá regresar a casa.

—Oh, qué bueno. Didier me dijo que tuvieron que inducirle un estado de coma…

—Se golpeó la cabeza muy fuerte en esas escaleras; tuvo inflamación cerebral. No podían despertarla hasta que hubiera disminuido la inflamación.

—¿Cómo se cayó, sabes?

Bryan se encoge de hombros. Lame su cuchara, la arroja sobre el mostrador y cruza los brazos.

—*Eso* fue satisfactorio.

La esposa no quedó satisfecha con la canica diminuta que fue su bola de helado.

—Exquisita —dice y se sonroja. El reloj de la tienda dice 2:38—. Tengo que recoger a mi hija.

—¿Qué edad tiene? —Es la primera pregunta que le hace desde que estuvieron en la biblioteca.

—Seis. También tengo un hijo de tres años.

—¡Guau! Eres una mujer ocupada.

La esposa se da cuenta de cómo debe verla: cabello rubio peinado en un chongo relajado, una mascada amplia para esconder la pancita, pantalón de yoga negro, zapatos de mamá.

A lo largo de la evolución humana, ¿aprendieron los hombres a sentirse atraídos por las mujeres flacas porque no estaban visiblemente embarazadas? ¿Acaso la voluptuosidad era una señal de que ese cuerpo ya protegía la supervivencia del material genético de otro hombre?

Cuando Bex se sube al asiento para niños está muy molesta. La esposa ha llegado a temer este semblante particular después de la escuela: rojo, ceñudo.

—Shell es muy tonta.

—¿Qué pasó?

—La odio.

—Cinturón de seguridad, por favor. ¿Tú y Shell se pelearon?

—Yo no me *peleo*, mamipli. Va contra las reglas.

—Quiero decir: ¿discutieron? —La esposa apaga el coche; los autos que están detrás en la fila para recoger a los niños tendrán que esquivarla.

La niña respira profunda y trémulamente.

—Dijo que me robé su bolsita de centavos, pero yo no fui.

—¿Cuál bolsita de centavos?

—Tenía unas monedas de un centavo en una bolsa que no debería haber tenido, porque no se puede traer dinero a la escuela; pero las trajo y después no las encontraba, y dijo que yo se las había robado. ¡Y yo no *fui*!

—Claro que no fuiste tú.

Puede ser que lo haya hecho.

Es la hija de su padre.

La esposa y Didier se burlan de los donadores de esperma de Ro, pero ¿y qué hay de los genes de Didier? Tal vez depositaron en Bex un interés pueril por las drogas y la disposición a robarse dinero de una tienda de donas.

Dos conjuntos de instrucciones libran una batalla dentro de la niña: ojos cafés bien formados contra ojos azul-grisáceos hundidos, dientes bien acomodados contra dientes enormes y chuecos, buenas calificaciones en los exámenes de aptitud contra nunca haber hecho exámenes de aptitud.

Cuando se embarazó de Bex, a los treinta, la esposa sintió como si se hubiera deslizado por debajo de la puerta automática de un garaje que se cerraba.

¿Por qué los «treinta» acechaban como una fecha de caducidad?

Ella y Didier no lo habían planeado; no se casaron y llevaban siete meses de noviazgo. Sin embargo, la esposa se sentía vieja. Fue en agosto; su último año en la escuela de Derecho estaba por comenzar, la prueba casera de embarazo presentó una cruz. «¡Esto es lo que quiero! ¡Esto!». La escuela de Derecho no era nada en comparación con esto.

—Ella dijo que sí me la robé —dice Bex—, y que por eso ya no es mi amiga.

—Dale un rato a Shell para que se calme.

—Pero ¿y si *nunca* se calma?

—Yo creo que sí se calmará —responde la esposa—. Y tenemos que hablar de tu proyecto de investigación. ¿Ya elegiste un tema?

Una sonrisita.

—Estoy entre dos opciones.

—Oh, ¿ya tienes dos opciones? —La esposa enciende el auto y pone la direccional. Punzada en la garganta: se le olvidó conseguir libros nuevos para Bex en la biblioteca.

—El duendecillo de madera o el chile fantasma, el chile más picante que conoce el ser humano.

—Son buenas opciones, corazón.

—La mamá de Shell tiene chile fantasma de India en su casa. Tienen setenta y tres diferentes tipos de especias en su especiero.

—¡Oh! No tienen tantas.

—Sí, sí tienen; las contamos. ¿Cuántas especias tenemos nosotros, mamipli?

—Ni idea.

Por el retrovisor, una tarada le está haciendo señas para que avance.

La esposa se tomará su tiempo.

Si construye un argumento sólido, lo convencerá.

Pero entonces, de hecho, tendrías que ir a la terapia con él.

¡Puede funcionar!

Lo cual sería el caso, precisamente.

Sentirse normal de nuevo; incluso sentirse bien.

Que deje de dolerle la garganta cuando Bex le pregunta: «¿Papi y tú se quieren?».

Dejar de leer artículos en línea sobre los mecanismos de ajuste nocivos que tienen los niños de hogares rotos.

Detener la letanía *hogarrotohogarrotohogarroto* que le da vueltas en la cabeza.

Dejar de mirar fijamente los muros de contención.

Traje conmigo a bordo un saco de *sker-pikjøt* que les interesaba probar a los marineros canadienses. Dijeron que tenía un sabor *horroroso*. Les expliqué que si el cordero se secaba durante una temporada inusualmente húmeda o cálida, podía fermentar al punto de la descomposición.

LA BIÓGRAFA

La biógrafa quiere a Penny en la escuela, cuando comparten boca-
dillos en la sala de maestros; pero la quiere más los domingos por
la noche, cuando ven *Grandes misterios* en su casita con papel tapiz
de puntitos rosas, chimenea de piedra y tapetes de lana mientras la
lluvia golpea contra las ventanas saledizas.

Penny le da una servilleta, un tenedor y una rebanada de pastel
de cordero.

—¿Quieres agua de la llave o refresco de lima?

—Refresco de lima. Pero, ¿no es hora ya?

—¡Ay, maldición! —Penny va corriendo a la televisión. (Siempre se le pierde el control remoto). Se acomoda con su plato al lado
de la biógrafa y se mete una servilleta en el cuello del suéter color
turquesa.

—A ver qué habilidades puede mostrarnos hoy, sargento Hathaway. —Empiezan los créditos del inicio, el tema de la serie se hace
cada vez más intenso sobre las tomas de los capiteles durmientes
de Oxford; un débil sol inglés tiñe la piedra caliza de Cotswold de
color chabacano.

—¿Quién morirá esta noche? —recita Penny.

—Deberías escribir misterios en lugar de quitabrasieres —dice
la biógrafa.

—Pero prefiero el corazón latiente. ¿Te conté que iré a una con-
vención de escritores de novelas románticas? Tienen agentes con los
que te puedes conectar.

—¿Cuánto te cobran por ese privilegio?

—Bueno, cobran bastante. ¿Y por qué no? Traen a los agentes desde Nueva York.

—¿Puedo leer tu anuncio?

—Cariño, me lo sé de memoria. «*Arrebato en arenas negras* comienza a finales de la Primera Guerra Mundial. Euphrosyne Farrell es una joven enfermera irlandesa tan devastada por la muerte de su amante en la batalla de Somme que emigra a Nueva York. Después de comprometerse con un viudo de mediana edad, descubre que se siente atraída por Renzo, el sobrino del viudo, con irresistibles y magnéticos ojos napolitanos».

—¿Dónde entra la arena negra? —pregunta la biógrafa.

—Euphrosyne y Renzo hacen el amor por primera vez en una caletita de Long Island.

—¿Pero no sería más interesante y, eh, a lo mejor menos lugar común si se comprometiera con el sobrino y después fuera el *tío* el que le pareciera irresistible?

—¡Dios, no! No es *Mujercitas*. Renzo es un semental de Brooklyn y sus nalgas están buenas a más no poder.

Penny es maestra de Literatura e inventora, dice, de entretenimientos.

—Son una fiesta —contestó cuando la biógrafa se atrevió a preguntarle por qué quería escribir telenovelas que valorizaran el amor romántico como el único fin de la vida femenina. Penny ha escrito nueve novelas, todas en espera de una portada que muestre hombres de entrepierna abultada en el acto de liberar de sus corsés a mujeres de pecho también abultado. Su intención es ser una autora publicada para su septuagésimo cumpleaños. Le quedan tres años para lograrlo—. Bueno —dice—, ahí está el detective sargento Hathaway. No se pueden *comprar* pómulos como los suyos.

El inspector Lewis y Hathaway intercambian bromas sobre un cadáver envuelto en una sábana; toman cervezas en The Lamb & Flag, y persiguen a un titiritero asesino en medio de una fiesta de facultad, dejando una estela de catedráticos de Oxford con la boca abierta.

Después aparece una carne rosada en la pantalla. «Nunca es demasiado pronto para reservar la alegría. ¡Pide hoy tu pierna de Navidad!». Como perdieron el financiamiento del gobierno porque la administración actual no autoriza la tendencia liberal de los programas de repostería y los documentales de montañismo, la cadena pública de televisión ahora presenta largos bloques de comerciales. Un comercial de unas medias moldeadoras («Mami, te ves maravillosamente hermosa esta noche; ¿es tu cabello?», «No, son mis Ajusta Abdomen») hace que a la biógrafa le pique la nariz.

—¡Oye, estás llorando! —dice Penny cuando regresa de la cocina con vasos de refresco de lima.

—No. —Penny aprieta una servilleta contra la mejilla de la biógrafa—. Es la nueva medicina para mis ovarios ancianos —solloza la biógrafa.

—Suénate la nariz —dice Penny—. Usa la servilleta; la puedo lavar. ¿Los comerciales con niños hacen que…?

—No. —La biógrafa se suena, se limpia y se pone la servilleta entre las rodillas—. Me hacen pensar en mi mamá.

Inhala profundo.

Quien se compadecería de los esfuerzos solitarios de su hija, de su vida sin un hombre.

Exhala profundo.

Sin embargo, su madre, que fue de la casa del padre al dormitorio universitario a la casa de su esposo sin vivir sola ni un solo día, nunca conoció los placeres de la soledad.

—¿Qué dice tu terapeuta? —pregunta Penny.

—Dejé de verlo.

—¿Fue una decisión inteligente?

—El veneno es un arma de mujer —les dice una mujer sombría a Lewis y Hathaway—. Me gusta más la manera antigua, la sencillez del veneno, cuando nosotras también somos fuertes como los hombres.

—¡Medea! —grita la biógrafa.

—Deberíamos inscribirte en un programa de concursos —dice Penny.

Cinco treinta de la mañana, el aire está frío y áspero de sal. Sin café, la biógrafa no puede hacer frente al camino para ir a la cita de su noveno día de revisión de óvulos, aunque la cafeína está en el folleto «Qué evitar» de la información de Medicina para la Fertilidad Hawthorne. Con la taza en los dientes colina arriba, bajo los enormes abetos balsámicos y píceas de Sitka, se aleja de su pueblo. Newville recibe más de dos metros de lluvia al año. Los campos del interior son lodazales difíciles de sembrar. Los caminos del acantilado resultan peligrosos en el invierno. Las tormentas son tan tremendas que hunden botes y destrozan los techos de las casas. A la biógrafa le gustan estos problemas porque mantienen lejos a la gente; es decir, a la gente que de otra manera se mudaría ahí, no a los turistas, que entran en el asfalto seco del verano y a quienes les importa un bledo la agricultura.

Un anuncio en la autopista 22 presenta el dibujo infantil de una persona con falda y un globo en lugar de panza, acompañada por la leyenda:

NO DETENDREMOS UNO,
NO EMPEZAREMOS UNO.
¡CANADÁ DEFIENDE LA LEY DE ESTADOS UNIDOS!

Las agencias de inteligencia de Estados Unidos han de saber algo sucio del primer ministro canadiense. De otro modo, ¿por qué estarían de acuerdo con el Muro Rosa? La patrulla fronteriza puede detener a cualquier mujer o joven de la que sospechen «razonablemente» que cruzó a Canadá con el fin de interrumpir un embarazo. Regresan a las detenidas (escoltadas por la policía) a su estado de residencia, donde el fiscal de distrito puede procesarlas por intentar practicarse un aborto. Los empleados de salud de Canadá también tienen la obligación de negar una fertilización *in vitro* a los ciudadanos estadounidenses.

El año pasado, al revelar estos términos en una conferencia de prensa, el primer ministro canadiense dijo: «La geografía nos hizo vecinos. La historia nos hizo amigos. La economía nos hizo socios. Y la necesidad nos hizo aliados. Aquellos a quienes tanto ha unido la naturaleza, que el hombre no los separe».

Kalbfleisch dice que su ultrasonido es «alentador». La biógrafa tiene cinco folículos que miden doce y trece, más un montón de folículos más pequeños.

—Estarás lista para la inseminación justo a tiempo, sospecho. El día 14, que es… —Se inclina hacia adelante, espera a que la enfermera abra el calendario y cuenta los cuadros con el dedo—. El miércoles. ¿Tenemos por lo menos un par de frascos aquí? —Como siempre, no la mira a ella, aun cuando le hace una pregunta directa.

Cuatro, de hecho, reposan en el congelador de la clínica; cuatro botellas diminutas de eyaculación del escroto de un estudiante universitario del segundo año de posgrado en Biología (3811) y un entusiasta de la escalada que describió a su hermana como «extremadamente hermosa» (9072). También tiene un poco de semen del 5546, el entrenador personal que le horneó un pastel al personal del banco de esperma; pero los frascos que le quedan siguen en el banco en Los Ángeles.

—Empieza a usar el equipo de predicción de ovulación mañana o pasado mañana —dice Kalbfleisch—. Cruza los dedos. —Se frota desinfectante espumoso en las manos.

—Por cierto. —Ella se sienta sobre la mesa de examinación, se cubre la entrepierna con una hoja de papel—. ¿Cree que puedo tener síndrome de ovario poliquístico?

Kalbfleisch se detiene a medio frotamiento. Un maravilloso fruncimiento de ceño.

—¿Por qué preguntas?

—Una amiga me habló al respecto. No tengo *todos* los síntomas, pero…

—Roberta, ¿estuviste buscando en internet? —Suspira—. En internet te puedes diagnosticar de todo y de nada. En primer lugar, la mayoría de las mujeres con el síndrome también tienen sobrepeso, y tú no.

—Okey, entonces usted no cree…

—Aunque… —La está mirando, mas no a los ojos. Más bien a la boca—. Sí tienes vello facial excesivo. Y, pensándolo bien, vello corporal excesivo, que es un síntoma.

¿Pensándolo bien?

—Pero, eh, ¿qué parte podría ser por genética? Ciertos grupos étnicos son naturalmente más velludos. Las dos abuelas de mi mamá tenían bigote.

—No puedo hablarte de ello —dice Kalbfleisch—. No soy antropólogo. Yo sé que el vello excesivo en la mujer es una señal del síndrome.

¿Eso no sería Biología Humana, en lo que todos los médicos tienen formación, y no antropología?

—Cuando vengas el… —Mira a la enfermera.

—Miércoles —dice ella.

—… revisaré más cuidadosamente tus ovarios, e incluiremos una revisión de testosterona en tus análisis de sangre.

—¿Qué significaría que tuviera el síndrome?

—Que las posibilidades de que concibas por medio de la inseminación intrauterina son extremadamente bajas.

Para justificar que llega tarde al trabajo, a veces tan a menudo como dos veces a la semana, ha esparcido rumores de una enfermedad mortal. El director Fivey está molesto: hablado de una baja sin paga. Sin embargo, no ha estado muy presente desde que su esposa se encuentra en el hospital.

Mientras saca nuevos cuadernos de notas del armario de suministros, la biógrafa le pregunta a la jefa de personal cómo sigue la señora Fivey.

—La pobrecita continúa en condiciones muy críticas.

¿*Crítico* es un adjetivo que puede llevar un modificador de intensidad?

—¿Qué le pasó exactamente?

—Se cayó de las escaleras.

—¿De cuáles escaleras? —pregunta la biógrafa imaginándose los escalones de *El exorcista*, sus diez minutos favoritos de un viaje familiar a Washington, DC.

—De su casa, creo. Estamos pasando una tarjeta.

La señora Fivey siempre se ve bien con sus vestidos de Navidad. Estridente, es verdad, pero bien. Además: ¿por qué estridente? Probablemente sólo porque la biógrafa creció en los suburbios de Minnesota. Un dicho de su madre era «No te quites la ropa antes de que ellos lo hagan». La gramática confusa siempre molestó a la biógrafa. ¿No debía quitarse la ropa antes de que ellos se quitaran su *propia* ropa? ¿O debía dejarse la ropa hasta que los hombres se la quitaran a ella?

—Aquí está la tarjeta —dice la jefa de personal—. ¿Podrías escribir algo personal? La mayoría sólo han firmado.

—No sé…

—Shhh, yo te digo qué poner: «Deseo de corazón una pronta recuperación»; ¿es tan difícil?

—¿Difícil? No. Pero mis deseos no son de corazón.

Los dos largos carrillos de la cara de la jefa de personal tiemblan un poco, como por la brisa.

—¿No quieres que se mejore?

—Sí, en mi mente, no en mi corazón.

En su mente, quiere que la señora Fivey salga del hospital. En su corazón, quiere que su hermano vuelva a estar vivo. En un lugar que no es ni su mente ni su corazón, o en ambos al mismo tiempo, quiere una línea difusa en el centro de un vientre redondo; quiere náuseas. Las marcas de maternidad de Susan: venas de araña atrás de las rodillas, la piel floja en el abdomen, los senos caídos. Afrentas a la vanidad que se llevan como insignias del máximo logro.

Pero, en realidad, ¿por qué las desea? ¿Porque Susan las tiene? ¿Porque la gerente de una librería de Salem las tiene? ¿Porque siempre supuso vagamente que ella las tendría? ¿O el deseo proviene de algún lugar salvaje previo a la civilización, de alguna pulsación biológica que inunda sus venas con el mensaje «¡Haz más de ti!»? Para repetir, no para mejorar. A la pulsión atávica no le importa si hace buenas obras en su breve vida; por ejemplo, si publica un libro magnífico sobre Eivør Mínervudottír que dé a la gente placer y conocimiento. La pulsión sólo quiere otra máquina humana que, a su vez, pueda hacer otra más.

Esperma, en feroés: *sáđ*.

Tres donantes entran a un bar.
—¿Qué les ofrezco? —pregunta el cantinero.
El donante 5546, tonto, arrogante y guapo, dice:
—Whisky.
El donante 3811, que revisa el clima en su teléfono, dice:
—Espera.
El donante 9072, que se da cuenta de que el cantinero está bebiendo una copa, dice:
—Lo que estés tomando tú.
El cantinero señala al 5546 y dice:
—Tú eres demasiado caliente.
»Tú eres demasiado frío —dice al 3811.
»Pero tú eres perfecto —dice al 9072.

De acuerdo con la naturaleza humilde del 9072, este se sonroja, lo que sólo intensifica la percepción del cantinero de que este hombre sería un proveedor de primera de material genético. A lo largo de la tarde, el 9072 es sociable y sereno, se siente a gusto consigo mismo y con los demás. Mientras tanto, el 5546 trata de ligarse a cuatro mujeres diferentes antes de la última llamada, y el 3811 se queda en su banco viendo su teléfono, distante y solitario.

La menos segura de cuatro mujeres se lleva al 5546 a su casa, donde tienen sexo sin protección; casualmente ella está ovulando, pero como el esperma de él es demasiado débil para penetrar su óvulo, no se embaraza.

El donante 3811 se va después de dos cervezas sin haber hablado con ningún ser humano.

El donante 9072 entabla una conversación con la más segura de las cuatro mujeres a las que el 5546 trató de ligar. Ella se siente atraída por la buena salud y el buen cerebro del 9072. Hablan sobre sus habilidades para la escalada y de su hermosa hermana. Él acompaña a la mujer a su carro, donde ella le dice que quiere tener sexo, pero él niega amablemente con la cabeza.

—Soy donante de esperma —le explica—, y mi esperma es excepcionalmente vigoroso, lo que significa que es probable que embarace cualquier cuerpo que lo reciba, ya sea por relación sexual o por inseminación intrauterina. Así que no puedo ir por ahí teniendo mucho sexo. Si se conciben demasiados niños de la mantequilla de mis entrañas, en especial en la misma zona geográfica, algunos de ellos podrían conocerse y enamorarse. Y sería malo.

La mujer lo comprende y se separan como amigos.

Pero ¿cómo puedes criar sola a un niño cuando no puedes resistirte a trescientos mililitros de café?

¿Cuando se sabe que has cenado crema de cacahuate con una cuchara?

¿Cuando a menudo te vas a la cama sin lavarte los dientes?

Ab ovo. Los huevos gemelos de Leda, a quien Zeus embarazó en forma de cisne: uno se abrió y de su interior surgió Helena, que haría zarpar barcos. Empieza por el comienzo. Pero no hay un comienzo. ¿La biógrafa podría recordar cuándo fue la primera vez que pensó, sintió o decidió que quería ser madre de alguien? ¿El momento original en que anheló dejar que un bulbo de liquen creciera dentro de ella hasta convertirse en humano? El anhelo está sumamente respaldado. Legisladores, tías y anunciantes lo aprueban. Lo cual hace del anhelo, piensa ella, algo un tanto sospechoso.

Alguna vez los bebés fueron abstracciones. Fueron «A lo mejor quiero, pero no ahora». La biógrafa solía escuchar con desdén las conversaciones sobre fechas biológicas límite; creía que la locura por un bebé era una mierda de las revistas de estilo de vida. Las mujeres que se preocupaban por el paso del tiempo en el reloj eran las mismas que intercambiaban recetas de salmón y que les pedían a sus esposos que limpiaran las canaletas. Ella no era y jamás sería una de ellas.

Después, de repente, era una de ellas. No por lo de las canaletas, sino por lo del reloj.

La piel moteada del narval se ha comparado con la de un marinero ahogado. Su estómago tiene cinco compartimentos. Puede contener la respiración bajo el hielo durante largos periodos. Y del cuerno del macho, por supuesto, podría decirse mucho.

LA CURANDERA

Mataría por no tener que volver a hacer jamás otro viaje al Acme, pero el bosque, los huertos, los campos o las clientas que le pagan con pescado y baterías no pueden satisfacer completamente sus necesidades; para ciertos productos esenciales tiene que usar billetes verdes. Sin embargo, las luces de la tienda le lastiman los ojos y el piso es muy duro. Además, nota que la gente del Acme se le queda viendo (porque aunque sus maestros de Central Coast Regional decían que era estúpida, no lo es); cuando la ven, toman a sus hijos de la mano.

Busca jengibre, aceite de ajonjolí, curitas, hilo y una caja de dulces de regaliz. Cuando pasa por el mostrador de la carne, siente náuseas al ver las rebanadas prensadas con máquina, montones de carne. La grasa de la carne de puerco y vaca y cordero destella en el aire. Tiene un largo camino por delante, bajo la lluvia, y la noche se acerca. Se apresura hacia el pasillo de los dulces, donde está su regaliz…

«Sé lo que hiciste», masculla alguien casi imperceptiblemente.

La curandera continúa.

Con más fuerza: «Dolores Fivey casi se *muere*».

Ella sigue andando, mirando al final del pasillo, donde doblará a la derecha.

Mucho más fuerte: «¡Está en cuidados intensivos! ¿No te importa? ¿Acaso te importa *siquiera*?». La voz se va elevando hasta las vastas lámparas fluorescentes, pero la curandera no voltea; no les dará el gusto de echarles una mirada.

—¿Encontró todo lo que buscaba? —pregunta la cajera.

La curandera asiente, mirando hacia abajo.

—Por cierto, lindo collar.

Ella siempre se pone su collar de linternas de Aristóteles cuando va al pueblo.

Lola no estuvo a punto de morir. Habría salido en el periódico de la biblioteca.

Ignóralos —le dice Temple desde el congelador—. *La gente se cree cualquier mierda.*

Para cuando llega a casa, su capa está empapada, sus calcetas de lana chapotean en sus sandalias. En el cobertizo de las cabras, mientras vierte grano y la acarician los hocicos de sus bellezas, le dice a Temple: «Los odio a todos». Pasa la mano por la tapa del congelador, escuchando, aunque sabe que Temple no regresará.

Salem, Massachusetts, 1692: se horneó un «pastel de bruja» con harina de centeno y orina de las jóvenes que dijeron haber sido afectadas por hechizos. Ese aromático pastel se le dio de comer a un perro. Según la «sabiduría» de la gente, cuando el perro lo comiera, la bruja sufriría y sus aullidos de agonía la incriminarían.

—¿Cómo consiguieron la orina de las mujeres? —quería saber la curandera más joven.

—Es irrelevante —respondió Temple—. Lo importante es que la gente se cree cualquier mierda. Nunca lo olvides, ¿sí? Cualquier. Mierda.

La curandera extraña a su tía todos los días.

No es verdad que los odie a todos, pero decirlo la hace sentir mejor.

No odia a la joven a la que vigila.

Y no odia a Lola. Extraña sus cumplidos: «¡Tienes los ojos más increíbles que haya visto!». Los paquetitos de azúcar y los saleros que Lola se robó de los restaurantes para ella. Extraña el dedo de Lola en su vaina, los carnosos pechos de Lola en su boca.

No hubo notas ni visitas durante más de un mes. La curandera ha considerado regresar a la casa grande de piedra caliza cuando el esposo esté en el trabajo, para llevarle un rociador con aroma de lilas rojas, pero puede que Lola se vuelva a confundir.

Lola llegó a la cabaña con una quemadura. La curandera se dio cuenta de que mentía sobre cómo se había quemado.

Pone algunos leños en la estufa. Se come el tallo blanco y frío de una pipa de indio. Se quita la ropa mojada y se queda desnuda de pie frente a la estufa hasta secarse.

¿Quién era la persona que le gritaba en el Acme? ¿Qué le ha estado diciendo Lola a la gente?

La última vez, Lola llevaba un vestido verde con los hombros descubiertos. La cicatriz de la quemadura sanaba bien, ya estaba menos rugosa, pero la tendría en el antebrazo por el resto de su vida. La curandera le frotó la herida con aceite de flor de sauco con infusión de limón, lavanda y fenogreco.

—Qué bien se siente —dijo Lola.

—Bueno —respondió la curandera mientras se limpiaba las manos con un trapo viejo. Guardó la botella y el trapo en su morral—. Nos vemos.

—¡Pero si acabas de llegar!

La curandera parpadeó mirando el sillón floreado, la bolsa de palos de golf, las fotos de la familia a lo largo de la escalera. A través de las suelas de corcho de sus sandalias sintió el entrepiso repleto de larvas de escarabajo de alfombra.

—Él no regresará antes de las cinco. ¿Podríamos…? —Arquea insinuante una cejita depilada—. No te he visto en dos semanas enteras —agregó Lola, acercándose—. Te *extrañé*. Tengo una amiga en Santa Fe que vende *kokopellis* artesanales de piñón —dice mientras da unos golpecitos al dedo grande del pie de la curandera con su brillante bota negra—. Podríamos ir allá un tiempo; él nunca se enteraría…

—No voy a dejar a mis animales.

—Entonces tal vez me podría quedar contigo —propone, acariciando torpemente el bíceps de la curandera.

Un golpe de calor en la garganta.

—No te puedes quedar.

—¿Por qué no? —Lola dio un paso atrás, frunciendo el ceño—. Pensé que te gustaba, Gin.

Los humanos siempre quieren más.

—Me gustas —respondió la curandera.

—Pero… —una sonrisa de pánico—. Espera, ¿me estás…?

—Es que… —comenzó la curandera.

Flores demoniacas bailaban en el sillón, saltando, nublando las cosas.

—¿Qué? *¿Qué?*

Pero algunos sentimientos no están atados a las palabras.

—Es que… No es… Yo no… —La lengua de la curandera era como un dedo del pie aceitoso.

—¿Qué, no puedes hablar? ¿No puedes siquiera *decir una frase?* —Lola se frotó los muslos de arriba abajo; arrugaba el vestido verde, lo alisaba y lo arrugaba de nuevo—. Sí sabes que todo mundo cree que estás loca, ¿verdad?

—No estoy loca.

—Estás loca *de remate* —dijo Lola entre dientes.

La curandera sacó de su morral la botella de aceite para cicatrizar y la puso sobre la mesa de café.

—Puedes quedarte con toda la botella, sin costo.

—Sal de mi casa y vete a la mierda —respondió Lola.

Lola no podía entender —y la curandera no era nada buena para ayudarla— hasta qué punto la curandera prefiere estar sola. En lo que a los humanos se refiere.

Un faro bañado por el mar, construido con:

granito de Aberdeen
álamo tolerante a la sal
cal hidráulica

Campanas y mazo: señal de niebla

LA HIJA

Por favor, que sea sangriento. Por favor, que sea un torrente de moco oscuro, rojo con cuerdas negras.

Se baja la ropa interior.

Blanco como pastel.

—¿Dónde está la maldita extensión de la mesa? —grita su papá, bajando las escaleras a grandes pasos.

Los primos de Salem llegan a cenar en una hora.

Busca la caja de tampones bajo el lavabo y saca lo que está escondido entre los regulares y los extraabsorbentes.

—Cállate —le dice al niño rubio feliz de la caja.

Con los muslos plantados sobre el escusado, rompe la envoltura de plástico del palito para orinar.

En alguna parte hay un hogar amoroso para todos los bebés que vienen al mundo.

No llora ni hiperventila ni le manda una foto a Ash del signo de más que brilla en el palito. Envuelve la caja de la prueba y su contenido en una bolsa de papel café que embute en una bota para lluvia que guarda al fondo del clóset. Se viste.

La bruja tiene un tratamiento, si aún está a tiempo. Y no cobra. La amiga de la hermana de Ash, que se hizo un aborto con la bruja el año pasado, dice que sólo funciona antes de cierta semana del embarazo. La bruja usa hierbas silvestres que no te incriminan si te agarran con ellas, porque la policía no sabe qué son. Y la hija no planea que la atrapen.

Yasmine habría podido ir a Canadá a hacerse un aborto, porque aún no existía el Muro Rosa. O habría podido darle el bebé a alguien más.

Yasmine le preguntó qué se sentía ser adoptada.
—Normal —respondió la hija.
Lo cual era y no era verdad.

Yasmine sabía que la hija tenía curiosidad sobre su madre biológica.

A lo mejor ella

Era demasiado joven.
Era demasiado vieja y no tenía la energía.
Ya tenía seis hijos.
Sabía que pronto moriría de cáncer.
Era una sinvergüenza.
Simplemente no tenía ganas de lidiar con ello.

Fue una adopción cerrada. No hay manera de encontrarla, excepto por medio de un detective privado que la hija aún no puede pagar.
Así que sueña.
Que la madre biológica se hace famosa debido a la creación de una cura para la parálisis y aparece en la portada de una revista que ve en la cola del súper, donde la hija reconoce su cara de inmediato.
Que su madre biológica la encuentra a *ella*. La hija baja los escalones de la escuela, el timbre de las tres de la tarde suena y una mujer con lentes oscuros la alcanza corriendo y grita: «¿Eres mía?».
Con su abuela biológica, a quien a lo mejor le encanta hornear. Ve los tazoncitos de porcelana que su abuela usa para las natillas.

Un juego de seis, blancos con borde azul, uno desportillado. Quizá su madre biológica siempre elige comer en ese.

Los tazoncitos están destrozados en el fondo de un pozo en el patio de la casa donde todos murieron, la abuela y el abuelo, los primos. Su madre biológica —que seguía muy débil después de dar a luz—, abrumada de tristeza, decidió ir a la agencia al día siguiente para recuperar a su bebé; tenía un margen de cuarenta y ocho horas y sólo habían pasado treinta. Iría al día siguiente; ahora sólo necesitaba descansar un poco. Pero ¿qué era ese olor? Era humo, porque había fuego, por un calentador averiado, pero nadie le prestaba atención porque se habían emborrachado, y su madre biológica, aunque no se encontraba ebria, se sentía demasiado exhausta por el dolor del parto para dar la alarma; así que murieron.

Una tía, que llegó más tarde a buscar entre los escombros, echó al pozo todo lo que no era valioso. Si ese pozo existía —y la hija lo podía encontrar—, bajaría con una cuerda para rescatar los pedazos de los tazoncitos blancos, las cucharas y los cuchillos, los recipientes de hojalata con cartas de amor, los relicarios de acero llenos de cabello. Ese cabello tendría el ADN de su madre biológica, sellado a salvo del fuego y la humedad.

Hace dieciséis años, el aborto era legal en todos los estados.

¿Por qué se pasó nueve meses gestando a la hija si después la daría en adopción?

Los primos de Salem gritan en el recibidor. Después de ver a la hija, la tía Bernadette dice:

—¿Qué les pasa a estos adolescentes, que se visten de manera tan *incontratable*? —Y papá se ríe.

Mamá, sin reírse, le responde a la tía Bernadette:

—Mattie se puede vestir como quiera. Hasta donde sé, aún vivimos en Estados Unidos.

Mamá e hija se escapan a la cocina.

—¿Lavas las papas?

La hija las echa a un colador y empieza a tallarlas bajo el chorro de agua.

—Por cierto… —Hay una nota de alegría forzada en su voz—. Me llamó Susan Korsmo.

—¿Ah, sí? —dice la hija, tallando con más fuerza.

—Francamente, fue una conversación extraña.

—¿De veras?

—Dijo estar preocupada.

—¿Por qué? —Gracias a Dios que existe la mugre de las papas. Requiere tallar tanto.

—Bueno, pues le dije que era ridículo, pero sonaba…, no sé, insistente. Aunque tiende a sonar insistente la mayor parte del tiempo.

No es posible que la señora K. sepa. No es posible.

—Matilda, mírame.

Cierra la llave del agua y se seca las manos en los jeans.

—Entonces, ¿en qué fue tan insistente?

La cara de mamá es como de papel, abatida.

—Dijo que vomitaste en su casa. Cuando fuiste de niñera. Dijo que te oyó en el baño.

No.

—Y cree que tienes un trastorno alimenticio.

¡Sí!

—¿Te parece gracioso? —pregunta mamá.

—Es… No…, porque está equivocada.

—¿Sí?

La hija extiende los brazos alrededor del cuello de mamá y aprieta la mejilla contra su hombro.

—En la escuela me comí un burrito en mal estado y vomité. La señora K. tiene demasiado tiempo libre, así que…

—Crea una crisis donde no la hay —murmura mamá. Después se aparta y toma la barbilla de la hija entre los dedos—. ¿Estás segura, pollita? ¿Me dirías si te pasara algo?

127

—Te lo juro; no tengo un trastorno alimenticio.

—Gracias a Dios. —Lágrimas en los ojos.

La hija tiene suerte de tener a esta madre, aunque ya tenga sesenta años, aunque haga chistes bobos sobre mariscos. Una mamá joven, como la de Ephraim, pudo haber dicho: «¿Bulimia? ¡Te enseñé bien!».

Por razones que no puede desentrañar, la hija casi nunca sueña con su padre biológico.

Toma una cucharada extragrande de puré de papa. Mira a mamá, señala el plato, parpadea; odia lo mucho que sonríe mamá. Respira por la boca cuando pasa el plato de coles de Bruselas, el vegetal cuyo olor, cuando se cocina, más se parece a la flatulencia humana.

Los primos de Salem hablan y critican. «Bueno, ¿qué esperan los ilegales, una alfombra roja?». Blablablablabla. «Y después se niegan a aprender inglés». Blablablablabla. «Entonces, ¿por qué yo tengo que tomar tres años de español?». Blablablablabla. Los invasores parecen copias unos de otros; su grosor se repite, se recalienta. Mientras que la hija es alta, y papá es bajo. La hija es pálida, y mamá cetrina.

Este grupo de células podría resultar alto, aunque probablemente no pálido. Ephraim se pone moreno en el verano.

El jugo del asado se secó en la manga de la hija. De cualquier manera, odia esa playera. A lo mejor se la regala a su tía Bernadette, que la odia todavía más.

Mamá y papá no pueden saberlo nunca.

¿Y si tu mamá biológica hubiera decidido abortar?

—Matilda, te toca.

—Paso —dice la hija.

¡Piensa en todas las familias adoptivas felices que no existirían!

Nunca jamás lo sabrán.

—¡Ay, tú!

—No seas aguafiestas.

—No se me ocurre ningún chiste —dice.

—¡Muy graciosa!

—¿Por qué los chicos se hacen tanto los que sufren?

Yasmine dijo que prefería morir antes que decirles a sus padres.

salta del cielo (el rayo)

gruñido de ovejas (como suenan los narvales)

aumentó un olor

golpeado por el mar, unido al hielo

que causa arrepentimiento donde no existía

LA ESPOSA

Didier tararea «You are my sunshine» mientras quita la grasa de las pechugas crudas. Durante años trabajó en cocinas; desprecia las recetas y es bueno con el cuchillo. Un trabajo en un restaurante decente le pagaría mejor que ser maestro en Central Coast Regional, pero abandonó la comida porque no quería perderse la infancia de sus hijos. La esposa ve un calendario de tardes tristes y vacías, Didier está en lo suyo, cocinando; los niños ya en cama; ella a solas y sin tener que responderle a nadie.

—¿… El papel aluminio?

—¿Qué?

—¡El papel aluminio, mujer! —Didier trota unos pasos para agarrarlo. Está de buen humor; siempre se pone más contento cuando cocina. Tiene una toallita colgada en el hombro. Es cuando está más feliz, pero rara vez cocina.

—¿Qué más? —pregunta ella.

—Estoy bien aquí. Ve y relájate.

—¿En serio? Bueno. —Limpia una mancha seca de yogur en la barra junto a la estufa—. ¿Hago la ensalada?

—Tú sólo siéntate.

Ella lo ve picar: con una mano junta las aceitunas y con la otra baja el cuchillo, con rapidez y precisión. Sus ojos no se apartan de las aceitunas, sus hombros no se relajan. Feliz y seguro de sí mismo. Sin embargo, la mayor parte de las comidas le tocan a ella, la que «tiene tiempo».

132

—Por cierto, ¿por qué Mattie está aquí todavía?

—Está acostando a los niños.

Didier baja el cuchillo y voltea a verla.

—¿Le pagamos doce dólares la hora para que cuide a los niños en casa mientras estamos nosotros?

—Pues me gustaría, aunque sea una sola vez, cenar contigo a solas, sin preocuparme por los niños.

—Sólo digo que es un lujo, no como un servicio de limpieza…

—Es decir, ¿un lujo como vivir sin pagar renta?

Pasa las aceitunas de la tabla de picar a un plato hondo y levanta la botella de cerveza.

—¿Y seguirás reprochándomelo seis años *más*?

—¿Qué tal mejor: «Sea como sea, estamos ahorrando mucho dinero»?

—Eso es como decir: «Agradece que vives en el purgatorio; es más barato que…».

—Newville no es para nada el purgatorio —responde la esposa. La mancha de yogur es terca; se lame un dedo y la frota otra vez—. Vi algo en la carretera, un animalito quemado. Pensé que algún chico le había prendido fuego. Trataba de cruzar al otro lado.

—¿Al otro lado, al más allá?

—Al otro lado del camino. Estaba calcinado, a punto de morir, pero seguía moviéndose. Me pareció, no sé, tan ¿valiente? Quería ayudarlo, pero ya había muerto.

Su esposo echa las pechugas en una bandeja para hornear cubierta de aluminio.

—Nunca he entendido esa expresión, «a punto de morir». ¿Es como si hubiera algún peligro justo *al lado* de su vida, pero no en el punto exacto para tocarlo?

—Ese animalito… Es extraño: no puedo dejar de pensar en él.

—¿Dónde está la sal?

—Creo que era una zarigüeya. Era como si no estuviera dispuesta a morir o no se diera cuenta de que su muerte estaba próxima; simplemente trataba de *seguir*.

—¡Ahí estás, Sal Saladita! —Espolvorea el pollo y desliza la bandeja dentro del horno—. ¿Sabes qué es lo más jodido de los donantes de esperma de Ro?

La esposa cierra los ojos.

—¿Qué?

—Que simplemente pueden mentir en la solicitud. Sus cuatro abuelos murieron de cirrosis, ¿pero el tipo declara que están vivos y sanos? Nadie lo confirmará. Me sorprende que alguien tan neurótica como Ro no se preocupe por eso.

—Ella no es neurótica —responde, pero le da gusto escuchar que él lo diga.

—Tú no trabajas con ella. —Echa a andar el cronómetro—. Está en total negación. No se da cuenta de la pesadilla que será. ¿Y ella sola? Es una pesadilla incluso cuando se hace en pareja.

—Didier, quiero ir a terapia.

Se limpia las manos con fuerza con la toallita.

—Pues ve.

—A terapia *de pareja*.

—Ya te lo he dicho antes —dice, alcanzando la cerveza—. No soy de los que van a terapia. Perdón.

—¿Y eso qué se supone que significa?

—Significa que no respondo bien cuando me responsabilizan de cosas que no son mi culpa.

Oh, Dios, no de nuevo lo de su padre.

—Encontré a alguien en Salem —explica la esposa—; la recomiendan mucho y además da citas en la tarde…

—¿No me oíste, Susan?

—¿Sólo porque tú tuviste un terapeuta incompetente en Montreal hace treinta años? Esa es una *gran* razón para no tratar de salvar… —Se detiene. Se lame el dedo de nuevo, raspa el yogur en la estufa.

—¿Qué? ¿Para salvar qué?

—¿Podrías sólo *considerarlo*, por favor? ¿Una sesión?

—¿Por qué la gente de Estados Unidos está obsesionada con la terapia? Hay otras maneras de resolver los problemas.

—¿Como cuáles?

—Como contratar un servicio de limpieza.

—Ah, *bueno*.

—Está claro que tú no quieres limpiar, lo cual *entiendo* —dice levantando la palma y asintiendo—. A mí tampoco me dan ganas de limpiar, especialmente después de estar todo el día en el trabajo.

—Yo preferiría estar todo el día en el trabajo —contesta ella, preguntándose si es verdad conforme sus palabras se asientan en el aire.

—Entonces consigue un trabajo. Nadie te detiene. O regresa a la escuela de Derecho.

—Ojalá fuera así de fácil.

—A mí me parece bastante fácil. —Él está limpiando los traslúcidos pedacitos rosas de pollo crudo que quedaron en la tabla para cortar—. ¿Es en serio, Susan? Las cosas no están tan mal. O sea, sí, algunas cosas podrían estar mejor, pero no manejaré ciento cuarenta kilómetros para hablar de que debí haberte comprado mejores regalos de cumpleaños.

O algún regalo, por lo menos.

—Pero ¿y los niños? —pregunta ella—. Perciben las cosas, Bex pregunta…

—Los niños están bien.

La esposa inhala profundamente.

—¿Me estás diciendo que ellos no se beneficiarían de que nuestra relación mejore?

—Resulta interesante que te importe un carajo *mi* bienestar. Ese idiota le lavó el cerebro a mi mamá, y ella nunca dejó de echarme la culpa desde entonces… A mí, que era un niño.

—Sé que no fue tu culpa que él se marchara, pero…

—Al terapeuta ni siquiera le importó por qué lo golpeé; dijo que era «irrelevante». ¡No jodas!

—Le rompiste la nariz a tu papá.

—Pues él me hizo mucho más daño a mí y ese es mi punto. El objetivo de la terapia es hacerte sentir como mierda de perro en nombre de la reflexión. ¿Pagar doscientos dólares por hora para que me hagan sentir mierda?

—¿Señora Korsmo? —pregunta una vocecita desde el vestíbulo.

—¿Sí?

—Disculpe que la moleste —dice Mattie—, pero John le rasguñó el brazo a Bex y está muy alterada.

—¿Le abrió la piel? —pregunta la esposa con un grito.

—No, pero…

—Entonces, ¿podrías por favor encargarte de eso?

Mattie aparece en la puerta, nerviosa.

—Bex dice que la necesita.

—Pues no es cierto. Dile que al rato subo a ver cómo está.

—Yo voy —dice Didier—. Saca el pollo del horno cuando suene la alarma.

—Pero no hemos terminado —contesta la esposa.

Él va detrás de Mattie; suben las escaleras.

La esposa echa en el lavaplatos la tabla para cortar sucia de pollo. Recoge las aceitunas de la barra de la cocina. Limpia con la mano la sal que quedó regada.

Se lava las manos.

Apaga el cronómetro, pero deja el horno prendido.

Enciende uno de los quemadores de la estufa de gas y lo pone a fuego alto.

Abre el horno, sujeta una pechuga con un guante y la deja caer sobre la flama del quemador. La pechuga arde, revienta y chisporrotea; se pone completamente azul por el fuego.

Oscureciéndose, burbujeando.

Chamuscada y chiclosa como hule.

Un animalito calcinado.

La mano de su madre sobre la suya sobre el cuchillo.

La cara se desprende del cordero.

Después de probar una nueva tanda de *skerpikjøt*, su madre se jactaba de poder identificar la colina exacta donde había pastado el cordero. Nadie le creía, pero con su madre era más prudente aplaudir la sensibilidad de su lengua.

Tan sólo dos días antes de la boda, la madre de la exploradora le informó que la casaría con un hombre que nunca había visto, un viudo de cincuenta y dos años que era pescador de salmón. Eivør estaba vieja para seguir siendo soltera: tenía diecinueve.

LA BIÓGRAFA

El restaurante chino está lleno de maestros gracias a un mandato federal que duplicó el número de exámenes estandarizados en las escuelas públicas. Sólo se necesita la mitad del personal para supervisar los exámenes de esa tarde.

La mesera teñida de rubia les sirve agua.

—Les daré un minuto —dice. Tiene un lunar peludo en la mejilla.

Didier estira la mano para quitar algo del cuello de la biógrafa.

—Comiste avena en el desayuno.

Ella le aparta la mano. Él la patea por debajo de la mesa. Frente a Susan, la biógrafa no toca a Didier. No quiere que piense: «¿Desea a mi marido?», porque no es así, y si lo fuera, más razón para no levantar sospechas. Una vez Susan le contó a la biógrafa que la maestra de música había coqueteado con Didier y le había enseñado el trasero el día de campo de verano, y Bex, que dibujaba en la mesa de la cocina, preguntó: «¿Y se volvió a poner el trasero después?».

—Desearía que por una vez en tu vida pudiera verte, pero no oírte —respondió Susan.

A la biógrafa le dio gusto saber que Susan podía ser una madre inepta.

—¿Cómo va tu saga de la aventurera? —pregunta Pete.

—Ya casi termino.

—No lo dudo. —Agita su mantel individual vigorosamente para echarse aire—. Todos necesitamos un buen pasatiempo.

—No es un pasatiempo —aclara ella.

—El pelo que le sale del lunar tiene que medir unos cinco centímetros —dice Didier.

—Claro que es un pasatiempo —dice Pete—. Lo haces los fines de semana o en vacaciones. El acto de hacerlo te proporciona placer, pero no beneficio o ganancia.

—¿Quieren ordenar? Le puedo hacer una señal al taxi del pelo.

—Entonces, si algo no produce dinero, ¿inmediatamente se relega a la categoría de pasatiempo? —pregunta la biógrafa.

La mesera regresa. Por un momento, su pelo —largo y negro— fascina a todos. La biógrafa, que se decolora el labio superior cada pocas semanas, tiene un cálido sentimiento de camaradería. Ella y Pete ordenan platos Lirio Dorado; Didier, la Consolación del Emperador.

Didier se inclina hacia adelante y les dice, en voz baja:

—Por qué no simplemente se saca la maldita cosa, ¿no?

Hay un óvulo a punto de salir de su saco hacia la húmeda calidez falopiana. Hoy, el equipo para predecir la ovulación no le mostró una carita sonriente; mañana volverá a probar. Una vez que obtenga la carita feliz, regresará con Kalbfleisch por esperma.

—¿Me sirves un poco más de té, Roanoke?

Ella le acerca la tetera quince centímetros.

—¡Dije me *pones*, mujer! Por cierto, ¿me puedes dar un aventón a la casa? Hoy le dejé el carro a Susan.

—¿Cómo planeabas regresar si yo no te llevaba?

Didier sonríe, guapo de tan feo.

—Ya sabía que me llevarías.

Bryan Zakile camina hacia su mesa y brama:

—¡Claramente, *estos* tres no tienen buenas intenciones! ¿Quieren oír mi fortuna? «Dejarás un rastro de gratitud».

—«En la cama» —añade Didier.

—Tú lo dijistes, no yo.

—Dijiste —mascula la biógrafa.

Bryan se encoge.

—Gracias, Schutzstaffel de la gramática.

Ella arrastra su tenedor por el Lirio Dorado.

—Yo no soy la maestra de Literatura.

—En realidad, él tampoco enseña Literatura —dice Didier—. Su materia es el hermoso juego.

—Si esa rodilla hubiera resistido —dice Pete—, estaríamos viendo a Bryan en la tele. ¿Para qué equipo jugarías? ¿El Barça? ¿Manchester United?

—Muy gracioso, Peter, pero fui All-Conference durante tres años en Maryland.

—Eso es *tremendamente* impresionante.

La biógrafa le sonríe a Pete. Sorprendido, él le devuelve la sonrisa.

A veces le recuerda a su hermano.

No puede usar el predictor de ovulación cuando despierta, porque la primera orina de la mañana no es ideal para detectar el aumento de hormona luteinizante que augura el desprendimiento de un óvulo. Tiene que esperar cuatro horas para permitir que se acumule suficiente orina en la vejiga, y en esas cuatro horas no puede beber demasiados líquidos a no ser que quiera diluir la orina y arruinar los resultados. En lugar de café, tuesta un waffle congelado y lo mordisquea sin mantequilla en la mesa de la cocina. Mira la fotografía de la librería. El estante donde estará su libro.

Entre la primera y la segunda clase, en una silla del baño del personal, la biógrafa inserta una tableta nueva para absorber orina en la varita de plástico del equipo que predice la ovulación y se sienta en cuclillas sobre el escusado. Las instrucciones dicen que no necesita absorber toda la orina, sólo cinco segundos, lo cual es bueno porque el primer chorro cae al lado del palo. Tiene que moverlo debajo de sí misma para encontrarlo. Cuenta hasta cinco. Apoya la varita en un poco de papel de baño que puso en el receptáculo de metal para tampones, en un ángulo que permita que la orina viaje a través del palo hacia el mecanismo que detecta la hormona luteinizante. Ello requiere un minuto o más.

Se limpia las manos mojadas, se sube los jeans y vuelve a sentarse sobre el escusado. Durante ese minuto o más, mientras la pantalla digital parpadea —se convertirá en un círculo vacío o en un círculo con una carita feliz—, la biógrafa canta la canción estimulante del óvulo: «A lo mejor estoy sola, a lo mejor soy una vieja, pero, carajo, ¡aún puedo ovular!».

Revisa: sigue parpadeando.

Una mujer delgada y fea. Una vieja mujer marchita. Una vieja mujer cruel y fea. Una mujer como una bruja. Un personaje de segunda en un cuento de hadas. Una mujer de más de cuarenta. Del francés antiguo del norte *caroigne* («carroña» o «cascarrabias») y del holandés medio *croonje* («viejo cordero hembra»).

Sigue parpadeando.

A través del muro del baño llegan los gritos de chicas cuyos ovarios son jóvenes y jugosos, atestados de óvulos.

Sigue parpadeando.

¿Cuál es el número total de óvulos humanos en este edificio ahora mismo?

Sigue parpadeando.

¿Cuántos de los óvulos humanos que hay ahora mismo en este edificio se bañarán en esperma y se abrirán para producir otro ser humano?

Revisa: ¡carita feliz!

Un florecimiento de placer en sus costillas.

A lo mejor tengo cuarenta y dos años, *pero aún puedo ovular, carajo.*

—Hola. Sí, llamo porque tuve el aumento de hormona luteinizante hoy; está bien, claro… —Espera, espera—. Sí, hola. Habla

Roberta Stephens... Sí, claro... Y aumentó hoy... sí... Y usaré un donante de esperma, así que quería... Muy bien, claro... —Espera, espera, una campanita; ese fue el segundo timbre; llegará tarde a su propia clase—. Muy bien... Sí, tengo más de un donante en el almacén, pero me gustaría usar el número 9072.

El semen del donante se congela poco después de la recolección y se deshiela poco antes de la inseminación. Entre ambos procesos, millones de espermas se mantienen inmóviles, oblicuos, con el material genético en pausa. Al día siguiente, temprano, antes de su llegada, el personal de la clínica descongelará un frasquito del 9072 (escalador, hermana hermosa) y hará girar su contenido en una máquina de centrifugado para separar el esperma del líquido seminal y limpiar los nadadores de las prostaglandinas y desechos.

—¡Nos vemos a las siete! —le dice a la enfermera, tan emocionada que le duele la garganta.

Mañana a las siete. A las siete mañana. Mañana, en Salem, en una calle pequeña llena de hojas arriba del mercado, de manos de un exjugador de americano, inseminarán a la biógrafa.

Si es posible que vengas a mí, pequeño, ven a mí.
Si no es posible, no vengas, y que no me quede destrozada.

Apenas puedo dormir. Sostiene un frasco como de crema facial que contiene opiáceos, los cuales cocinará y se inyectará, y busca algodón en el baño de su madre. Debe esconder sus herramientas de su madre. Sin embargo, ella también es su madre y la persona con el frasco es Archie.

—¿Dónde está el algodón? —pregunta Ro.

—Se terminó. Usa un filtro. —¡Pero se me acabaron los cigarros! —dice Archie.

—A lo mejor yo tengo unos —dice la biógrafa.

Despierta antes de que suene la alarma. Vaso de agua, la vieja chamarra verde de su hermano, la llave del candado de la bicicleta de su madre en una cadena alrededor del cuello. La biógrafa es atea, pero no descarta a los fantasmas que puedan ser útiles.

—Archie es el encantador —dice su madre—. Tú eres la lista.

Sale del edificio en la oscuridad salobre; el mar choca; el carro está helado. No hay otros coches en el camino del acantilado. Sus faros barren el muro de roca, las copas de los abetos, el océano negro moteado de plata, el mismo camino y el agua que el bebé verá algún día.

7:12 a.m.: Se registra en el mostrador. Toma su lugar entre las mujeres silenciosas con rocas en los dedos.

7:58 a.m.: La enfermera Jolly la lleva a una sala de examinación en la que se desnuda de la cintura para abajo y se sienta bajo una sábana de papel. Su corazón late el doble de rápido que siempre. ¿Tener el corazón acelerado afecta la fertilización? En el sueño de la noche anterior, ella —como Archie— planeaba inyectarse en el pecho, del lado izquierdo, porque le dijeron que un «directo al corazón» hace inmenso el placer.

8:49 a.m.: Kalbfleisch se sitúa al lado de las piernas abiertas de la biógrafa y de sus pies puestos hacia arriba; le muestra un frasco.
—¿Este es el donante correcto?
Ella entrecierra los ojos: 9072 de Athena Cryobank. Sí.
—La cuenta de este frasco fue bastante buena —dice el doctor—. Trece punto tres millones de espermas móviles.
—Recuérdeme cuál es el promedio.
—Queremos que la cuenta sea de por lo menos cinco millones.
Inserta un espéculo en la vagina de la biógrafa. No duele exactamente, más bien es una fuerte presión, y después abre su cérvix

y la presión se vuelve suficiente para hacerla apretar los dientes. A través del espéculo guía un catéter de plástico hacia el útero de la biógrafa. La enfermera le pasa a Kalbfleisch la jeringa con el semen lavado; dos centímetros de líquido amarillo pálido. Él lo inyecta por el catéter, depositando el semen en la parte superior del útero, cerca de las trompas de Falopio.

Todo requiere menos de un minuto.

Se quita los guantes de un tirón y dice:

—Buena suerte. —Y se va.

—Descansa un momento, corazón —dice la enfermera Jolly—. ¿Quieres agua?

—No, gracias, pero gracias.

Inhala.

Tiene tanto, tanto miedo.

Exhala.

O funciona o tiene que encontrar a una madre biológica en los siguientes dos meses. Después del 15 de enero, cuando entre en vigor la ley Todo Niño Necesita Dos, ningún hijo adoptivo volverá a sufrir la falta de tiempo de una mujer soltera, su baja autoestima, su inferior poder adquisitivo. Todo niño adoptado ahora tendrá las recompensas de crecer en un hogar con dos padres. Menos madres solteras —dicen los congresistas—, significarán menos criminales, adictos y beneficiarios del Estado. Menos recolectores de granadas. Menos presentadores de *talk-shows*. Menos inventores de curas. Menos presidentes de Estados Unidos.

Inhala.

Mueve las piernas, Stephens.

Exhala.

Se acuesta perfectamente quieta.

En la preparatoria corría durante horas cada día en la temporada de carreras; tenía músculos entonces, tenía vigor. Compitió en las carreras de cuatrocientos y de ochocientos, y aunque no era una estrella, era decente; incluso ganó algunos encuentros en su último año. Archie, de primer año, se apretaba contra la malla de la cerca para vitorearla. Sus padres se sentaban en las gradas y la animaban. Su madre hacía cenas de celebración con la comida favorita de la biógrafa: huevos revueltos con chile verde, pay de crema de cacahuate. Cómo le encantaba la mesa inclinada, las lámparas, los grillos de las noches de primavera, su mamá antes de que se enfermara, Archie con su playera de calavera balanceando una cucharada de pay sobre su cabeza. Al recibir toda esa atención se sentía cansada y orgullosa, una guerrera que había dirigido su flecha contra cada objetivo que se había propuesto.

Si es posible que vengas a mí, ven a mí y te llamaré Archie.

En el carro abre una bolsa con trozos de piña, cuya bromelina supuestamente promueve que el óvulo fertilizado se implante en la pared uterina. Pasarán cinco días antes de que el óvulo esté listo para implantarse, pero comer piña conforta a la biógrafa. Su dulzura es fuerte y buena contra el miedo amargo y ácido.

Cinco días. Dos meses. Cuarenta y dos años. Odia el calendario.

Por favor, que esta vez funcione.

No mueve la pelvis en todo el camino a casa. Levanta los dedos de los pies con cuidado sobre el freno y el acelerador, sin contraer los músculos de los muslos. «Diablos, podrías ir al gimnasio hoy si quisieras», le dijo Kalbfleisch después de la primera inseminación, para minimizar la importancia de lo que hiciera el cuerpo de la biógrafa unos minutos después de permanecer quieta en la mesa de examinación. Sin embargo, el cuerpo de la biógrafa se mantendrá tan quieto como pueda.

Esta vez tiene que funcionar.

En clase se sentará detrás del escritorio sin hacer ningún movimiento de muslos o de pelvis, y los óvulos flotarán en las aguas de las trompas sin sacudirse, abiertos, dispuestos, y un óvulo abierto

145

por los espermas dará la bienvenida a un solo espermatozoide invasor, listo para fusionarse y dividirse. De una célula, dos; de dos, cuatro; de cuatro, ocho. Un blastocisto de ocho células tiene una oportunidad.

Pasé dieciocho meses en la casa de mi esposo antes de que una tormenta hundiera su barco junto con él.

Que en dieciocho meses no hubiera concebido un hijo llenaba de vergüenza a mi madre.

La mañana roja cuando me fui hacia Aberdeen, me dijo: «Vete, llévate esa *fisa* descompuesta lejos de nosotros».

LA HIJA

Sus padres no son religiosos. Dicen que sus motivos son pragmáticos, lógicos. Hay tanta gente que *quiere* adoptar. ¿Por qué privar a esas personas de bebés que criarán, querrán y llenarán de amor, sólo porque otras personas no quieren estar embarazadas unos meses? Cuando pasó la Enmienda de Estatus de Persona, su padre dijo que ya era hora de que el país entrara en razón. No comulgaba con los locos que bombardeaban las clínicas y consideraba que hacer que las mujeres pagaran los funerales de los bebés malogrados era demasiado; pero, dijo, para cualquier bebé que llegara al mundo había un hogar amoroso en algún lado.

Su clase de Estudios Sociales de octavo grado hizo como práctica un debate sobre el aborto. La hija hizo viñetas con las ideas para el equipo proelección. Su padre revisó su tarea, como siempre; pero en lugar de su típico «¡Buen trabajo!», se sentó junto a ella, puso la mano sobre su hombro y dijo que le preocupaban las implicaciones del argumento que sostenía.

—¿Y si tu madre biológica hubiera decidido terminar el embarazo?

—Pues *ella* no lo decidió así, pero otras personas deberían poder elegir.

—Piensa en todas las familias felices que adoptaron y que no existirían.

—Pero, papá, muchas mujeres de todas formas darían a sus bebés en adopción.

—Pero ¿y todas las que no lo hicieron?

—¿Por qué no puede cada quien tomar su propia decisión?

—Cuando alguien decide matar a otro ser humano con un arma, lo metemos a la cárcel, ¿no?

—No si se trata de policías.

—Piensa en todas las familias que esperan un niño. Piensa en mí y en tu mamá, cuánto tiempo tuvimos que esperar.

—Pero…

—Un embrión es un ser vivo.

—También un diente de león.

—Pues no puedo imaginarme el mundo sin ti, pollita, ni tampoco tu mamá.

Ella no quiere que se imaginen un mundo sin ella.

Ash le ofrece un aventón a la casa pero la hija lo rechaza; su papá irá por ella. A raíz de su jubilación está tan aburrido que puede recogerla cuando sea. Hace frío. El cielo está opaco; el pasto de la cancha de futbol, rígido y plateado. Hoy el equipo juega fuera. No se lo ha dicho a Ephraim. ¿Y si su reacción es «¿Estás segura de que es mío?»? O tal vez le responda: «Tú te metiste en esto, ahora te aguantas». La semana pasada se cruzaron en la cafetería y Ephraim, con el sombrero anticuado que a ella alguna vez le gustó tanto, dijo: «Hey», y ella respondió: «Hey, ¿cómo estás?», pero él siguió avanzando y su pregunta, que no era retórica, se volvió retórica. Probablemente iba a meter la mano bajo la blusa de Nouri Withers.

Quizá su madre biológica también era joven. Quizá se dirigía a la escuela de Medicina, de ahí al doctorado en Neuroquímica y luego a su propio laboratorio de investigación en California. (A lo mejor está muy cerca, en este preciso momento, de encontrar la cura para la parálisis). Quedarse con la hija habría significado tener que renunciar a su beca para la universidad.

Ella no quiere que el niño se pregunte por qué su madre no se lo quedó.

Y no quiere preguntarse qué le sucedió a él. ¿Se lo dieron a unos padres como los de ella, o a padres que le gritan, que son racistas y que no lo llevan lo suficiente al doctor?

Pega un brinco por la alarma de tsunami; nunca se acostumbrará a ese alarido que le destroza los nervios.
—Es sólo una prueba, corazón —dice papá.
Ella le sube al radio del auto.
—¿Qué tal estuvo la escuela?
—Bien.
—¿Ya terminaste la postulación para la academia?
—Ya casi.
—Mamá está preparando tacos de pescado.
Se traga un chorrito de vómito.
—Genial.
«El día de hoy —narra el radio—, doce cachalotes quedaron varados setecientos metros al sur de Gunakadeit Point. Aún no se ha determinado la causa del varamiento».
—¡Dios mío! —exclama la hija y sube el volumen.
«Once de las ballenas están muertas, según reportó la oficina del *sheriff*, aunque aún no queda claro…».
—¿Te acuerdas del varamiento del 79? —pregunta papá—. Cuarenta y cinco cachalotes sobre la playa cerca de Florence. Mi papá nos llevó para que les tomáramos fotografías de cerca. Dijo que hacían…
—Ruiditos mientras se morían. —Ella se sabe los espantosos pormenores porque a papá le gusta repetirlos. Le ha contado muchas veces que una ballena puede morir por la presión de su propia carne. Fuera del agua, el cuerpo del animal es demasiado pesado para su caja torácica: se les rompen las costillas y se les aplastan los

órganos internos. Además, el calor lastima a las ballenas. Los ambientalistas de Greenpeace llevaron sábanas para mojarlas con agua de mar y cubrirlas con ellas, aunque no haya servido.

Pero eso fue en 1979. ¿A nadie se le ha ocurrido aún alguna forma de regresarlas al mar?

—¿Podemos ir, papá?

—No necesitan que el público se entrometa en…

—Pero hay una que todavía está viva.

—¿Y tú la empujarás de regreso al agua? No lo conviertas en una preocupación mórbida.

—El corazón de un cachalote pesa casi ciento treinta kilos.

—¿Cómo sabes…?

—Un día yo y Yasmine hicimos una lista de cuánto pesan los corazones de algunos animales.

—Yasmine y yo —corrige papá, quien se pone tenso con su sola mención—. No te preocupes demasiado por las ballenas, ¿sí, pollita? Si no, tus lindas cejitas se podrían enredar y quizá ya no se te desenredarían nunca.

—No son lindas; son gruesas.

—¡Y eso las hace lindas!

—No eres objetivo. —Ella quiere un cigarro, pero por ahora se conformaría con un trocito de regaliz.

A Ash no le gusta la idea, está muy cansada, etcétera, pero la convence. La hija trepa al techo por la ventana de su habitación, baja a rapel por el enrejado y se queda quieta un minuto entero en la sombra del pórtico, por si escucharon sus ruidos. A una cuadra está el buzón azul, su punto de encuentro, donde fuma y espera.

Alguna vez Yasmine le preguntó por qué la gente blanca estaba tan obsesionada con salvar a las ballenas.

La playa está repleta de gente que grita, perros que ladran, cámaras que disparan y lluvia que llueve. Un equipo de televisión dirige luces demasiado brillantes hacia las ballenas, una fila que forman doce pieles gris peltre rajadas de un blanco como la tiza. Parecen autobuses de piedra. La que está al final levanta y deja caer lentamente sus aletas; cada vez que una golpea contra la arena, a la hija le tiemblan los muslos.

Los humanos posan para fotografiarse con las que ya están muertas.

Un tipo se sube a una enorme cola gris.

—¡Grábame! —grita—. ¡Grábame!

—¡Bájate de ahí, demonios!

—¡Gente, háganse para atrás!

—¿El dedo de hombre muerto tuvo algo que ver con esto?

—¿Con quién debo hablar para que me guarden algunos dientes? Sería para tallarlos como marfil.

—¿Se envenenaron con las algas marinas?

—Abran paso, abran paso.

Una mujer con guantes y un cuchillo largo —¿una científica?— se pone en cuclillas junto a la primera ballena de la fila. ¿Cortará un pedazo de grasa para hacerle análisis de alguna enfermedad? Quizá un tipo de demencia infectó su médula y las lanzó hacia tierra; doce ballenas febriles con un deseo suicida. Tal vez la infección pueda contagiarse a los seres humanos. Newville se pondrá en cuarentena.

—Chicas, tienen que irse —dice un policía no mucho mayor que ellas—. Estamos vaciando la playa. Y apaguen ese cigarro.

—¿Por qué nadie trata de devolverlas al mar? —pregunta la hija.

El policía la observa detenidamente.

—A, porque están muertas. B, ¿tienes idea de cuánto pesan estas malditas cosas?

—¡Pero hay una que *no* está muerta!

—Vete a tu casa, ¿sí?

La hija y Ash pasan caminando junto a los enormes cuerpos (uno tiene una pinta de aerosol con un signo de interrogación naranja, otra dice ¡ES CULPA NUESTRA!), hasta llegar a la última ballena. Sus aletas ya están quietas. Hay charcos de sangre en la arena, cerca de su cabeza. Tiene la boca abierta, empapada de rojo. La parte inferior de su mandíbula, afilada como un pico e ilógicamente pequeña para un cráneo tan enorme, está repleta de hileras de dientes. La hija toca uno: es como un plátano de hueso.

Se ha movido entre los cimientos del mundo.

—Ya se te contagió la mano —dice Ash.

Se la limpia en el pantalón.

El ojo de la ballena, hundido entre arrugados labios de piel, está abierto; es negro y trémulo. *Tú has visto bastante para desgajar los planetas.* La hija se arrodilla, recarga la mejilla contra el cuerpo gris. Cuero seco, cicatrizado.

—Todo estará bien —le dice.

No puede escuchar ningún chasquido.

¿Dónde están las máquinas? ¿Los cables, las grúas?

Una ballena es una casa en el océano.

Un vientre para una persona.

El canto de las ballenas se escucha desde el lecho marino hasta las estrellas, desde Icy Strait Point hasta la península Valdés.

—Ash, dame tu sudadera.

—Tengo frío.

—*Dámela.*

La hija corre hacia las olas y empapa la sudadera de Ash y la suya. Corre de regreso para echárselas encima a la ballena, goteando. La única canción que se le ocurre es «I've been working on the railroad». Cuando está a la mitad de «Someone's in the kitchen with Dinah», se escucha un disparo.

Entonces grita.

Todos se reúnen alrededor de algo en la playa.

No fue un disparo, sino una ballena. Que explotó. Su panza gris, completamente desgarrada, chorrea bultos viscosos de intestino rosa y carne morada de los órganos. Jirones de carne grasosa ondean al viento. «¡Quítamela! ¡Quítamela!», grita un niño, dando manotazos a las tiras de entrañas que se le pegan al pecho.

Y el hedor, ¡Dios mío! Una explosión rancia de pedos, pescado podrido y aguas negras. La hija se jala la camiseta para cubrirse la boca.

Un líquido negro-rojizo hace espuma a sus pies.

La científica le explica al policía que trataba de reunir muestras de tejido adiposo subcutáneo y de tejido adiposo visceral. Cuando encajó el cuchillo en la ballena, explotó.

—El gas metano se acumula en el cadáver —le explica—. Esta debe haber sido la primera en morir, posiblemente hace días. Si era la líder del grupo, murió dentro del mar y su cadáver flotó hasta la orilla, quizá el resto la siguió. Son demasiado leales, incluso cuando eso las perjudica.

—Señora, no puede andar por ahí cortando cadáveres —responde el policía.

—Esta magnífica criatura no es propiedad de nadie —responde la científica—. Tengo la intención de analizar el tejido y comprender cómo fue que terminaron aquí.

—¿Para qué laboratorio trabaja? Mi capitán dijo que la gente de OIMB no llegaría hasta el...

—Soy investigadora independiente, pero —dice levantando dos bolsas de plástico transparente llenas de carne roja— sé qué hacer con *esto*.

La hija se encamina de regreso a su ballena.

Su ojo ya no se mueve.

Tú viste al oficial asesinado cuando los piratas lo arrojaron por la cubierta a medianoche.

Le oprime el ojo con la punta del dedo: es húmedo y pegajoso, algo elástico, como un huevo duro.

Cómo preparar *tvøst og spik*:

1. Prepare la carne de ballena piloto de una de las siguientes maneras: hervida fresca, frita fresca, en sal seca, en escabeche o cortada en tiras largas (*grindalikkja*) y puesta a secar.
2. Prepare grasa de ballena piloto mediante hervido, salado o secado. (No freído).
3. Sirva la carne y la grasa juntas con papas hervidas y saladas. En algunos hogares feroeses, también se incluye pescado seco en el plato de *tvøst og spik*.

LA CURANDERA

Cotter reporta que Lola se cayó por las escaleras. Estaba en un pequeño coma. Ya se encuentra mejor.

Las nuevas clientas debían dejar una nota en el apartado postal, pero Lola sólo se apareció un día, empapada.

—Supe de ti por mi amiga. —La curandera la dejó entrar, le dio una toalla, inspeccionó la mancha roja que tenía en el antebrazo.

—¿Dejará cicatriz?

—Sí —respondió la curandera. Apretó hojas recién trituradas de siempreviva contra la piel dañada, esperó, parpadeó cuando vio los pechos de Lola —esos postres rollizos— después envolvió el brazo con un cataplasma de jugo de puerro y manteca—. ¿Cómo te ocurrió?

—Fue una tontería —dijo Lola—. Preparaba la cena y pegué el brazo a una sartén caliente.

Su esposo también le había quebrado el hueso de un dedo y le dejó un moretón de seis colores en la quijada.

Dos verrugas más en el chocho de Clementine.

—Esto es extremadamente humillante —dice Clementine.

—Es sólo un cuerpo haciendo lo que hace.

—Pero son tan *asquerosas*.

—Mucha gente las tiene —dice la curandera y apoya una compresa de semillas de lupino húmedas y trituradas contra la vulva. El lupino blanco también es bueno para que baje la sangre —en un periodo perdido, un útero infelizmente ocupado— y para atraer gusanos a la superficie de la piel. En los veranos, la curandera quema sus semillas en copas de piedra para ahuyentar a los mosquitos.

—Saca la lengua.

Llagas en los bordes, como siempre.

—¿Sigues comiendo pizza?

Clementine mueve la boca de manera encantadora.

—No *tanta*.

—Deja todos los lácteos. Tienes demasiada humedad.

—Oye, ¿alguna vez has pensado en depilarte las cejas?

—¿Por qué?

—O sea, no es que lo *necesites*, porque las cejas grandes están de moda otra vez, pero una amiga mía hace depilaciones con azúcar; en un lugar si alguna vez…

—No —responde la curandera. Si tiene esa amiga, ¿por qué no se quita el pelo de cinco centímetros que le sale del lunar? Es un pelo perdido, que desentona con sus rizos oxigenados y sus uñas postizas.

La curandera toma una cucharada de puré de artemisa y jengibre y la pone sobre el ombligo de Clementine; apoya una rebanada fresca de jengibre sobre el puré; sostiene una moxa ardiente sobre el jengibre hasta que la clienta se queja del calor; y tapa el ombligo con dos venditas para mantener el puré en su lugar por lo menos durante un día, o mejor dos.

Clementine se baja la playera.

—Gracias por tu ayuda, Gin. —Saca dos cajitas blancas de su mochila—. Espero que te guste el arroz frito y el camarón al ajo. No te preocupes: no son sobras de los clientes…

—No me preocupa —responde la curandera.

Tampoco está tan hambrienta para comer comida china. Una vez que Clementine se marcha, rocía aceite de ajonjolí en media rebanada de pan seco. Cada jueves, envuelta en una toalla, en el escalón de la cabaña, Cotter deja una hogaza que él mismo hornea.

Algunos panes de supermercado están hechos con cabello humano disuelto en ácido, parte de un acondicionador para masa que acelera el proceso industrial. La curandera no come pan del supermercado y tiene su propio abastecimiento de cabello, que en lugar de disolver en ácido tritura en sus mezclas. Mantiene el cabello de la cabeza en una caja diferente de la del vello púbico, ya que sirven para diferentes cosas: el púbico tiene más hierro, el de la cabeza más magnesio y selenio. El abastecimiento de la curandera proviene de una persona y está menguando.

Los cabellos rojos largos pueden usarse en las mezclas. El vello púbico castaño puede usarse. Sin embargo, hay algunos cabellos que no pueden usarse. Los pelos lacios bajo las axilas; el vellito café del bigote. Esos pelos se solidifican sobre la piel del cuerpo en el congelador.

¿A qué sabe el cabello de la joven, su cabello oscuro lacio y brillante? Ella no lo aceita ni le pone goma. Es lo suficientemente largo para que se le atore en el tirante del morral; la curandera se dio cuenta cuando vio que salía por las puertas azules de la escuela: la joven tuvo que jalarlo y reacomodarse, se vio molesta por un segundo, con un destello de calor en las mejillas y después se olvidó de su cabello, según vio la curandera, porque buscaba a alguien, pero ese alguien no estaba entre el montón de chicos. La joven continuó caminando, sola, y la curandera estuvo a punto de seguirla.

El pan está seco porque hoy es jueves.

La tía Temple murió un jueves, hace ocho inviernos.

Antes de Temple, cuando su madre se olvidaba de comprar comida, la curandera cocinaba cátsup, mostaza y mayonesa sobre una corteza de pan caliente.

Antes de Temple, ella se iba a acostar sola.

Antes de Temple tomaba muchas aspirinas, porque los doctores normales eran demasiado caros y el personal de urgencias conocía demasiado bien a la madre de la curandera.

Antes de Temple nunca había ido al cine.

Tenía trenzas pelirrojas salvajes, usaba pantalones morados holgados y no estaba casada. Tenía una risa chillona. Su tienda se llamaba como una bruja que vivió en Massachusetts tres siglos antes. La gente de Newville también llamaba bruja a Temple, pero no lo decían de la misma manera como cuando hablan de la curandera.

Cuando era joven, Goody Hallett se enamoró de un pirata que la abandonó. La leyenda dice que mató a su bebé la noche de su nacimiento, que sofocó a la criatura en un establo y después la metieron a la cárcel, se volvió loca y atraía a los barcos para que chocaran contra las rocas de Cape Cod. La verdad, decía Temple, es que en secreto le entregó el niño a la esposa de un granjero. La esposa tenía un diario que preservó el hecho.

El bebé es el tátaratataratatarabuelo de la curandera.

El rincón más recóndito de su oreja izquierda advierte que los escarabajos comedores de madera rascan las vigas del techo para poner huevos en sus vetas.

«Nunca olvides que desciendes de Black Sam Bellamy y Maria Hallett», le dijo Temple.

Sin embargo, la curandera nunca ataría una linterna a una ballena.
Como los marineros y los pescadores, odia nadar.

La mañana roja presagia naufragio al
marinero y pena al ganadero, infortunio
a las aves, ráfagas y terribles tragedias a
los pastores y a los rebaños.

LA ESPOSA

Gritos, gritos, gritos. No lo pares, no lo pares, no lo pares.

—¡DALE VUELTA!

John quiere que le vuelva a poner el disco; ella no lo hará. Toda la mañana ha sido de discos: chillar, gritar, chillar, gritar, aventarse al piso, agitar brazos y piernas, «¡DALE VUELTA!», no lo pares, no.

—Mami dale vuelta, mami dale vuelta, mami dale vuelta, mami…

Ella ha razonado, ha implorado, ha ignorado, se ha preocupado de que se le vayan a lastimar los tímpanos.

—¡Con un *carajo*, ya cállate! —dice ahora.

Y a John, que sigue gritando y contorsionándose en su berrinche, no le hace ninguna diferencia, pero Didier aúlla desde el comedor:

—¡No le hables así!

—Sube y lidia con él —le grita la esposa—, o vete al carajo.

Su esposo sube dando grandes pasos, levanta la tapa del toca-discos y pone la aguja sobre el disco; libera una guitarra bulliciosa.

John se calla, agitándose entre lágrimas.

«*Somos los dinosaurios, marchando, marchando. Somos los dinosaurios. ¿Qué te parece?*».

—La lección que acaba de aprender —dice la esposa— es que, si grita lo suficiente, obtendrá lo que quiere.

—Pues qué bueno. Este mundo es difícil.

«*Somos los dinosaurios, marchando, marchando. Somos los dinosaurios. ¡Ponemos la tierra al revés!*».

—¿Podrías llevarlo a dar un paseo? —pregunta la esposa.

—Está lloviendo —responde Didier.

—Su impermeable está sobre el barandal.

—No parece que quiera ir a caminar.

—Por favor, hazlo por mí —pide ella.

—De verdad no tengo ganas.

—Nunca estoy sola.

—Pues yo tampoco. Paso todo el día con esos *trous du cul,* cinco días a la semana.

—Didier —pide lenta y cuidadosamente—, ¿podrías, por favor, salir con él? Bex regresará en una hora y haré la comida, pero quiero estar a solas un rato.

—A mí también me gustaría estar a solas —responde, pero se dirige al barandal—. Vamos, *Jean-voyage.*

Juntar las migajas en la palma.

Rociar la mesa.

Limpiar la mesa con el trapo.

Enjuagar las tazas y los platos.

Colocar las tazas y los platos dentro del lavaplatos.

Poner a remojar quinoa.

Enjuagar y cortar pimientos rojos.

Meterlos en el refri.

Enjuagar la quinoa en el colador.

Guardar la quinoa limpia y cruda en el refri.

Regar la maceta del ficus con el agua de la quinoa.

Rociar con el atomizador las hojas semejantes a serpientes de la cabeza de medusa.

Sacar la ropa de la secadora en el sótano.

Doblar la ropa.

Juntar la ropa sucia en el cesto.

Dejar el cesto de ropa sucia al pie de la escalera que va al segundo piso.

Escribir «detergente para ropa» en la lista que tiene en la cartera.

Plip, plip, plip, suena la llave de la cocina.

A nadie de la colina le gusta siquiera la quinoa.

De la repisa más alta, jala las calabazas de plástico de los niños.

Hace más de un mes que pasó Halloween. Les dijo que ya se habían terminado los dulces.

En la cocina vacía o en el cuarto de costura, la esposa come azúcar sin que nadie lo sepa.

Esta vez se permite tres dulces crujientes de coco, un chicloso de almendras y un paquete de caramelos con forma de maíz.

¡Esto es lo que te hace falta, Ro! Darte un atracón de dulces rancios que les robaste a tus hijos.

¿Cómo es posible que la esposa pueda desear que Ro no se embarace? ¿Que no publique su libro sobre la científica del hielo?

Plip, plip, plip.

Como si la vida de la esposa fuera a mejorar si Ro no tuviera un hijo o un libro.

Como si la vida de Ro fuera a ser peor si la esposa tuviera un trabajo.

La rivalidad es tan vergonzosa que no puede ni mirarla.

Sólo parpadea y cuelga.

Espera.

Hace tanto frío en esta casa.

Se quita el suéter y lo mete entre la puerta trasera y el suelo de la cocina que, nota en ese momento, está arenoso de migajas.

Va a buscar la escoba pero termina yendo por su teléfono.

Sábado por la mañana: su madre ha de estar acomodando, limpiando, hojeando revistas.

Por supuesto que se ven, se visitan (el Día de Acción de Gracias es la próxima semana), pero no es lo mismo que tenerla aquí, a pellizcos, en momentos espontáneos. Ciento sesenta kilómetros es demasiado lejos para un pellizco espontáneo.

Tiene treinta y siete años y extraña a su mamá.

¿Pero acaso no le encantará, en treinta años, saber que Bex y John la extrañan?

Puede ver la carita de John más grande, pero todavía con las emociones traslúcidas, el vaivén de sus sentimientos nítidos, su niño de las mareas. Él siempre la querrá.

Bex tiene un instinto demasiado fuerte de autoconfianza; ella estará bien por sí misma.

—Hola, mamá —saluda la esposa—, ¿cómo está el clima allá?

—Lloviznando, ¿y allá?

—Eh, mmm, gris nada más.

—Corazón...

—Los duendecillos están bien —dice la esposa.

—Susan, ¿qué pasa?

—El grupo de Bex presentará el *Mayflower*, y John está obsesionado con las canciones de dinosaurios.

—Me refiero a ti.

—Nada —responde.

—¿A qué hora quieres que lleguemos el jueves? —pregunta su madre—. Llevaré camotes en dulce. Creo que serán un éxito.

En la colina todos odian los camotes.

—Ven lo más temprano que quieras. Te quiero, mamá.

Plip, plip, plip.

La perfecta madre de Shell llevará a Bex a la casa en quince minutos y la niña llegará llena de elogios para la familia con la que se la acaba de pasar genial: cómo recogieron zarzamoras silvestres, cómo prepararon un pay de zarzamoras casero endulzado sólo con miel de maple de grado B, porque el azúcar refinada es tóxica.

Luego querrá que la ayude con su tarea. «Describe cómo fue el clima cada día de la semana. ¿Estuvo soleado? ¿Había niebla? ¿El mar estuvo alegre o enojado?».

En cuanto se queda dormida, sueña con cómo se la cogería Bryan, su penetración grande y gruesa, los empujones fuertes; es un leopardo que la embiste, ¡Dios! No se cansa, por todo el futbol, los músculos extragrandes que llevan la sangre a su corazón…

—*Meuf.* —Un pellizco en la piel de las costillas.

—Mmmmhhhh.

El aliento de Didier en su cuello.

—Me molestó lo que le dijiste a John.

—Mmmmhhhh.

—Me molestó mucho.

—¿Es en serio? —susurra—. Tú dices *carajo* frente a ellos a cada rato. Y yo lo dije una sola vez.

—Pero nunca les digo que se callen. No quiero que les hables así.

—Pues ni modo, tú no eres el que lo decide —contesta la esposa.

A la mañana siguiente, la esposa sale detrás de la casa con los pies descalzos sobre el pasto frío y mojado, más allá de los arbustos de lavanda, el garaje y el columpio de llanta. Abre su teléfono y marca.

—¿Hola?

—Hola, Bryan. Soy Susan. —Aire, silencio—. ¿La esposa de Didier?

—Ah, sí, sí, claro. ¿Cómo estás?

—¡Bien! Yo, eh, conseguí tu número en el directorio de la escuela, y te llamo para… saludarte. ¿*Qué?*

—Pues, ¡hola, Susan! —dice Bryan.

—También quería invitarte a la cena de Acción de Gracias en nuestra casa, si no tienes planes. Ro vendrá; es un poco como una huérfana; digo, no técnicamente pero… Y mis papás, pero no es…, o sea… *Deja de hablar. ¡Tienes que dejar de hablar!*

—Qué amable de tu parte —responde—, pero, de hecho, sí tengo planes.

—¡Ah! Bien, sólo quería preguntar.

—Mmm.

—Bueno. —Tose.

—Sí —dice él.

—Pero tú y yo deberíamos tomar un café alguna vez —dice.
Aire, silencio.
Él responde por fin.
—Claro, me gustaría.

fijo
columna
deriva
rápido
frazil
grasiento
nilas
viejo
paquete
panqueque
sobreescurrido
joven

LA BIÓGRAFA

Le da rápidamente la noticia a su padre, de camino a la escuela. Él no se molesta en ocultar su disgusto.

—¿Otra Navidad solo?

—Perdón, papá. Tengo muy poco tiempo libre y el vuelo me toma un día entero…

—No debí mudarme.

—Odiabas Minnesota.

—Denme una tormenta de nieve cualquier día a cambio de este inframundo de humedad.

El pliegue sobre su hueso púbico se siente ligeramente hinchado —o adolorido—, a diferencia de los cólicos menstruales, pero en la misma familia de sensaciones. Ha pasado casi una semana desde la inseminación; se hará una prueba de embarazo en ocho días. ¿Son signos de implantación? ¿Un blastocisto se insertó en el muro rojo? ¿Se aferró y crece con todo su poder? ¿Sus cromosomas son XX o XY?

—¿Alguna vez volveré a verte? —pregunta su padre.

Él no volará, por su espalda. Si ella se lo pidiera, le enviaría dinero para un boleto de avión, pero él no puede permitírselo más que la biógrafa. Su ingreso es fijo y pequeño. «Quizá no te deje nada de efectivo —le gusta decir—, pero puedes vender mi colección de monedas. ¡Vale miles!».

—Claro que sí, papá.

—Me *preocupo*, niña.

—¡No te preocupes! Estoy bien.

—Pero quién sabe —dice él—, ¿cuántos viajes alrededor del sol me quedarán *a mí*?

En la clase de Historia, los chicos de primero hacen bolas de papel ensalivado y preguntan: «Miss, en los viejos tiempos, cuando era joven, ¿había bolitas de papel?».

Los de tercero disfrutan los resultados de una investigación sobre términos arcaicos para decir *pene*. Cuando Ephraim grita: «¡Bilbo!», la biógrafa lo mira fijamente pero él le devuelve la mirada. Por lo general ella no tiene problemas con la disciplina; este estallido la hace sentir como un fracaso.

Bueno, ella *es* un fracaso. Ella y su útero, fracaso, fracaso, fracaso.

Ephraim: «¡Capullo!».

La biógrafa: «No estás diciendo más que prepucio, mi amigo».

Risas, sorpresa. «Dijo *prepucio*».

La biógrafa y sus ovarios; fracaso, fracaso, fracaso.

—¡Fraile calvo!

Pero ha habido punzadas, dolorcitos agudos. Algo está ocurriendo ahí abajo; ella lo siente. ¿Quizá finalmente *no* soy un fracaso? Miles de cuerpos lo logran cada día. ¿Por qué no el de una biógrafa de Minnesota cuya ropa favorita son unos pants?

—Nouri, puedes aplicarte el labial después de clases —dice.

—No me estoy poniendo: estoy retocándolo.

Nouri Withers ama los libros de asesinos famosos y escribe las mejores oraciones entre todos los chicos a los que la biógrafa haya enseñado. Tiene que pasarlas en un buscador para asegurarse de que no sean plagios.

—Te puedes retocar después.

—Pero mis labios se ven mal *ahora*.

—¡De acuerdo! —grita Ephraim, de piernas largas, juguetón, que se cree irresistible con su sombrero *vintage* de fieltro. Un joven que se mueve por el mundo sin miedo. Si no fuera tan intrépido, guapo y bueno en el futbol, podría haberse visto obligado a crecer en direcciones más interesantes. Lo único interesante de Ephraim, en opinión de la biógrafa, es su nombre.

La biógrafa decide que ella también gritará.

—Gente, ¿alguna vez han considerado cuánto tiempo de sus vidas les roban a las chicas y a las mujeres por estarse angustiando por su apariencia?

Algunos rostros sonríen, inquietos.

Aún más fuerte:

—¿Cuántos minutos, horas, meses, incluso verdaderos *años* de su vida gastan las chicas y las mujeres angustiándose? ¿Y cuántos miles de millones de dólares de ganancias corporativas se generan como resultado?

Nouri baja su lápiz labial con la boca abierta. Se queda en el escritorio como un dedo escarlata.

—¿*Muchos* miles de millones, miss?

Estos chicos deben pensar que ella es una broma.

—La institución comenzó —les dice a los de segundo— como un acuerdo fiscal en el que el patrimonio del padre transfería tierra, dinero y ganado al patrimonio del esposo, junto con el cuerpo de la hija-novia. En los siglos recientes, a esta base económica la ha encubierto, algunos dirían asfixiado, el velo del amor romántico.

—¿Usted es casada, miss? —pregunta Ash.

—Cállate —dice alguien.

—Nop —responde la biógrafa.

—¿Por qué no? —pregunta Ash.

—¡Cállate! —grita Mattie.

El silencio se rompe. Incluso los chicos medio dormidos de repente están alertas.

Mattie dice, más tranquila:

—¿Por qué *murieron*?

Desde el escritorio contiguo, Ash le frota el hombro.

—¿Te refieres a las ballenas?

—Un investigador independiente dijo que quizá su sonar se descompuso. Las señales de altos decibeles de los submarinos pueden hacer que las ballenas se queden sordas. —Mattie apoya las mejillas lunares sobre sus manos.

—Mi papá dice que es culpa de la bruja —dice el hijo del héroe marino local—, porque atrajo el dedo de hombre muerto de regreso a Newville y las algas echaron a perder el agua.

Gritos y quejidos:

—¡Sí, las algas envenenaron a las ballenas!

—Qué tontería.

—Pero también ha habido más peces muertos en las redes…

—¡Esperen, gente! —dice la biógrafa—. A lo mejor tu papá bromeaba.

—Mi abuela Costello dijo lo mismo —dice Ash—, y la última vez que bromeó fue en 1973.

—Y mi papá no es tonto —dice el hijo del héroe.

La biógrafa contempla desviarse hacia la Biología Marina y la historia de la persecución de brujas en Inglaterra y Estados Unidos, pero necesita terminar la clase cinco minutos antes para llegar a su cita en la clínica. Kalbfleisch insistió en que fuera para hablar sobre sus resultados de la prueba de síndrome de ovario poliquístico. Hará un camino de dos horas para recibir probablemente, casi con toda seguridad, malas noticias.

—Hay un templo budista —dice— en una pequeña isla de Japón que solía hacer réquiems para las ballenas que mataban los balleneros. Rezaban por el alma de esos animales. También tenían una tumba para los fetos de ballena que sacaban de los cuerpos de sus madres durante el desollamiento. Les daban un nombre póstumo a todos los fetos que enterraban, y tenían una necrología que enlistaba las fechas de captura de sus madres. —Hace una pausa, observando al salón—. ¿Ya saben adónde quiero llegar con esto?

—¡Viaje de campo a Japón!

—¿Las que se murieron en la playa tenían fetos adentro?

—¿Sabía que *to* se refiere a un feto masculino?

—Haremos un réquiem —dice Mattie—. Pero primero tenemos que nombrarlas.

Buena chica. Incluso cuando está perturbada, pone atención.

—Muy bien —dice la biógrafa—. Ustedes son veinticuatro, siéntense en parejas. Cada pareja nombra a una ballena. Tienen tres minutos. Después nos reuniremos para recitarlos y para guardar un momento de silencio.

—Pero los tipos del templo nombraban a los *fetos*, no a los adultos. Cambió el ritual.

—Así es, Ash. Pónganse a trabajar.

Abre su cuaderno.

COSAS QUE HACER CON EL BEBÉ

1. Tomar un tren a Alaska.

2. Enterrarse en cobijas.

3. Retacarnos de mango deshidratado.

4. Contar historias sobre el gran varamiento de cachalotes.

5. Poner los dedos de los pies en las olas el día más corto del año.

Sus estudiantes bautizan un Moby Dick, dos Mikes, un Spermy, por el amor de Dios. Sin embargo, las ballenas no son exóticas para estos chicos. La costa cercana a Newville es conocida por ser la capital de la observación de ballenas del oeste de Estados Unidos. Durante décadas, las economías locales han dependido de lo que inyectan los turistas que anhelan ver a un coloso romper las aguas, arremeter, azotar, salpicar, saltar. Pagan por observar desde las cubiertas de los barcos y por los telescopios panorámicos del faro de Gunakadeit, o por nadar con guías en trajes especiales dentro de los territorios de alimentación de las ballenas.

La biógrafa cierra su mochila, pensando de antemano en el tráfico de la carretera 22 —puede evitar la peor parte si se apresura—, cuando Mattie se acerca al escritorio.

—¿Le puedo contar algo?

—Desde luego. O sea, no justo *ahora,* porque voy a una cita con el doctor, pero ¿mañana? —Si sale al estacionamiento en tres minutos, estará en el camino del acantilado en siete.

—Mañana es Acción de Gracias.

—Entonces el lunes.

La chica asiente y se mira las manos.

—Sé que lo de las ballenas es terrible —dice la biógrafa—, pero…

—No es sobre las ballenas.

—Buen fin de semana, Mattie. —Se sube el cierre de la chamarra, se echa la mochila al hombro y sale rápidamente.

Leyó sobre el varamiento en el periódico, pero casi no había pensado al respecto desde entonces. Bestias cubiertas de crustáceos, gordas de grasa: sólo parecían reales en su libro, cuando la joven Eivør las ve morir en el *grindadráp.*

—¿Cuánto más tardará el doctor Kalbfleisch? —le pregunta a la enfermera del mostrador—. Ya llevo aquí casi una hora.

—Es un tipo muy solicitado —dice la enfermera.

—¿Podría darme una idea general?

—Es la víspera de un día festivo —responde.

—¿Y?

—¿Disculpe?

—¿Por qué eso haría alguna diferencia?

La enfermera finge leer algo en la pantalla de su computadora.

—No tengo manera de saber cuánto tiempo más tardará el doctor. Si necesita concertar una nueva cita, con gusto puedo ayudarle.

—Dios, gracias —dice la biógrafa y regresa a su silla de color malva. Toca la llave del candado de bicicleta que lleva en el cuello. Su madre paseaba en bicicleta todas las mañanas, con sol o lluvia, hasta que fue al doctor por un dolor en el hombro y se enteró de que tenía cáncer de pulmón.

ACUSACIONES DEL MUNDO

13. Preferir la compañía propia es patológico.
14. Los seres humanos están diseñados para la compañía.
15. ¿Por qué no te esfuerzas más para encontrar una pareja?
16. La gente casada vive vidas más largas y saludables.
17. ¿Piensas que alguien realmente cree que eres feliz sola?
18. Es extraño que te relaciones tanto con los cuidadores de faros.

Kalbfleisch lleva una corbata de ardillas sonrientes.
—Siéntate, Roberta.
—Esa es su mejor corbata hasta ahora —dice ella.
—Como sabes, me preocupaba la posibilidad de que tuvieras síndrome de ovario poliquístico. Después de ver algunos signos de crecimiento ovárico y de poliquistismo, revisamos tus niveles de testosterona y me temo que los resultados confirman que sí sufres de síndrome de ovario poliquístico.
Desde luego.
Sin embargo, permanecerá tranquila y fuerte. Es alguien que soluciona problemas.
—Está bien, ¿qué significa?
—Significa que algunos o muchos de tus folículos no están madurando adecuadamente y por consiguiente la ovulación se ve afectada de manera significativa. Incluso cuando el equipo predictor de ovulación detecta un aumento de hormona luteinizante, por ejemplo, es muy posible que no aparezca ningún óvulo. Hay que cruzar los dedos con tu ciclo actual. ¿Cuándo regresarás para la prueba sanguínea de embarazo?

—El miércoles —dice, tratando de que sus músculos faciales sonrían. «Alguien que soluciona problemas»—. Y si es negativa, usaré un donante diferente para el siguiente ciclo. Alguien que haya reportado más embarazos que…

—Roberta —Kalbfleisch se inclina hacia adelante y la mira, por una vez, a los ojos—. No habrá un siguiente ciclo.

—¿Qué?

—Tomando en cuenta tu edad, tus niveles de hormona foliculo-estimulante, y ahora este diagnóstico, la probabilidad de que concibas mediante inseminación intrauterina es casi nula.

—Pero si hay una oportunidad, por lo menos…

—Por «casi nula», quiero decir más bien «nula».

Dolor tirante en el fondo del paladar.

—Ah.

—Lo siento. No sería ético que continuara con las inseminaciones cuando las estadísticas no lo justifican.

No llores frente a este hombre. No llores frente a este hombre.

—Pero, bueno, hay que cruzar los dedos con este ciclo, ¿está bien? —añade—. Uno nunca sabe. He visto milagros.

No llora hasta que llega al estacionamiento.

En la autopista oscura, piensa en el calendario.

Se hará la prueba de embarazo, la última de su vida, el primer día de diciembre.

¡Si es positivo…!

Si es negativo, tiene seis semanas y media antes del 15 de enero.

Antes del 15 de enero, aún podrían escogerla del catálogo, una madre biológica podría elegirla y la trabajadora social la llamaría por teléfono: «Señorita Stephens, ¡tengo buenas noticias!».

El 15 de enero, la ley Todo Niño Necesita Dos restaurará la dignidad, la fortaleza y prosperidad de las familias estadounidenses.

En el vestíbulo de su edificio, revisa su buzón. Un recordatorio del dentista; un catálogo de faldas largas y blusas ligeras para mujeres de cierta edad, y un sobre de Medicina para la Fertilidad Hawthorne, que rasga para abrirlo. CONTIENE UNA FACTURA, dice, por la cifra de 936.85 dólares.

Es muy posible que no aparezca ningún óvulo.

En su cocina, sobre una charola para galletas, prende fuego a la factura y observa las llamas hasta que se activa la alarma de humo.

¡WA! ¡WA! ¡WA! ¡WA!

—Cállate, cállate...

¡WA! ¡WA! ¡WA!

Arrastra una silla hacia los chillidos

¡WA! ¡WA!

se sube

¡WA! ¡WA!

y golpea la alarma con el puño (*cállate la puta boca*) hasta que la cubierta de plástico se parte en dos.

Llevé mi *fisa* descompuesta a Aberdeen.
Trabajé como prensadora en la lavandería de un astillero.

LA HIJA

El timbre de las tres de la tarde todavía resuena cuando sube por la calle Lupatia hacia el camino del acantilado. En su bolsillo lleva las indicaciones para llegar a la casa de la bruja, que Ash consiguió sacarle a su hermana.

El corazón de un conejillo de indias pesa ochenta y cinco gramos; el de una jirafa, once kilos.

Yasmine, he agregado entradas a nuestra lista.

¿Dónde está Yasmine, en este preciso momento?

La hija puede escuchar el latido de su propia aorta mientras camina sobre crujientes agujas de pino secas, rocas y hojas, siguiendo el sendero que espera sea el correcto. Abandonó el camino al llegar al letrero azul que decía CAMPAMENTO A 6 KM, siguió por un camino de tierra hasta llegar al letrero café que decía BOSQUE ESTATAL GUNAKADEIT y entonces tomó una vereda más pequeña; pero, ¿y si había más de un letrero café del bosque estatal?

«Sólo te tomarás unas hierbas silvestres», le explicó la hermana de Ash.

Su cuerpo estará limpio otra vez.

Pero será un delito.

Mitad Ephraim, mitad ella.

Un delito menor que cruzar a Canadá para hacerlo.

Pero de todas maneras la encerrarían en la Correccional Juvenil Bold River.

Y puede que eso duela.

Menos de lo que le dolería en una clínica de abortos clandestina, donde usan equipo oxidado…

La hija camina más rápido; le suda el cuello, le arden los muslos, siente un fuerte calambre en las costillas.

Ash se negó a acompañarla. Si las atrapaban, la policía podría pensar que ella también buscaba uno y la acusarían de conspiración para cometer homicidio; ella ya tiene dieciséis, y a los dieciséis se le procesaría como adulta.

La hija lo entiende, pero Yasmine hubiera venido con ella.

Aparece una cabaña, un pequeño cubo de madera sin pintar con las ventanas iluminadas y humo que sale de la chimenea. La hermana de Ash le dijo que buscara gallinas y cabras para comprobar que era la casa de la bruja y no la de un violador, aunque los violadores también podrían tener gallinas y cabras. La hija ve lo que podría ser un gallinero pero no hay gallinas —¿estarán dormidas?— y un cobertizo (se asoma para revisar) en el que hay dos pequeñas cabras, una negra y una gris, que la miran con ojos robóticos. «Shhh», les dice aunque no han emitido sonido alguno. La chimenea echa humo, las luces están encendidas, la bruja está en casa; entonces ¿por qué pierde ella el tiempo con las cabras? Pero, ¿y si la bruja odia las visitas inesperadas? ¿Y si tiene un arma? Es legal dispararle a alguien si dices que invadía tu propiedad.

Al subir los escalones hacia la cabaña, la hija respira profundamente, como le enseñó su madre para las presentaciones de gimnasia, cuando aún era lo suficientemente bajita para practicarla.

Mamá entendería esta situación mucho mejor que papá.

Aunque la hija no se lo contará jamás.

Toc, toc.

La persona que abre la puerta no es vieja, incluso es casi bonita. Grandes ojos verdes, oscuro cabello rizado alrededor de mejillas pálidas. Su vestimenta, una gargantilla de terciopelo y un áspero vestido de costal, es como la mezcla de una prostituta victoriana con un cromañón. ¿Será ella la bruja?

La persona la mira fijamente con el ceño fruncido.

—Hola —saluda la hija.

¿Será la sirvienta de la bruja, o tal vez su hermana menor?

—*Tú.* —La mujer cruza los brazos sobre su pecho y se rasca los hombros cubiertos por el costal. Sus uñas hacen un sonido susurrante.

—Disculpe que la moleste, pero busco a... No sé si será usted... ¿Gin Percival?

—¿Por qué? —mira a la hija con la cabeza ladeada, más un animal que un humano.

—Porque, ¿necesito ayuda ginecológica?

—¿Cómo llegaste hasta aquí?

—Supe de usted por Clementine.

—Clementine —sigue frunciendo el ceño, pero ahora también sonríe: un rostro que se jala en dos direcciones.

—Me dijo que le dijera, eh, ¿que su verruga desapareció?

—Okey. —La persona retrocede y la hija entra. El cuarto es tibio y huele a madera; hilos de diminutas luces blancas cuelgan de las vigas y los estantes están repletos de frascos, botellas y libros. Hay una estufa de antaño, no hay caldero.

—Soy Mattie... Matilda.

—Mi nombre es Gin Percival.

—Un gusto conocerla.

La garganta de la bruja hace un gorjeo largo y grave. Sacude sus grandes cejas; quizá de verdad está loca.

—Siéntate.

—Gracias —la hija toma una silla.

—¿Qué tipo de ayuda?

—Necesito las hierbas abortivas.

—¿Estás embarazada y no quieres estarlo?

La hija asiente.

Gin Percival estira una mano a lo largo de su frente, como si se protegiera los ojos; suelta una carcajada fuerte y breve.

—No soy una agente encubierta —agrega Mattie— y nadie me siguió. —Que ella sepa.

—¿Cuántos años tienes?

—Casi dieciséis.

—¿Cuándo es tu cumpleaños?

—En febrero.

—¿Cuándo en febrero?

—El 15; soy acuario.

Gin camina de un lado a otro en el pequeño cuarto; entrelaza los dedos sobre su cabeza.

—Cero-dos-uno-cinco. Vas a cumplir dieciséis.

—¿Usted no…? —La hija tose para esconder su nerviosismo—. ¿La sentencia de prisión es peor si quien lo busca es menor de edad?

Gin deja de caminar y baja los brazos, lleva las manos a los costados de su vestido de costal.

—Eso no tiene que ver con nada. ¿Quieres un poco de agua?

—No, gracias. Disculpe que no hiciera una cita antes.

—¿Cuántas semanas tienes?

—No estoy *completamente* segura, pero creo que ¿unas once o doce? Mi periodo debió haberse presentado a mediados de septiembre, más o menos.

—Entonces andas por las catorce, al final del primer trimestre. Tienes que incluir las dos semanas antes de la concepción.

—Pero todavía estoy a tiempo, ¿no?

Esas *cejas*, frenéticos azotadores cafés. ¿Será que al vivir sola no se da cuenta de cómo se comportan sus cejas? La hija no ve ningún espejo en la cabaña.

—¿Para el tipo de tratamientos que hago? Apenas, pero sí. ¿Estás segura de que quieres hacerlo?

¿Y si tu madre biológica hubiera decidido interrumpir el embarazo?

—¿Dolerá… mucho? —La hija baja la vista hacia las tablas desnudas bajo sus pies.

—No mucho. Tomarás un té que sabe feo, luego sangrarás. Tendrás que quedarte en casa al menos durante un día; mejor dos. ¿Lo saben, eh, tus papás?

Piensa en mí y en tu mamá, cuánto tiempo tuvimos que esperar.

La hija niega con la cabeza.

—Pero puedo ir a la casa de una… ¡Oh! ¡Hola! —Una cosa gris brinca a su regazo, un acordeón ronroneador.

—Es *Malky*.

—Hola, *Malky*. —Ella como que odia a los gatos, pero quiere caerle bien a este y que la bruja se dé cuenta de que ella le cayó bien—. Es un chico amistoso.

—No es amistoso —responde Gin—. Súbete a la cama; necesito echarte un vistazo. Quítate los pantalones y los calzones. —Va a lavarse las manos.

La hija se desviste. Gin no puso nada sobre la cama, en la que probablemente duerme, ni una toalla o sábana limpia. Hay pelos de gato por toda la cobija café.

—Acuéstate —dice Gin, arrodillándose. Huele un poco a leche agria. Coloca ambas manos sobre el vientre de la hija y comienza a ejercer una presión suave. Sus manos se mueven metódicamente, frotan, empujan; hacen una pausa sobre su hueso púbico, como si escuchara.

Después abre un frasco y saca con los dedos una porción de una jalea transparente.

—Voy a meterte dos dedos en la vagina, ¿está bien?

—Sí. —La hija cierra los ojos, se concentra en el objetivo de su visita.

Los dedos no se quedan dentro más de unos pocos segundos y no le duele, pero aun así…

Gin se lava las manos de nuevo y regresa a sentarse a la orilla de la cama. Mira fijamente a la hija.

—Tienes los dientes muy derechitos —le dice.

—Frenos —responde la hija, sin estar segura de por qué Gin siente la necesidad de comentar al respecto—. Todavía uso paladar.

—¿Creciste en Newville?

—En Salem.

—¿Cuándo te mudaste aquí?

—El año pasado.

Gin toca la piel sobre el lado derecho de la cadera de la hija.

—¿Cómo te hiciste esta cicatriz?

—Me caí de la bici.

—¿Y este lunar? —pregunta apretando uno que tiene forma de manzana en su muslo izquierdo—. ¿Cuándo te salió?

—Lo tengo desde que nací, creo.

El dedo de Gin le da vueltas al lunar; sus cejas han dejado de moverse, pero sus ojos, que miran fijamente el lunar, resplandecen por las lágrimas.

Es extraño que sienta el lunar tanto tiempo.

—¿Se ve canceroso o algo así? —pregunta la hija, alzando un poco la voz.

—No —contesta Gin levantándose—. Ya puedes vestirte.

Baja algo de un estante; ¿las hierbas abortivas?

—Dulces de marrubio —dice, ofreciéndole el frasco.

—Eh, claro, gracias. —El trozo café, con sabor entre menta y regaliz, se le pega en las muelas—. Por cierto, me sangran las encías cuando me lavo los dientes; ¿será que tengo escorbuto?

—El escorbuto sólo da en los barcos. Tu cuerpo ahora produce más sangre, es por eso. —Gin frunce el ceño, se da unos golpecitos en la mejilla con un dedo—. Puedo interrumpir el embarazo, pero hoy no. Necesito surtirme de ciertos ingredientes.

—Entonces, ¿mañana?

—Será más tiempo. Te dejaré una nota en la oficina de correos.

¿Más tiempo? Un espasmo de miedo en las costillas.

—Pero no tengo un apartado postal en la oficina.

—Pregúntale a Cotter en dos o tres días.

—¿El tipo con acné?

—Sí. Y sabrá horrible el té.

El condenado gato está de nuevo en su regazo. Ella lo acaricia.

—¿Como la kombucha?

—Diferente tipo de feo; más fuerte —Gin Percival sonríe. Tiene los dientes amarillos y no muy derechos. No es bonita, decide la hija, pero tiene un aspecto valiente; una persona a la que no le interesa complacer al resto de la gente. En ese sentido, le recuerda a Ro / miss.

—Mejor vete ya, pronto oscurecerá. ¿Sabes cómo irte?

Hay que seguir la vereda hasta el camino de senderismo, de ahí hacia el acantilado, luego hay que bajar a Lupatia; de ahí llamará a papá para que la recoja en la biblioteca, donde estaba estudiando. Regresará a casa muy acongojada. No es estúpida, pero lo ha sido. ¿Por qué pensó que se resolvería hoy?

—Mejor te acompaño. —Gin saca un suéter color tierra. El gato salta del regazo de la hija.

—No es necesario.

—Es fácil perderse. Te llevaré hasta el sendero.

—¿Está segura?

—Estoy segura, Mattie Matilda.

Entre los diferentes nombres para el hielo polar, el que me gusta más es *paquete*.

Me recuerda a perros y lobos. Cosas que cazan.

Ser perseguido por el hielo y que te despedace.

LA CURANDERA

La curandera mintió. Tiene un buen abastecimiento de marimonia y poleo, tiene bastante tusilago. Pero quería tiempo para pensar. Por lo menos, tiempo para asimilar la idea de que se acercaría a un cuerpo que ella hizo con el fin de deshacer un cuerpo futuro.

Cuando hace meses vio a la chica afuera de la biblioteca, fue como ver un espejo, no a sí misma sino a toda su familia reunida en un rostro. La agencia le garantizó que colocarían a la bebé por lo menos a ciento veinte kilómetros de distancia, y sin embargo ahí estaba ella, saliendo de la biblioteca de Newville, con la cara llena de la madre y la tía de la curandera.

La joven es un espejo; repite, dobla el tiempo a la mitad. Cuando la curandera tuvo el mismo problema, ella no lo resolvió como Temple le dijo. Los abortos eran legales entonces, pero la curandera quería saber cómo se sentía hacer crecer un ser humano con su propia sangre y minerales, en su propio reloj rojo.

Hacer crecer, pero no conservar.

Los padres de la chica la mantuvieron bien. Su aliento era dulce y su cabello lustroso, su lengua rosa salmón y sus ojos húmedos. La piel del color de luna era su naturaleza y, desde luego, la estatura.

Se despidieron en el camino para senderismo. Ella espera hasta que Mattie Matilda desaparece por el camino, un minuto, en el aire que se hace púrpura, dos minutos, bajo el ulular de los búhos, tres minutos, sobre la tierra con venas congeladas; después la sigue: se asegurará de que ningún demonio toque a esa chica. Se para como un gato, sin ser oída, en un suelo vivo de hexápodos ciegos que ingieren hongos y raíces. *Malky* reconoció a la joven por sus aceites; se sentó directamente en su regazo porque, por debajo del brillo labial y el desodorante, olió los aceites de una Percival.

Desde las sombras de los abetos, la curandera observa que la chica llega al camino del acantilado y se dirige a la izquierda, hacia el pueblo y la gente. La curandera va a la derecha, hacia el mar, y la noche se desliza a través de los hoyos de su suéter. Más y más cerca del borde del acantilado. El campo de tiburones descansa. Una franja de luna sobre el agua plana. En el horizonte, una aleta negra. Y el faro. La casa tiene luz para que el barco no choque. La luz tiene un haz para que el mar no se la trague. Los barcos tienen vigías, observadores recelosos, hombres con impermeables que tienen miedo de morir. La luz les dirá: «No vengan aquí»; la luz los dirigirá hacia otros caminos en el agua negra y llena de huesos que estos hombres no quieren reunir con los suyos. En los barcos es de mala suerte mencionar abogados, conejos, cerdos e iglesias. No digas *ahogado* en los barcos; di *perdido*.

El día de la conferencia para padres, la maestra dijo:
—Pero ¿dónde está tu madre?
Y la curandera respondió:
—Tomó un barco.

Sin embargo, en realidad se fue en un taxi que pagó con dinero robado de la caja de Goody Hallett's. Y la curandera, de ocho años, esperó hora tras hora. Día tras día. El invierno. Después Temple la llevó a Salem y obtuvo su custodia legal.

Ocho inviernos atrás, encontró el cuerpo de Temple derrumbado al pie de un abeto plateado y nunca estuvo segura de la razón. ¿Infarto? ¿Apoplejía? Su tía había salido a recoger lechuga de minero y tardó tanto que la curandera empezó a preocuparse. Fue a ver. Ahí estaba. Su piel lucía azulada, pero de cualquier otro modo parecía dormir.

Para entonces, Goody Hallett's había cerrado porque no llegaban suficientes turistas que compraran velas y cartas de tarot. Temple vendió el edificio. Se mudaron del departamento de arriba de la tienda a una cabaña en el bosque y Temple le dijo a la curandera, quien desde que salió de la preparatoria se había limitado a la biblioteca y los acantilados: «Es hora de que trabajes».

La curandera no quería que nadie se llevara el cuerpo. No podía entregar a su tía a una funeraria para que la rellenaran y la enceraran; la tierra era dura, y a Temple nunca le había gustado el fuego, así que la curandera le arrancó las uñas, el cabello y las pestañas, rasuró la piel de cada yema de los dedos y puso el cuerpo en el congelador grande, bajo el salmón y el hielo.

El invierno pasado, la curandera cumplió treinta y dos: dos veces dieciséis (la edad de la chica en febrero) y la mitad de sesenta y cuatro. Sesenta y cuatro es el número de los demonios en el *Diccionario infernal*. De los cuadros en un tablero de ajedrez. Sesenta y cuatro es el cuadrado de ocho, que es el número de la regeneración y la resurrección: volver a empezar, otra vez.

¿Cómo podía dormir cuando no dejaba de ver la cara de la joven?

Antes pasaba meses, años, sin pensar en eso. Después, algo (el olor a cerezas, la palabra *pronto*) se lo recordaba. Más tarde lo volvía a olvidar, dejaba que el pececito se le escapara. Sin embargo, luego de ver su cara afuera de la biblioteca, no podía dejar de pensar. De preguntarse si era ella en verdad. *¿Eres tú?*

Sí es.

—*Malky*, ven aquí.

Corta un pedazo de la hogaza de Cotter y le ofrece la primera mordida al gato. Se unta una gota de aceite de pícea negra en el metatarso derecho.

Y se duerme.

Alguien toca la puerta, *Malky* bufa y todos los pollos de la familia gritan con todas sus fuerzas. Ella se levanta con estupor. Se aclara la garganta. Se echa un pedo.

Alguien toca la puerta. *Malky* va de un bufido a un gañido.

—Cállate ya —lo aparta de la puerta con un pie.
    Hombres con uniformes azules. Uno de cabello negro, otro rubio.
    —Qué —dice ella.
    —Soy el oficial Withers y él es el oficial Smith. ¿Usted es Gin Percival? —pregunta el de pelo negro.

¿La descubrieron observando? ¿La acusarán de acoso? ¿La chica, al reunirse con ella, recordó haberla visto entre los árboles de la escuela y les dijo a sus padres?

Ella sólo quería ver su cara. Oír su voz. Ver en qué se había convertido.

—Gin Percival —dice el de cabello negro—, está bajo arresto por negligencia médica.

La curandera se queda boquiabierta.

—¿No habla inglés? —pregunta el rubio.

El de pelo negro se aclara la garganta.

—Tiene derecho a permanecer en silencio. Cualquier cosa que diga puede y será usada en su contra ante un tribunal. Tiene el derecho a hablar con un abogado y a tener un abogado presente durante cualquier interrogatorio. Si no puede pagar un abogado, se le designará uno. ¿Comprende estos derechos como le fueron leídos?

Espera en una banca cerca del escritorio del policía rubio. Le dieron un paquete de galletas y agua en un vaso encerado.

¿Quién les dará grano a *Pinka* y *Hans*? ¿Quién cargará a la gallina tullida al refugio? ¿Quién le dará pescado a *Malky*? Y si abren…

—Quiero llamar a alguien —dice la curandera.

—Ya hizo su llamada —dice el policía rubio.

—No, no la hice.

El policía grita sobre su hombro:

—¿Jack, esta hizo su llamada?

—Ni idea —responde alguien que la curandera no puede ver.

—Adelante, supongo —dice el rubio.

Ella se para frente al escritorio y pone los dedos sobre el auricular de plástico.

—Adelante, señora.

No ha usado un teléfono desde que Temple vivía.

—Se me olvidó el número —dice.

¿Cuántos salmones descongeló recientemente? ¿Cuántos hay aún en el congelador? ¿Cuántas bolsas de hielo?

—Todos sus contactos están en su celular, ¿verdad? —dice el policía—. Es el problema más común.

—Necesito el número de la oficina de correos.

—¿De la de Newville?

Ella sonríe, porque si asiente se le sacudirán las lágrimas de los ojos y le correrán por el rostro.

Al hielo que me perseguirá los inupiaq
lo llaman *ivu*, los europeos *ola de hielo*,
y nunca da advertencias. Galopa a la
playa desde la profundidad del mar,
una arcada de agua atrapada y afilada
en una corriente como una ola de acero. Pero seré más rápida que el *ivu*. Me
convertiré en un venado polar y correré
más rápido.

LA ESPOSA

Baja la calle Lupatia a pie con los niños para matar tiempo. El viento es rápido, azul y filoso a fines de noviembre.

Frente a la heladería Cone Wolf piensa en los hoyuelos de Bryan, en los muslos de Bryan, en la forma como la miró.

—¡Buenos días, Susan! —dice la bibliotecaria al pasar.

—Buenos días.

Ya no está Goody Hallett's y Snippity Doo Dah es nuevo, pero fuera de eso, las tiendas, el bar, la biblioteca y la iglesia han estado asentados aquí, en el viento salado, durante décadas.

¿Morirá en Newville la esposa?

Cuando van a cruzar Lupatia, una bicicleta le pasa tan cerca que le crujen los vellos del brazo.

—¡Ten cuidado, carajo! —grita el de la bici, bajando la velocidad y volteando para mirar a la esposa—. Ya es bastante malo que procrearas en un planeta moribundo.

—¡Idiota! —le grita ella.

Es cierto que no iba por las líneas peatonales.

Es cierto que ha agregado más gente a este tremendo hervidero.

El aroma a nuevo, calientito y sedoso del cuello de Bex.

Su boca vehemente en el pezón de la esposa para bajar la leche que cosquillea en los ductos.

Cómo durmió John sobre su pecho, con una confianza inconmensurable.

Puede que este planeta se esté asfixiando a morir, desangrando por cada orificio, pero igual los escogería a ellos, siempre.

—Mamipli, ¿hay escuela mañana?

—Sí, corazón. —Pone la direccional, frena y sale del camino pavimentado.

—¿Por qué?

—Porque mañana es lunes.

Suben por la colina bajo un techo ondulante de aliso rojo y madroño.

Tú y yo deberíamos tomar un café alguna vez.

Podrían verse en Wenport, para tomar un café.

Ella solía pasar por Wenport en esos interminables viajes para lograr que Bex conciliara el sueño —la bebé Bex, que nunca quería cerrar los ojos—, cuando Didier daba clases y la esposa no sabía cómo dormirla.

El aire en Wenport apesta a huevo, por la fábrica de celulosa.

Ella y Bryan podrían tener sexo en el asiento trasero de este auto.

Tal vez no en el asiento trasero; Bryan es demasiado grande.

Un motel, pagando en efectivo.

Los árboles abren paso a una cuesta abierta, moteada con grama salada y lavanda. La entrada de terracería. La casa.

—¡Ya llegamos a casa, pequeñuelo! —le dice Bex a John, que estará traumado de por vida porque la esposa le gritó que ya se callara, con un carajo. John, por quien daría la vida para que nada le pasara.

Desabrochar, desenredar, levantar, bajar.

Deja caer las llaves del auto en la mesa del vestíbulo. Su esposo está postrado sobre el sillón de la sala.

—Te toca —le dice—. Me voy a caminar un rato.

—¿Y el almuerzo?

—Comí con los niños en el pueblo.

—Pero yo no he comido.

—Pues... come.

—Te esperaba —responde él—. No hay nada en la casa.

—No es cierto.

—Entonces ¿qué se supone que coma?

La esposa se dirige hacia la cocina, pero luego se detiene.

—De hecho, no es mi trabajo pensar qué comerás.

—¿Podrías por lo menos sugerirme algo? En el refri básicamente no hay *rien*.

—Te sugiero que metas de nuevo a los niños en el coche, vayan a algún lado y compres algo.

—Estoy exhausto —responde.

La esposa se quita los zapatos sin tacón, se pone los tenis, ajusta las agujetas. El reloj ya está corriendo: es su tiempo a solas.

—Papi, te puedo hacer un pastel si quieres.

—Me encantaría un pastelillo *espacial*.

—¿Qué ingredientes lleva ese pastel? —pregunta Bex.

Didier le echa *la* mirada a la esposa, la cual la ha pulido durante años: a ella la deja como una arpía mojigata y a él como un chico de catorce años, culpable pero que no se arrepiente.

—Pensándolo bien, ¿Bex, me prepararías un sándwich dulce? De mantequilla y azúcar morena.

—¡Un sándwich, a la orden! —dice la niña saltando.

—Nos vemos en una hora y cincuenta y siete minutos —dice la esposa.

Baja por la colina entre la sombra verde tenue.

Hace menos frío en el bosque que en la casa. Si Didier ganara más dinero, les alcanzaría para arreglar el desastre de las corrientes de aire, pero nunca lo hará, así que no podrán.

¿Y entonces por qué no ganas algo de dinero tú?, grita Ro.

¿Por qué no regresas a la carrera de Derecho?, grita la esposa, más joven.

No debió dejar la universidad.

Claro que debió hacerlo.

¿Y si no la hubiera dejado?

Su facultad no era de las mejores, pero era respetable. A los dos años, salió a tomar con una amiga de su grupo. Cuando estaban a punto de cerrar el bar, la amiga le dijo que conocía una tienda de donas abierta toda la noche.

Si la amiga no hubiera sabido de esa tienda de donas o de haber estado cansada o si nunca hubiera existido, la esposa habría terminado la carrera, presentado el examen de la barra de abogados, la hubieran contratado en algún bufete y, tal vez, sí, aún habría tenido tiempo para concebir.

Pero tal vez no. Y de cualquier manera, esos hijos, aunque hubiera tenido tiempo para engendrarlos, no serían Bex y John.

Ese hecho les gana a todos los demás.

La esposa pisa una mano, suave y chiclosa.

Una mano muerta en el suelo del bosque.

Una mano arrancada de su dueño, suelta.

Una mano muerta que también es un hongo.

Una bolsa de plástico negra que también es un animal.

No puedes creerle a tus ojos.

En su momento, se convenció de que era una bolsa porque no quería que fuera un animalito retorciéndose.

Quería ayudarlo, pero ya estaba muerto.

¿Cómo ayudar al medio muerto, calcinado?

Lo atropellas con rapidez para detener la quemazón.

Podría dejar de estar casada con Didier.

Meter a John a una guardería y terminar su carrera de Derecho.

¿Con qué dinero?

Meter a John en una guardería y conseguir un empleo en la heladería Cone Wolf.

O en Central Coast Regional, donde alguien con una licenciatura y sin experiencia puede dar clases de Historia, y alguien que se graduó de una universidad local glorificada y sin experiencia puede dar clases de Francés.

Podría dejar de estar casada con Didier.

En terapia, los niños la culparán por sus infancias destrozadas y por los nocivos mecanismos de ajuste que les arruinaron la adultez.

Sus terapeutas les preguntarán: «¿Crees que algún día podrás perdonarla?».

Primero, prensadora en la lavandería del astillero; después, sirvienta en la casa del director del astillero. Le servía té al mayordomo y cocinero, aprendió inglés, oía por encima las clases que le daban al hijo mayor del director. Frascos de criaturas para alfiletear y diseccionar. Un volcán de papel maché. Navegación marítima con un astrolabio.

La exploradora polar pidió sentarse en la sala de clases con ellos.

~~El joven tutor estuvo de acuerdo y no quiso nada a cambio.~~

~~El joven tutor estuvo de acuerdo, pero quiso la mitad de su pago mensual a cambio.~~

~~El joven tutor estuvo de acuerdo, pero quiso sexo a cambio.~~

El joven tutor, Harry Rattray, estuvo de acuerdo si ella le prometía caminar con él los domingos entre los crocos púrpura del recién inaugurado Parque Victoria de Aberdeen.

LA BIÓGRAFA

Conduce durante dos horas para darle su sangre a la clínica. Medirán sus niveles de gonadotropina y la llamarán con los resultados. No se realizó una prueba casera de antemano, lo que hacía comúnmente. Quiere que todo sea diferente en esta prueba final de embarazo, para que el resultado también pueda ser diferente.

Si este ciclo falla, no tendrá un hijo biológico.

Para adoptar en China, tu índice de masa corporal debe ser menor de treinta y cinco y tu ingreso doméstico anual mayor de ochenta mil. Dólares.

Para adoptar en Rusia, tu ingreso doméstico anual debe ser por lo menos de cien mil. Dólares.

Para adoptar en Estados Unidos —a partir del 15 de enero—, tienes que estar casada.

¿Está casada, señorita?

Cuando la primera trabajadora social en la agencia de adopciones le dijo: «Espero que tenga en cuenta que un hijo no es un remplazo de una pareja», la biógrafa casi se sale de la entrevista. No lo hizo porque quería entrar en la lista de espera. Esa noche, aventó contra el refrigerador un cactus en su maceta.

La última vez que tuvo sexo fue hace casi dos años, con Jupiter, del grupo de meditación.

—Tu chocho huele deli —dijo, extendiendo la primera sílaba de «deli» en un chillido horripilante. Se limpió el semen de los rizos oscuros de su vello abdominal y dijo—: ¿Estás segura de que no te estás apegando?

—Palabra de exploradora —contestó la biógrafa.

—No es que el apego siempre sea algo malo —dijo Jupiter—, pero en realidad no nos veo teniendo eso. Creo que conectamos bien sexual e intelectualmente, pero no emocional o espiritualmente.

—Voy por un chocolate —dijo la biógrafa, rodando fuera de la cama—. ¿Quieres uno?

—A no ser que me estés usando en secreto para *esto* —alzó cinco dedos brillantes—. ¿Estás teniendo un momento de *Torschlusspanik*?

—No hablo alemán.

«El pánico a que se cierre la puerta. El miedo a que las oportunidades disminuyan conforme uno envejece. Como cuando las mujeres se preocupan por envejecer demasiado antes de…».

—¿Quieres un chocolate o no?

—No —dijo Jupiter, y ella pudo percibir que se preguntaba, *ahora que* él lo menciona, si podía ser verdad. Que tuviera miedo a añejarse en su propio vino y hubiera decidido robarle su semen vegano.

Mordió con fuerza el chocolate congelado, que estalló en sus nervios dentales, y él dijo:

—Esas cosas te hacen mucho daño.

Aunque no menciona nada de sexo en sus cuadernos, es posible que Eivør Mínervudottír se acostara con muchos hombres. Con muchas mujeres. ¿Quién puede saber lo que hacía con otras sirvientas en Aberdeen, o con sus compañeros en los viajes oceánicos?

También es posible que pasara toda su vida (aparte de, o incluido el matrimonio de dieciocho meses) sin sexo. Por necesidad. Por elección.

Pero ¿cuántas personas navegaron al Círculo Polar Ártico, durmieron en tiendas atadas a témpanos de hielo, vieron que la piel de un hombre se pelara por comer el hígado tóxico de un oso polar?

En la sala de espera de la clínica, bajo el tintineo fastidioso de la estación para adultos contemporáneos, la biógrafa se echa un chorrito de alcohol en gel en las manos. Las noticias murmuran en una pantalla plana montada en una pared y algunas caras las observan, pero nadie habla.

—¿Para qué viniste hoy?

Alza la mirada: una mujer rubia con colitas le sonríe desde la silla opuesta.

—Una prueba de embarazo.

—¡Guau! ¡Entonces, puede ser el día!

—Es poco probable —dice la biógrafa. Sin embargo, sí, de hecho podría ser. Si este ciclo funciona, la victoria de último momento será una historia para contarle al bebé. *Apareciste justo a tiempo.* Nota que la mujer lleva una alianza sencilla, y ningún anillo de compromiso con piedra.

—¿Y tú?

—Revisión del noveno día —dice la mujer—. Este es mi segundo ciclo. Mi maridín dice que deberíamos adoptar, pero yo... no sé. Es... —Se le llenan los ojos de brillo.

La palabra *maridín* anula la falta de diamante.

—Por lo menos ustedes *pueden* adoptar —dice la biógrafa, más fuerte de lo que quisiera.

La mujer asiente, sin perturbarse. A lo mejor nunca ha oído de Todo Niño Necesita Dos, o se olvidó de esa ley rápidamente después de escuchar sobre ella, porque no se aplicaba en su caso.

Compara y desespera.

La biógrafa se desabotona la manga, la levanta y hace un puño. La enfermera Crabby frota la piel amoratada. Archie estaba orgulloso de sus marcas de ruta y se negaba deliberadamente a usar mangas largas.

La enfermera, como siempre, tiene problemas para encontrar una vena.

—Están muy enterradas.

—La que está más cerca del codo por lo general funciona mejor...

—Primero hay que ver qué podemos hallar aquí.

El carro de la biógrafa llega a la cima del acantilado y el océano se extiende debajo. Un mar vasto, oscuro, luminoso, peligroso, con un lecho blanco por los huesos de los marineros, con mareas más fuertes que cualquier esfuerzo humano. Las rocas en el mar duermen como pequeñas montañas entre las olas. Ella adora el sólo hecho de los millones de criaturas que contiene el agua: microscópicas y gigantescas, vivas y hace mucho muertas.

Al ver semejante mar, uno puede fingir que las cosas están bien. Notar sólo las preocupaciones con posibilidades de solución. Los coyotes en la calle Lupatia. La colecta para efectuar reparaciones al faro. Es por eso que a la biógrafa le agradaba esta región de abetos puntiagudos en primer lugar: por lo fácil que uno podía olvidar el mundo atronador. Casi puede dejar de ver los labios azules de su hermano, la quijada gris de su madre en la cama del hospital.

Mientras la biógrafa se escondía en aquella Arcadia lluviosa, cerraron las clínicas de salud femenina que no podían pagar las renovaciones que ordenaba la ley.

Prohibieron los abortos en el segundo trimestre.

Ordenaron que las mujeres esperaran tres días antes del procedimiento y que hicieran un tutorial en línea bastante largo sobre el umbral de dolor fetal y las celebridades cuyas madres habían planeado abortarlas.

Empezaron a hablar sobre esa cosa llamada Enmienda de Estatus de Persona, que durante años había sido una idea superficial, una farsa.

En la mesa de la cocina se come un plato de trozos de piña.

Bebe agua.

Espera la llamada.

Cuando el Congreso propuso la Enmienda 28 a la Constitución de Estados Unidos y se envió a los estados para votación, la biógrafa escribió correos electrónicos a sus representantes. Marchó en protestas en Salem y Portland. Donó dinero a Planned Parenthood. Sin embargo, no estaba tan preocupada. Tenía que ser teatro político, pensó; puro mostrar músculo por parte de la Casa y el Senado, controlados por los conservadores, en contubernio con un nuevo presidente amante de los fetos.

Treinta y nueve estados votaron para ratificarla. Una mayoría de tres cuartos. La biógrafa vio aparecer las noticias en la pantalla de la computadora; pensó en los carteles de las marchas (¡ALEJA TUS ROSARIOS DE MIS OVARIOS! ¡PIENSA FUERA DE MI CAJA!) y en las peticiones en línea, las columnas de opinión de las celebridades. No podía creer que la Enmienda de Estatus de Persona se hubiera vuelto real con todos esos ciudadanos en contra.

Lo cual (el escepticismo) era estúpido. Ella sabía —como maestra de Historia era su trabajo saberlo— cuántos horrores se legitiman a la luz del día en contra de la voluntad de la mayoría.

Haciendo ilegal el aborto, dijeron los congresistas, habría más bebés para dar en adopción. No dañarían a nadie, dijeron, si prohibían la fertilización *in vitro*, porque la gente con úteros defectuosos y esperma lento simplemente podía adoptar a todos esos bebés extra.

Lo cual no ocurrió así.

Se termina la piña.

Se toma el resto del agua.

Les dice a sus ovarios: *Por su paciencia, por sus óvulos, gracias.*

Le dice a su útero: *Que seas feliz.*

A su sangre: *Que estés a salvo.*

A su cerebro: *Que seas libre de sufrimiento.*

Suena su teléfono.

—Hola, Roberta —le habla el propio Kalbfleisch. Por lo general lo hace una enfermera.

—Hola, doctor.

¿Él mismo llama porque las noticias son diferentes esta vez?

Se para con la espalda contra el refrigerador. Por favor, por favor, por favor, por favor, por favor, por favor, por favor.

Los abetos tiemblan y se estremecen sobre la colina.

—Lo siento, pero tus resultados salieron negativos —dice.

—Ah —dice ella.

—Sé que es decepcionante.

—Sí —responde.

—Las probabilidades simplemente no estaban, ya sabes, a nuestro favor. —El doctor se aclara la garganta divina—. Me pregunto si…, bueno, has… Déjame decirlo de esta manera: ¿viajas mucho?

—A Florida a veces, para ver a mi papá.

—Viajes internacionales.

¿Irse de vacaciones para consolarse?

¡Púdrete!

Espera.

No.

Está diciendo algo más.

—Entonces, ¿usted recomienda —dice titubeando—, a la luz de mis… «dificultades», que debería ir… a algún lugar donde la fertilización *in vitro* sea legal?

—*No* estoy recomendando eso —dice.

—Pero acaba de decir…

—No te estoy dando ningún consejo en contra de la ley y por el cual podría perder mi licencia médica.

¿Sin darse cuenta, ha estado hablando con un ser humano?

—¿Me comprendes, Roberta?

—Creo que sí.

—Muy bien, entonces.

—Gracias por…

—Felices vacaciones.

—Igualmente. —Aprieta el botón para terminar la llamada.

Toca la toalla que cuelga en la manija del horno.

Mira la colina llena de abetos, la onda de verde profundo.

A lo mejor genuina, sinceramente, cree que ella tiene dinero para hacer «viajes internacionales».

Métete a bañar, se dice a sí misma.

Pero está demasiado triste para bañarse.

Quería estudiar el hielo marino, que

comienza como una fría sopa de cristal

Harry Rattray, el tutor escocés, no sabía nada acerca

forma una corteza bamboleante ~~lo suficientemente fuerte como para sos-~~
~~tener a un frailecillo~~ más gruesa que la estatura de un hombre

puede bloquear, atrapar, arrancar o

       aplastar rotundamente
       un barco
              demasiado triste

LA HIJA

Mientras resuelven el examen, Ro / miss hace algo raro con los dedos a los costados de su rostro. Se talla de forma algo violenta, con los ojos cerrados. ¿Un fuerte dolor de cabeza? La hija no está de acuerdo con papá en que Ro / miss es una radical de izquierda; simplemente es lista, es una solterona lista. Si la hija dijera esa palabra frente a Ro / miss, recibiría un sermón: «¿Qué es lo que hace la palabra *solterona* que la palabra *soltero* no? ¿Por qué conllevan asociaciones distintas? ¡Gente, esos son actos del lenguaje!».

La bruja también es una solterona. Es valiente y fría, y no le causarían ninguna agitación las Nouri Withers de este mundo. Si estuviera en los zapatos de la hija, en lugar de angustiarse por cualquier cosita relacionada con lo que Ephraim prefiere, a Gin Percival dejaría de importarle o se vengaría. Inventaría una poción que haría que las puntas de los dedos de Nouri fueran insensibles por el resto de su vida; así, si de vieja perdiera la vista, no podría leer braille.

Pero no puede hacer pociones en la cárcel.

—¿Ya terminaron todos? —pregunta Ro / miss—. Si no, pues ni modo.

Según el periódico, Gin afectó a la esposa del director.

—Ash, deja de escribir, *ahora*. Dame la hoja.

Pero no le pareció el tipo de persona que dañaría a alguien.

¿Les dan tampones en la cárcel? Tal vez Gin Percival no llevó consigo. ¿Y qué pasa si le dan del tamaño equivocado, uno delgado cuando necesita uno superabsorbente?

Una vez, cuando la hija perdió un tampón en su interior, Yasmine le dio instrucciones por teléfono para que encontrara los músculos que lo expulsarían. «Haz de cuenta que estás tratando de no orinar».

Un bloque de hielo puede obstaculizar, atrapar, arrancar o aplastar rotundamente un barco de trescientas cincuenta toneladas. Mínervudottír quería conocer a ese bruto.

LA CURANDERA

Regresó de caminar por el fondo del mar. Ahí, los pequeños sin ojos y los sin pies caminaron con ella. Corrió con los de aletas y con los planos, navegaron con ella los que no tienen pulmones; se meció con los pastos fantasma, con los peces linterna, con las anguilas lobo. Al norte, se bañó con peces que ni siquiera la veían; en el sur, nadó con tiburones duende que no se la comieron. Tocó con el pie una anguila, acarició una mantarraya, palpó la ventosa de un calamar tuerto.

Y volvió, al despertar, a la cama de concreto.

Como la celda de cualquier colmena.

—Aquí está tu charola —dice la guardia del turno de día, que tiene seis dedos en la mano inhábil. La polidactilia es una característica de los visionarios—. Y te llegó una carta.
   Sobre papel blanco, a lápiz:

Querida Ginny:

Todo estará bien. Estoy alimentando a los animales, y ya me hice cargo de la otra cosa. Espero que te guste este tipo de chocolate.

C.

Tan amable, Cotter. «Ya la voy a meter, ¿está bien?», dijo la primera vez que tuvieron sexo. Amable hasta que las vacas regresaron a casa. Adentro, y adentro, y adentro. Después, le dolió la vagina.

Le dio curiosidad intentarlo. Lo hicieron cinco veces, en cuatro días diferentes, sobre una cobija en el suelo del sótano de los padres de Cotter, hasta que ella decidió que ya no quería seguir haciéndolo.

Cotter se puso triste, pero siguió acompañándola a su casa de regreso de la escuela, aunque no hablaban mucho, a veces nada. La vagina dejó de dolerle. Escuchaba el *cruf* y el *bap* de sus zapatos sobre la banqueta. La sirena de tsunami sonó tan fuerte que la curandera cayó de rodillas.

—¿Nos ahogaremos? —Odiaba nadar, le tenía miedo a los tiburones.

—No, es sólo una prueba —dijo él, y se puso en cuclillas para abrazarla.

Cotter no era su futuro esposo, aunque, en esos tiempos, como que quería serlo. Las vírgenes escocesas empapaban turba chamuscada con orina de vaca, colgaban aquello en su umbral y pensaban que el cabello de su futuro esposo sería del color que el moho orinado tuviera al día siguiente.

¿Mattie Matilda habrá resuelto ya su problema? ¿O el pececito seguirá adentro?

—La carta menciona chocolate —le dice a la guardia.

—No está permitido que te lo demos.

—Pero lo mandaron para mí.

—Estás en la cárcel, flaca. Nada aquí es tuyo.

—Por lo menos dígame de qué *tipo* era —grita a la espalda de la guardia.

Ella sabe que los otros guardias se están comiendo el chocolate. Que se lo embarran por toda la cara.

También le quitaron sus linternas de Aristóteles. Su bufanda.

—Si vamos a juicio, te ayudaría tener la apariencia más común posible —le dijo el abogado—. Los estudios muestran que el arreglo y el atuendo influyen en el jurado.

Su arreglo no cambiará en lo más mínimo, y no permitirá que le lleve ropa de tienda departamental. Su tía grita desde el congelador: «Muéstrales a esos pendejos cómo lo hacen las Percival». La curandera ha estado rechazando el puré de papa instantáneo y los *nuggets* de puerco; se come sus propias uñas y la piel dura que tienen alrededor. El abogado le prometió llevarle mejor comida. «Te sacaré para Navidad», dijo.

La Navidad, su criminal favorito. Se cuelgan calcetines, se cortan árboles, se dispara a los gansos, se amenaza a los niños con carbón.

La Navidad es la próxima semana.

Negligencia médica: ¿quién le creerá a la rarita del bosque en vez de al director de la escuela? Naturalmente, ese imbécil se convirtió en director: hay muchos pequeños a los que mandar por ahí. Para él no era suficiente mandar a Lola.

«Si te divorcias de mí a tu edad, nunca conseguirás otro hombre. Sólo son números, nena; estás en el extremo equivocado de los números», le contó Lola a la curandera que él había dicho.

Ellos creen que la curandera la lastimó de gravedad. Piensan que sacudió su escoba hacia la luna, que guardó su propia sangre menstrual en el cráneo de un gato, que zambulló un sapo vivo en esa sangre, que desgarró una de las patas del sapo y que se la metió a Lola en el ano.

Nadie sabe por qué el dedo de hombre muerto (dañino para los cascos de los barcos, las ostras y los sueldos de los pescadores) regresó a Newville. Nadie lo sabe, así que decidieron que era culpa de la curandera. Ella hechizó el alga. La invocó en la playa con su silbido especial para hechizar. ¿Y sus razones? ¿Qué razones, perras?

Algunas cosas son verdaderas; algunas no.

Que Lola se cayó por las escaleras, fuerte.

Que se cayó tan fuerte que se le inflamó el cerebro.

Que se cayó porque bebió una «poción».

Que la «poción» que tomó antes de caerse era directamente responsable de la caída.

Que haberle entregado la «poción» constituía una negligencia médica.

Que el titular del periódico dice CONMOCIÓN POR POCIÓN.

Que el aceite que le dio a Lola era para calmar su cicatriz.

Que el aceite era tópico, no debía tragárselo.

Que, incluso tragados, la flor de sauco, el limón, la lavanda y el fenogreco no hacen que la gente se caiga.

Que nadie le creerá a la rarita del bosque en vez de al director de escuela.

—¡Percival! —Una guardia a través de la ventanilla—. Vístete. Tu abogado está aquí.

El abogado lleva traje, como la última vez. Como para hacerse más real. Como si, de traje, pareciera fuerte y real y no el raro tembloroso y regordete que es. Entre los humanos, la curandera prefiere a los raros y temblorosos, así que le agrada.

De su portafolios saca dos cajas de dulce de regaliz.

—Como me lo pediste.

La curandera abre uno. Se llena la boca con el sabor negro y le ofrece la caja a él.

—No. No como de esos. —Saca una botella de alcohol en gel y se pone en las manos—. Bueno, pues tu amigo Cotter ha cuidado de los animales y dice que todo está bien.

—¿Se aseguró de que las cabras no vayan hasta el sendero?

El abogado asiente. Se rasca la nuca.

—Me temo que tengo algunas malas noticias.

¿Mattie Matilda?

Fue a una clínica de abortos clandestina, *¿y murió?*

—La oficina del fiscal agregó un cargo —dice el abogado.

—¿Agregó?

—Añadió un cargo. Pondrán un nuevo cargo en tu contra.

—¿Cuál cargo?

—Conspiración para cometer asesinato.

Un frío plateado le quema el vientre.

—Como los óvulos fertilizados ahora se consideran personas —continúa él—, la destrucción intencional de un embrión o un feto constituye asesinato en segundo grado. O, si estás en Oregon, «asesinato» más que «asesinato agravado».

—¿Qué te dijo la maestra de música?

—¿Quién?

—La…

—Deja de hablar —dice él, tajante.

Ella lo mira de reojo.

—Señorita Percival, es mucho mejor que no me diga lo que estaba a punto de decirme. ¿Comprende? El cargo fue añadido por el abogado de Dolores Fivey. La señora Fivey asegura que usted consintió en terminar su embarazo. ¿Hay algo de verdad en ello?

—No.

—Muy bien, bueno. —Busca en su portafolios un bloc y una pluma—. ¿Alguna vez mencionó que estuviera embarazada, o que buscara hacerse un aborto?

Ese reloj nunca tuvo fruto.

—Lola miente —dice la curandera.

—¿Por qué mentiría?

—Haga que un médico la examine. El vientre ha estado silencioso.

El abogado levanta la vista de la libreta.

—¿No tiene un vientre comunicativo?

Él la está ayudando aunque no tiene dinero para pagarle, así que finge una risa.

—Nunca estuvo embarazada.

—Bueno, ella puede testificar que *creía* estarlo. —Se rasca el antebrazo bajo la manga y después se aplica más alcohol—. Respecto de nuestra última conversación, no he podido reunir pruebas que impliquen violencia doméstica por parte del señor Fivey. No hay registros en hospitales, denuncias a la policía; no hay amigos ni doctores preocupados. Cero.

—Pero le rompió el hueso de un dedo —dice ella—, le quemó el brazo y la golpeó en la quijada.

—Sin pruebas que lo corroboren, no podemos presentar esa información en la corte.

Soy descendiente de un pirata. De un pirata. Soy...

—Señorita Percival, quiero que comprenda que una conspiración para cometer asesinato tiene un mínimo de prisión obligatoria de noventa meses.

Siete años, seis meses.

—Y eso es lo *mínimo*. Podrían añadir más tiempo en la sentencia.

—Pero no lo hice —dice ella.

—Yo le creo —dice el abogado—. Y haré que el jurado también le crea. Pero necesito revisar cada detalle de su relación con la señora Fivey.

Quiere saber lo que Lola le pagó por los tratamientos para la cicatriz. Si la fiscalía puede comprobar que hubo intercambio de dinero o bienes, entonces el jurado podría plausiblemente saltar a la conclusión de que el dinero o los bienes fueron un pago anticipado por un aborto. Al aceptar la compensación, la curandera conspiró para cometer un asesinato.

—Esta es la narración que construirán para el jurado —dice el abogado—. Tenemos que anteponernos a ello. Será útil cualquier cosa que pueda poner en duda esa narración.

—No puedo recordar —dice la curandera. Contarle sobre el sexo sería peor. El método de pago más viejo del mundo.

En siete años y seis meses las gallinas y las cabras habrán muerto, *Malky* se habrá olvidado de ella y los escarabajos comedores de madera se habrán comido todo el techo.

La piel de las manos de la exploradora se endureció por las labores domésticas.

Ella se aburrió de~~l pago con sexo~~ las caminatas en el Parque Victoria con Harry Rattray, el tutor escocés.

LA ESPOSA

El auditorio de la preparatoria, húmedo y repleto de oropeles.

Todos sus compañeros se reían sin parar.

—¿Santa? —pregunta John.

—Pronto.

—Santa no *viene* a la presentación navideña —corrige Bex, absolutamente segura.

—Tranquilos, *chouchous* —dice Didier al otro lado de John.

La esposa observa el auditorio en busca de Bryan; hace una pausa en los pechos de Dolores Fivey, cubiertos de lentejuelas plateadas. Se ven más pequeños al igual que el resto de su cuerpo; las largas semanas en el hospital la encogieron; ya no es tan sexy. Penny bosteza. Pete revisa su celular. Ro, derrumbada en su silla, parece furiosa.

Pero Navidad llegó, Santa Claus bajó, y a Rodolfo lo eligió por su singular nariz.

Aplausos, reverencias, y luego Bryan sube al escenario con una chamarra deportiva verde Grinch. No se pueden ver sus hoyuelos desde ahí.

—¡Gracias al coro! —exclama, más aplausos—. ¡Y gracias a todas y a todos por asistir a, eh, a nuestra celebración de temporada!

Didier se inclina hacia John para susurrarle:

—Ese hombre es tan tonto como un melón en un calcetín.

—Que las fiestas de todos sean alegres y brillantes —dice Bryan.

¿Dónde pasará la Nochebuena? Ha de comer como un caballo, con lo grande que es.

Afuera del auditorio, ella está con Didier y Pete, posponiendo el momento en que tendrá que asegurar a los niños en sus asientos, conducir de vuelta a la casa de la colina, desabrocharlos, enjuagar manzanas, untar crema de almendras sobre pan integral, servir vasos de leche de vacas que sólo comen pasto silvestre.

Pete: «Ese disco no salió sino hasta 1981».

Didier: «Perdóname, pero fue en 1980, exactamente dos meses después de que se ahorcó».

Pero no puede acordarse de darles el suplemento de flúor a los niños.

—Y exactamente cien años después de que se construyó nuestra casa —agrega la esposa.

—Apuesto a que trabajadores chinos pusieron cada clavo —dice Pete—, y por un salario criminalmente bajo. Se *jodieron* a mi gente en Oregon, en especial a los que trabajaron en el ferrocarril, pero también a los mineros. ¿Has oído alguna vez de la masacre de Hells Canyon?

—No —responde la esposa.

—Pues deberías buscarlo.

Pete a duras penas disimula el desdén que siente hacia ella. Una señora blanca mimada que no trabaja y vive en una propiedad de su familia, ¿qué *hace* todo el día? Mientras tanto, Didier lo agasaja con historias de su infancia paupérrima en viviendas de asistencia social en Montreal, y él lo idolatra.

Su celular vibra; número desconocido. Ella prepara su guion para el vendedor telefónico: *Retire mi número de su directorio de inmediato.*

—¿Susan MacInnes? —El apellido que tuvo durante treinta años—. Habla Edward Tilghman, ¿de la escuela de Derecho?

—Claro, Edward. Te recuerdo.

—Bueno, eso espero. —No ha perdido el tono formal; tampoco la congestión nasal. Edward, inteligente para los libros y tonto para la vida.

—¿Cómo estás?

—Lo sobrellevo —responde Edward—. Mira, la cuestión es que estoy en tu pueblo.

Ella voltea alrededor, como si la observara desde los escalones del auditorio.

—Represento a una clienta en la zona, y quería que supieras que estoy en el pueblo. Sería un poco extraño e inesperado que de pronto nos encontráramos por ahí.

—¿Tienes dónde quedarte? —pregunta ella.

Edward sería un visitante limpio, pero quisquilloso; querría cobijas extra y haría algún comentario sobre las corrientes de aire y las llaves que gotean.

—Sí, estoy en el Narval —responde.

—Pues eres muy bienvenido si…

—Gracias, ya estoy instalado.

Ella ha seguido un poco su carrera. Era un estudiante excelente; pudieron haberlo contratado de inmediato en un bufete de primera; sin embargo, trabaja en la oficina de defensoría pública de Salem; ha de ganar prácticamente nada.

—Deberías venir a cenar alguna noche.

Cuando la vea, pensará: «Ha embarnecido bastante; antes era delgada, pero ahora… Aunque así pasa después de que se reproducen, la grasa se endurece».

—Mmh, lo tendré en cuenta.

Recuerda que ese era uno de sus distintivos: refunfuños suaves.

Ha habido reportes de chinches en el Narval.

—¿Entonces…? —dice. Se percata de que él ya colgó.

Didier choca levemente su hombro contra el de ella.

—¿Quién era?

—Un compañero de la escuela de Derecho.

—Espero que no fuera Chad el Empalador.

—Un *nerd* nada más, con el que trabajé en la revista legal.

Fiel a su costumbre, su esposo no le pregunta nada más.

John gimotea jalándola de la mano. A ella se le olvidó traer el libro del puercoespín además de la bolsa de uvas. Hay manchas de sus propias heces en el escusado de arriba; ella ha desarrollado miedo por el cepillo del baño, húmedo y oxidado en su recipiente.

Bryan está rodeado de jóvenes entusiasmados que se dan empujones; deben de ser su equipo. ¿Qué no terminó ya la temporada? Pero, por supuesto, ellos no dejarán de adorarlo después del último juego.

Ro también está rodeada por una multitud de estudiantes; se quitó la furia del rostro y hace gestos teatrales; los hace reír. Ellos la adoran, ¿y por qué no? Es una buena persona. A la esposa le gustaría ser buena persona, alguien que se alegre si Ro se embaraza o adopta un bebé, alguien que no albergue la esperanza de que no lo logre.

Cuando Ro mira a los hijos de la esposa, ¿sentirá envidia? ¿Y si nunca se embaraza? ¿Si no puede adoptar? ¿Qué la motivará y dará sentido a su vida entonces? Cuando la esposa va caminando por la calle, con John en la carriola y Bex agarrada de su mano, es obvio a los cuatro vientos cuál es su propósito. La esposa empolló a esos animalitos; los alimenta, limpia, resguarda y ama en su camino a convertirse en personas independientes. La esposa *hizo personas*; ya no hay ninguna necesidad de justificar su quehacer en este planeta.

Enormes ojos castaños, cabello con destellos de sol y barbitas perfectas. «Sí sabes que todos los niños pequeños son lindos, ¿verdad?». El típico comentario de D. para destruir su felicidad. Bueno, está bien: los niños son adorables para que no los abandonen a su muerte antes de crecer lo suficiente para poder valerse por sí mismos, sí; pero también es verdad que algunos niños son más adorables que otros. A Didier le gusta decir *Jambon sur les yeaux*. Tienes jamón sobre los ojos.

Levantar, acomodar, asegurar los cinturones.
Gotitas de lluvia sobre el parabrisas; pronto, el mar.

—¡Muero de hambre! —anuncia Bex.

—Ya casi llegamos —responde la esposa.

Están por tomar la curva más cerrada, con su mísero muro de contención. Soltar el volante. Saldrían disparados entre las ramas, volarían pasando las rocas y desgarrarían el agua.

Los periódicos del día siguiente: MADRE E HIJOS PERECEN EN TRAGEDIA EN EL ACANTILADO.

—Mamipli, ¿los renos duermen? —pregunta Bex.

Conforme se acercan a la curva, quita el pie del acelerador.

Hace tiempo Didier sintió celos de Chad, un estudiante de tercer año con quien la esposa salió un par de veces antes de conocerlo a él.

Si alguna vez ella le dijera: «Me acosté con Bryan», ¿de golpe entraría en acción, aceptaría ir a terapia de pareja y lucharía por recuperarla? ¿O sólo diría, sin levantar la vista de la pantalla, «Felicidades»?

Ella es demasiado cobarde para dejar su matrimonio.

Quiere que Didier se vaya primero.

En el verano de 1868, a los veintisiete años, Mínervudottír abandonó Aberdeen llevándose un mes de salario extra (le agradaba a la esposa del director del astillero) y cuatro candelabros de plata guardados en las profundidades de su maleta.

Se fue a Londres.

Vendió los candelabros.

Obtuvo un boleto para la sala de lectura del Museo Británico, que no requería una cuota de membresía.

Compró un cuaderno con pastas de piel café.

Llenó el cuaderno de datos.

LA HIJA

Detrás de los basureros enciende el primer cigarro del día, que por lo regular es el mejor pero últimamente no le han sabido bien. Un suave florecimiento químico en el paladar.

¿Por qué a unas morsas en Washington, DC, que no conocen a la hija, les importa lo que hace con el bulto? No parece molestarles que desde helicópteros les disparen a matar a lobos bebés. Esos bebés ya respiraban por sí mismos, corrían, dormían y comían, mientras que el bulto ni siquiera es un bebé aún. No podría sobrevivir dos segundos fuera de la hija.

Las morsas tienen la culpa de lo que le pasó a Yasmine.

Que cantaba en la iglesia.

Cuya iglesia era la Episcopal Metodista Africana. Cada vez que la hija iba al servicio con los Salter después de las pijamadas, se sentía extraña.

Yasmine decía: «Bueno, Matts, yo me siento extraña todo el tiempo».

Ignorante niña blanca.

Empieza a llover. La hija enciende un segundo cigarro y decide faltar a Matemáticas aunque signifique molestar al profesor Xiao —a quien no quiere molestar— y que la próxima vez que la vea le diga: «¿Qué demonios, Quarles?». Nouri Withers estará en Matemáticas y quién quiere ver ese desastre. Cierra los ojos, fumando, y la lluvia le salpica las pestañas.

—¿Tratando de conseguir un cáncer? —Ro / miss está parada justo frente a ella.

—No —la hija aplasta el cigarro bajo su bota.

—Recoge eso, por favor.

La hija se guarda la colilla en el bolsillo del chaquetón para evitar la falta de elegancia de caminar hasta el basurero y luchar con la tapa llena de suciedad. Su chaquetón apestará a cigarro muerto.

—Dime qué te pasa, Mattie.

—Nada.

—Nunca antes habías sacado menos de ocho en un cuestionario.

—Estudié el capítulo equivocado.

—¿Todavía estás triste por las ballenas?

La hija escupe una risa. Mira más allá del campo de futbol, hacia los bosques escarpados y el cielo que se oscurece detrás de ellos.

—Puedes hablar conmigo, ya lo sabes. Te ayudaré si puedo.

—No puede —dice la hija.

—Inténtalo —dice la miss Ro.

Tengo demasiado miedo de ir a Canadá debido al Muro Rosa, pero la bruja está en la cárcel y necesito un plan, no tengo un plan; ¿usted qué haría si fuera yo?

Pero, ¿y si su contrato de profesora estipula que obligatoriamente debe reportar un abuso infantil o, en su caso, un asesinato infantil?

La hija no es una asesina.

Sólo son células que se multiplican.

Todavía no tiene cara. No tiene sueños u opiniones.

Alguna vez tú tampoco tuviste cara.

Si Ro / miss la reporta y el director Fivey la echa de Central Coast Regional…

La Academia de Matemáticas no se entusiasmará con eso.

Las universidades no se entusiasmarán con eso.

Mamá y papá, los menos entusiastas de todos.

—Tengo clase en un minuto —dice—, y el profesor Xiao dijo que a la siguiente persona que llegue tarde le abrirá un segundo esfínter.

—La salud emocional tiene prioridad. Yo me encargo de Xiao.

A lo mejor puede.

—No es nada —dice la hija.

—*Ponme a prueba.*

A Ro / miss no le importaría lo que diga su contrato. Es más valiente.

La hija habla viendo hacia los árboles:

—Pues… estoy embarazada.

—Ay, Jesús…

—Pero me encargaré de ello.

—¿De qué manera? —dice bruscamente Ro / miss, roja como un motor encendido; sus pecas pulsan como estrellas marrones.

¿Está enojada?

—Me estoy ocupando —dice la hija.

—¿Cómo puedes estar fumando?

¿Cómo puede estar enojada?

—No importa.

—Ah, ¿de verdad?

—El humo no…

—¿Qué planeas hacer, Mattie?

—Abortar —dice la hija.

Ro / miss frunce el ceño.

—Es sólo un embrión, miss. No puede hacer una oferta por una casa aunque tenga el derecho legal de hacerlo.

No hay ni siquiera el más mínimo atisbo de sonrisa al oírse citada.

—¿Y qué pasa si te descubren?

Esa no es la Ro/miss que adora.

—No me descubrirán —dice la hija, abotonándose el chaquetón. La lluvia cae con más fuerza.

—¿Pero y si sí?

—*No* me descubrirán.

¿Qué pasó con la Ro/miss que dice que hay mejores cosas que hacer con nuestra vida que aventarse por las escaleras?

—¿Ya sabes que te pueden acusar de un delito? Lo que significa la correccional juvenil hasta que tengas dieciocho, y después…

—Ya sé, miss.

La mandarían a Bolt River.

¿Quién es esta monstruosa impostora?

Ro/miss se quita la capucha de la chamarra y empieza a ararse el cabello con los diez dedos, del cuero cabelludo a las puntas, del cuero cabelludo a las puntas, como un actor que interpreta a un paciente de un hospital mental.

—Tengo el nombre de una clínica de abortos —miente la hija—. Dicen que es buena.

Arando, arando, del cuero cabelludo a las puntas.

—¿Estás bromeando?

—Eh, ¿no?

—Las clínicas clandestinas cobran un montón —dice Ro/miss—. Y toman atajos porque, obviamente, nadie las regula. Usan equipo anticuado, no desinfectan los instrumentos entre pacientes, administran anestesias sin entrenamiento. —Suena el primer timbre. Los dedos se detienen a medio arar.

—Por favor, no les diga a mis padres o al profesor Fivey.

Hay lágrimas en los ojos de Ro/miss. Como si este momento necesitara ponerse peor.

—¿Les dirá? —grita la hija—. ¡Por favor, no les diga!

Es extraño tenerle miedo a una persona por la que siempre se ha sentido lo opuesto del miedo.

Ro / miss vuelve a ponerse la capucha. Ajusta el cordón alrededor de su cara afligida y llorosa.

—No lo haré. —Se limpia los ojos con la manga de la chamarra—. Es sólo que… Esto de verdad es, no sé…

—Está bien —dice la hija, tocándole el codo.

El codo se queda tocando su mano.

Ro / miss parpadea y se estremece.

Se quedan de pie, mano con codo, durante lo que parece mucho tiempo. Las dos se están empapando y a la hija empieza a dolerle el brazo.

Suena el segundo timbre.

—Tengo Matemáticas —dice la hija y quita la mano del codo.

—Claro. Sí —sorbe—. Pero, ¿Mattie…?

La hija espera.

La maestra niega con la cabeza.

Caminan juntas por el campo de futbol, sin hablar, y suben los escalones, sin hablar, hasta que entran por las puertas azules.

Gritó «Ayuda» en tres idiomas.

Las cabras degolladas colgaban en el cobertizo, las gargantas rojas.

LA BIÓGRAFA

Hay cuatro naranjas en el frutero sobre la mesa. Las arroja una por una contra la pared de la cocina; dos rebotan, una se parte en dos y otra revienta. Abre el refri: queso suave, brócoli, natilla de chocolate. Lanza el queso y la natilla por la ventana hacia el patio del vecino; no los escucha caer porque el viento sopla muy fuerte. Recuerda que el chocolate es fatal para los perros; nunca ha visto un perro en ese patio.

PALABRAS QUE DETESTO

33. maridín
34. sándwich dulce
35. diagnóstico
36. embarazada

Dejará las naranjas donde están; tiene que irse en breve a la maldita cena de Nochebuena.

Mattie irá pronto a que le hagan un aborto.

Eso significa que, antes de la biógrafa en la lista de espera, habrá una pareja casada más que no conseguirá un bebé.

Lo que no es problema de Mattie.

Se frota los antebrazos fríos.

Sus venas están escondidas; las de Archie estaban colapsadas.

Un amigo de Archie se puso unas alas negras de alambre y malla para el funeral.

La biógrafa vio una vez en la tele a un grupo de una iglesia que gritaba «¡Hurra!» afuera del funeral de la esposa de un político que había recurrido a la fecundación *in vitro* para tener dos hijos y, por tanto, había conjurado (según la declaración de prensa que hizo la iglesia) su propia muerte a causa del cáncer. Ella y su esposo codiciaron cosas que no eran suyas; llenos de furia, decidieron mostrarle a Dios quién mandaba y se metieron en cuestiones del útero. La esposa del político ahora estaba en el infierno. *Evitad* su ejemplo.

El exterapeuta de la biógrafa le preguntó:

—¿No has dicho que no necesitas una relación para protegerte contra la desilusión y el rechazo?

—¿Le preguntarías eso a un paciente hombre?

—Tú no eres un cliente hombre.

—¿Pero lo harías?

—Tal vez, seguro. —Dobló las manos manchadas sobre su regazo de pana holgada—. Simplemente me pregunto hasta qué punto tu cruzada por tener un bebé es una defensa contra el dolor de estar sola.

—¿Acaso dijiste *cruzada*?

—Estoy recordando el periodo en el que dormías con… ¿Se llamaba Zeus?

—Jupiter —respondió ella.

—Sí, *Jupiter*. Y me dijiste que antes apoyarías la pena de muerte que tener una relación con él, pero te lo estabas cogiendo —dijo *cogiendo* con un deleite que molestó a la biógrafa incluso más que cuando dijo *cruzada*—. Y, por supuesto, también está el problema de tu hermano, que te abandonó de una forma bastante horripilante.

La biógrafa nunca volvió a poner un pie en ese consultorio.

COSAS EN LAS QUE HE FRACASADO

1. Terminar el libro
2. Tener un bebé
3. Mantener vivo a mi hermano

Comienza a marcarle a Susan para cancelar, y luego piensa en lo que será estar a solas toda la noche, oliendo las naranjas destrozadas.

Bex se encuentra con ella en los escalones del pórtico.

—No te vestiste elegante —acusa la niña, que trae puesto un vestido bermellón con delantal y zapatos negros de charol—. ¡Es Nochebuena!

—Discúlpame —dice la biógrafa apretando los puños.

—Hice palomitas para los renos —dice Bex apuntando la ensaladera sobre el pasto.

En la época de Mínervudottír se hacían sacos de dormir con el cuero de los renos, una piel lanuda muy buena para calentar náufragos sobre los témpanos de hielo.

—De Navidad pedí un gatito, aunque mi mamá dice que Santa no puede traerme un gatito, pero eso no es cierto porque a una niña de mi salón le trajeron uno por Hanuká.

La biógrafa se sienta junto a ella sobre el escalón húmedo.

—Pues es que Santa no trae regalos de Hanuká, sólo regalos de Navidad.

—¿Por qué?

—Porque así funciona.

—Pero yo quiero un regalo de Hanuká —dice Bex, toqueteando un botón bermellón.

—Tú no eres judía.

—Quiero cambiarme a ser judía. Y además, ¿qué es un coño?

La biógrafa se acerca para examinar el patrón en forma de ojos tallado en el barandal.

—Mmm, ¿ya le preguntaste a tu mamá?

—No, porque esa palabra va en la caja especial.

—¿Le preguntaste a tu papá?

—Él dijo que lo platicaremos más tarde. Búscalo en tu celular.

—Mi celular no puede buscar cosas: es demasiado viejo. *Coño* es simplemente otra forma de decir *vagina*.

En feroés: *fisa*.

—Bueno —responde Bex, tomándola de la mano.

Colgaron los adornos con pocas ganas; el rompope parece un fluido corporal; parece que Susan preferiría estar en cualquier otro lado. Los invitaron a reunirse porque se supone que es lo que corresponde, y Susan es una persona que hace lo que se supone que hay que hacer. En el día de campo de los maestros el verano pasado, le dijo a otra madre: «No te conviertes realmente en adulto hasta que tienes hijos». La otra madre le respondió: «Totalmente». La biógrafa, que estaba parada cerca de ellas con un hot dog ablandado por tanta mostaza, repuso: «¿En serio?», pero nadie la escuchó. Susan es una experta en la adultez: cosas para niños, cosas para cocinar, qué tenedor se usa para el pescado en un restaurante elegante. Y los Korsmo viven en lo que básicamente es una mansión, aunque se construyó como casa de verano, porque una casa de verano en 1880 era más lujosa que la casa de invierno promedio de la actualidad. Los padres de Susan son los dueños, pero sin duda las escrituras le llegarán un día a ella.

Tú ni siquiera quieres una casa, se recuerda la biógrafa.

Didier está agachado sobre un horno abierto, rociando chorritos del jugo de la bandeja del asado sobre un crepitante trozo de carne.

—Prepárate para una carne de res fabulosa —saluda a la biógrafa.

John viene corriendo hacia el horno, pero su padre lo levanta a tiempo («Nada de bebés quemados en mi guardia») y lo baja («Ve a buscar tu libro del puercoespín») antes de que salga corriendo de nuevo.

—¿Sabes? Yo quería llamar Mick a ese niño; debí haber insistido más en la discusión. John Korsmo es un agente de bienes raíces, pero Mick Korsmo es un tipo rudo.

—Pero —replica la biógrafa— casi cada palabra monosilábica en inglés que rima con Mick tiene una connotación negativa, grosera o despectiva: *ick, sick, lick, prick.*

—¡Guau! —responde Didier.

—*Kick, brick, trick...*

—¿Por qué es negativo *brick*, eh? —pregunta—. A no ser que sea un ladrillo de heroína, sin embargo, para algunas personas sin duda sería algo muy positivo.

Gota.

Vaso.

Ella realmente no está de humor.

—Didier, ¿hay alguna razón en particular por la que menciones tanto la heroína?

Él frunce el ceño.

—¿La menciono mucho?

Mueve las piernas, Stephens.

—Pues sí, de hecho. Y alguien importante para mí murió por eso, así que apreciaría que dejaras de trivializarlo cuando yo esté.

—Oh, perdona. —Juega con un mechón grasoso de cabello rubio entre los dedos; párpados morados envuelven sus ojos azul-grisáceos. Guapo de tan feo—. ¿Un novio?

El rostro de la biógrafa le punza de calor.

—Alguien importante —responde.

—¿Como un novio?

—Entonces; ¿tenemos un trato? —esquiva la pregunta—. ¿Ya no la idealizarás?

—Está bien; pero espera, eh..., necesito saber más.

—En otra ocasión.

—Te lo sacaré tarde o temprano —dice—. Soplaré y soplaré, y tu historia te sacaré.

Didier desgraciado. Penny bosteza. Bex lloriquea por un gatito. La suerte de Mattie. El rompope que parece semen. Los quistes de sus ovarios. Su padre come vegetales blandos en la Casa de Retiro Ambrosia Ridge. Susan cree que la biógrafa todavía no es una adulta. La ley Todo Niño Necesita Dos entra en vigor en tres semanas.

Han comenzado a comer el asado de Didier cuando entra una visita que llegó tarde, un hombre blanco y regordete con la cabeza rasurada.

—Oigan todos —dice Susan—. Él es Edward Tilghman. Fuimos compañeros en la escuela de Derecho. Por cierto, no era necesario que te vistieras elegante.

—No me vestí elegante —responde sacudiéndose del saco gotas de lluvia con las manos—. Este es mi traje del trabajo.

—Edward tiene un cliente en el pueblo —explica Susan.

El invitado se acomoda en la mesa entre Penny y la biógrafa, toma un sorbo de agua y despliega su servilleta de tela.

Algo tibio y húmedo le pega a la biógrafa debajo del ojo izquierdo; lo encuentra sobre su regazo: un pedazo de carne.

Otro golpecito húmedo: también le pega a Bex.

—¡Coño! —exclama la niña.

—¡Maldita sea, John! —dice Didier—. Si no puedes sentarte a la mesa sin aventar comida, ya no te sentarás a la mesa.

Susan mira fijamente a Didier.

—¿Por qué se sabe la niña esa palabra?

—¿Y yo cómo voy a saber?

—¡Coñito McGee era un pequeño coño muy feliz! —canta Bex.

—¡Por Dios! —exclama Edward.

—No es una buena palabra, Bexy —dice Didier, pero se ríe.

—¿Va en la caja especial? —pregunta la niña.

—¿Cuál caja especial?

—*No es nada*, mamipli.

—¡Mami! —llama John—. Un niño y un pescado son amigos.

—¿A quién estás defendiendo, Edward? —pregunta Penny.

—No puede divulgarlo —responde Susan.

—Sus *nombres* no son confidenciales —responde Edward—. No es Alcohólicos Anónimos.

Susan recibe el impacto de la corrección directamente en la cara.

—Pero el hecho de la representación —insiste Susan— es información privilegiada en algunas jurisdicciones…

—A una mujer llamada Gin Percival —responde Edward, sirviéndose una cucharada de nabo.

—¡La bruja! —exclama Didier—. Ha estado brindando el tipo equivocado de servicios de planificación familiar.

—Shhh, *cállate* —ordena Susan.

—Mamipli, eso es grosero y tienes que disculparte.

—Yo creo que es papá quien tiene que pedir perdón, por ser un idiota.

Didier mira a Susan con una expresión que la biógrafa nunca antes le había visto.

Penny se levanta de la mesa y aplaude.

—¡Es hora de que todos los niños que viven en esta casa le escriban una carta de bienvenida a Santa Claus! Los niños de la casa, favor de venir conmigo a la estación de escritura de cartas.

—Primero tienen que darnos permiso de retirarnos —dice Bex.

—¡Tienen permiso, caramba! —responde Susan.

Los niños siguen a Penny a la sala y Susan se lleva platos a la cocina. Didier, sin palabras, sale a fumar.

La biógrafa se siente mal porque Gin Percival está en la cárcel, pero no tan mal como debería. Gin ya no puede ayudarla y la biógrafa no puede empatizar con nadie en esos momentos.

A no ser que una mujer o una chica embarazada decida, en las próximas tres semanas, que le encantaría que su bebé sea criado por una madre soltera con un salario de maestra de preparatoria, y saquen a la biógrafa de la lista de la agencia de adopciones. «Para restaurar la dignidad, la fortaleza y prosperidad de las familias estadounidenses».

Pueden dejarla en la lista de acogida; pero la TNN2 estipula que en hogares de un solo padre o madre, la estancia del bebé puede derivar en una adopción legal y permanente.

La biógrafa estornuda, se limpia la nariz con la servilleta de lino rosa.

Edward se aparta de ella.

—¿Podría taparse la boca, por favor? —le dice.

—Sí me tapé la boca.

Él se cambia de lugar a tres sillas de distancia.

—¿Es en serio?

—Disculpe, pero mi sistema inmunológico no es muy fuerte y no puedo darme el lujo de enfermarme ahora.

La biógrafa empuja la punta de la servilleta dentro de una de sus fosas nasales.

Inhala.

Quiere irse a casa, donde nadie pueda verla.

Exhala.

Escabullirse ahora, sin despedirse.

Inhala.

Susan le guardaría rencor por esa grosería.

Exhala.

Pero y si…

Y si en lugar de…

¿Y si Mattie le diera a su bebé?

¿Y si simplemente se lo regalara?

Pero eso es una locura.

Demento dementarium.

¿Y si Mattie dijera: «Sí, bueno, aquí está, es para usted. Cuídelo. Cuídese. La veo luego, miss; me voy a hacer mi vida. Cuéntele sobre mí algún día»?

¿Y si le preguntara y Mattie dijera que sí?

Obviamente jamás se lo preguntaría.

No sería ético; sería una conducta inapropiada. Y patética.

Pero, ¿y si lo hiciera?

Niebla de hielo = pogonip
Cristal de hielo = frazil
Plumas de hielo = cencellada

LA ESPOSA

Qué alegría caminar desnuda después de tomar un baño y oír que tus labios vaginales chasquean. Levantarte del escusado y oír que tus labios chasquean.

El estiramiento y aflojamiento es permanente, sin importar los milagros que, según dicen, pueden obrar los ejercicios de Kegel. Los Kegel no pueden arreglar los labios. La compañera de cuarto de la esposa en la universidad se operó después del tercer hijo. «¡Ya no están aguados!», reportó en un correo masivo. La esposa recuerda haber pensado que era extraño anunciar una labioplastía a setenta y nueve personas (las direcciones no estaban ocultas); sin embargo, las respuestas fueron incluso más extrañas: «Felicita a tu vagina». «¡Seguro tu hombre está en éxtasis!».

Se abotona los jeans, jala el agua, regresa con sus hijos tirados en el sofá. Didier se está escondiendo arriba, fingiendo que escribe la planeación de las clases.

—Estoy muy aburrida —se queja Bex.

—Pues juega con tus regalos de Navidad.

—Ya jugué con todo.

—¿Ya leíste todos los libros que te regaló tu abue?

—Sí. —Está acostada bocabajo en el tapete turco, haciendo angelitos.

—Lo dudo. —La esposa ve que John empieza a sacar, uno por uno, los bloques que ella acaba de guardar.

—¿Dónde está Ro?

—En su casa. John, deja eso en la canasta, por favor…

—¿Por qué duermes en el cuarto de costura y no con papi? —Sigue boca abajo pero ha dejado de moverse, como si esperara una respuesta con todas sus fuerzas.

—Papi ronca.

—Tú también.

—No, yo no ronco. —La esposa le quita dos bloques a John y los echa en la canasta con el resto.

—Además, si tienes otro bebé…

—No tendré otro bebé.

—Pero si tienes otro bebé, ¿otra vez se te pondrán morados los bezones? ¿Se te caerá el pelo y morirán tus senos?

—No *murieron*. Cambiaron de forma después de que dejé de amamantar a John.

—Se pusieron planos —dice Bex.

Sólo espera a que llegues ahí, corazón.

—No te pegaré —murmura.

Nunca les ha pegado a sus duendecillos, y nunca lo hará.

Quince minutos después está sola en el carro, conduciendo rápidamente. El camino está mojado y borroso por la niebla, pero es buena conductora; su pie es firme y capaz.

Dentro del Acme se vuelve más lenta, se demora en las selecciones. En el departamento de chocolates tiene sus marcas y sabores preferidos: las compañías orgánicas de la selva, las mentas y las almendras con sal de mar; sin embargo, a veces gusta mezclar uno de avellana con cilantro o de pimienta negra, hinojo y cardamomo.

Pone seis barras (tres de cardamomo, tres de menta) y un paquete familiar de galletas suaves con chispas de chocolate sobre la banda de la caja, junto con un paquete de esponjas para cocina que no necesita.

—Conque tendrá una noche divertida —dice la cajera.

—Es para la clase de mi hija —responde la esposa.

—Claro —dice la cajera.

Camino a casa, se estaciona en el mirador panorámico con un muro de contención robusto.

Le marca a Bryan.

Escucha su mensaje seco: «Ya sabes qué hacer y cuándo hacerlo».

—Hola —dice alegremente—, espero que hayas tenido una buena Navidad. Te llamo para ver si quieres ir a tomar un café alguna vez. Ah, soy Susan. Muy bien, bueno, ¡llámame! ¡Gracias!

¿Qué hará Bryan con sus labios que chasquean?

Las barras de cardamomo van en el cajón de la cocina, abajo de los mapas.

Las de menta se quedan en el forro rasgado de su bolsa.

Las galletas de chocolate se acabaron en los ocho minutos que hay entre el mirador y su casa.

Ve a su esposo y a los niños a través de la ventana, tirados en el pasto seco que hay detrás del garaje. Por lo menos les dio un tentempié, aunque no recogió los platos.

Juntar las migajas en la palma.

Rociar la mesa.

Limpiar la mesa con el trapo.

Enjuagar las tazas y los platos.

Colocar las tazas y los platos dentro del lavaplatos.

Tirar la caja de galletas tamaño familiar en el reciclaje.

Si ella se va primero, romperá a la familia.

Hacer un nudo en el reciclaje y llevarlo al bote azul.

Echar composta y agua de enjuague en la maceta del ficus.

Rociar las serpientes verdes de la cabeza de medusa.

Si se acuesta con Bryan, no sería una relación.

Acomodar libros.

Poner disfraces de hada en la cajuela.

Sólo sexo.

Ignorar el polvo negro de los zócalos.

Acostarse con un caballo de carga.

Ignorar las bolas de pelo rubio en todas las esquinas.

Ignorar las camas de los niños, pero hacer la propia.

Ese motelito rojo en la 22…

Mientras hace su cama, encuentra un calcetín del esposo entre las cobijas.

Oler el calcetín; sorprenderse de que no huela mal.

Pasar un trapo sobre el polvo de la cómoda.

Dejará el estado de cuenta de la tarjeta de crédito abierto sobre la mesa del comedor.

En el baño de abajo, ignorar las costras de jabón del lavabo.

Pero Didier no se molestará en revisar los gastos.

Levantar el asiento del escusado.

Contar tres vellos púbicos.

Azotar el asiento de vuelta.

Entonces simplemente se lo dirá, directamente.

Y él se irá primero.

Cuando Londres era más frío, se hacían «ferias de escarcha» sobre el Támesis. Encima del hielo se colocaban contenedores de fuego y escenarios de marionetas, leones enjaulados y puestos de galletas de jengibre; había carreras de trineos, cerdos que daban vueltas en asadores, adivinadores, toreros. Se podían ver marsopas y lenguados atrapados a medio nado a través del cristal de hielo. Sin embargo, desde 1814 el hielo no ha estado lo suficientemente sólido para soportar esas fiestas. Llegué a Londres demasiado tarde.

LA CURANDERA

La cárcel lava sus cobijas con tanto cloro que la curandera tiene que aventarlas a la esquina más alejada de la celda. Duerme con su ropa, sobre un colchón delgado, e imagina que es el suelo del bosque. Cuando despierta, le duele el pecho y tiene las fosas nasales llenas de químicos. Los muros siguen siendo grises.

Jala el exterior al interior de su mente. El cielo lleno de agua, nubes llenas de montañas. El llano de los tiburones lleno de huesos. Estufas llenas de árboles, árboles llenos de humo, humo lleno de invierno. El mar lleno de algas, los peces llenos de peces.

Aquí dentro le traen *nuggets* y refresco de cola, pero no pescado.

Las perras son activas como ardillas: le mandan cartas, quieren consejos a distancia. Exigen que les dé recetas. ¿Qué pasará con los ungüentos para sus puchas? ¿Y los tés apestosos para su sangre? Oh, perras. ¿Podría, por favor, darles la curandera el nombre de la farmacia que vende los ingredientes? No, no puede, porque la farmacia es el bosque. Son sus helechos, sus hongos, su fauna. Son los cabellos de Temple muerta, machacados.

Mattie Matilda no le ha escrito. Un aborto clandestino que salió mal, enfermeras mal preparadas, utensilios sucios. Si la niña tuviera una hemorragia, estarían demasiado nerviosos para llevarla al hospital.

—El desayuno —llama la guardia de día.

—No lo quiero —responde la curandera, sin estar segura de haberlo dicho en voz alta.

La guardia ha abierto la puerta de la celda, está de pie con la bandeja en la mano.

—Cereal y salchicha.

—Veneno. —Cuando come cereal se le pone pastosa la vaina, y esa salchicha de verdad podría estar hecha de cualquier cosa.

—Tu juicio comenzará la próxima semana, flaca; piensa en eso. Te recomiendo que comas.

¿Acaso puede ver esta guardia, con un sexto dedo en su mano mala, lo que pasará la próxima semana? ¿Acaso ve que la curandera se desmaya de hambre en el estrado?

—Pues aquí está, por si cambias de opinión —deja la bandeja en el suelo y la cajita de leche se tambalea.

Exprimir limón. Moler lavanda seca y semillas de fenogreco en el mortero. Abrir el frasco de aceite de sauco.

Después, el esposo de Lola se hace de la botella y sirve la mezcla de plantas molidas; la obliga a beberla o ella se la toma por voluntad propia. Se la baja con whisky escocés.

Noventa meses son dos mil setecientos treinta y nueve días. Todos ellos dentro de una celda como esta. Las paredes de sus fosas nasales se le pondrán blancas por el cloro. *Hans* y *Pinka* y la gallina tullida morirán, *Malky* se olvidará de ella.

Para dejar de temblar, se recuerda a sí misma: *Eres una Percival, descendiente de un pirata.*

25 de enero de 1875

Querido capitán Holm:

Permítame ofrecerle mis servicios en el próximo viaje del *Oreius* de Copenhague al Polo Norte. Soy un hidrólogo con pericia significativa en el comportamiento de los bloques de hielo. Sería un honor para mí asistirlo en la recolección de datos magnéticos y meteorológicos.

Aunque soy escocés de nacimiento, hablo y escribo en danés fluido.

Soy, señor,
su servidor más obediente,

HARRY M. RATTRAY

LA BIÓGRAFA

Una no puede simplemente decirle a una persona: «¿Me darías a tu bebé, por favor?».

Permíteme ofrecerte mis servicios.

Eivør Mínervudottír hizo cosas que no debía hacer. Corrió riesgos.

«No funciona para todas —dijo el doctor Kalbfleisch en su primera cita—. Y ya rebasas los cuarenta».

Mujer que es delgada y fea. Cruel y fea mujer vieja. Mujer parecida a una bruja. Mínervudottír tenía cuarenta y tres cuando murió; la biógrafa cumple cuarenta y tres en abril. Viejas hasta el hueso.

—Necesitas cultivar la aceptación —dijo el maestro de meditación—. Quizá la maternidad no es tu camino.

La aceptación, piensa la biógrafa, es la capacidad de ver lo que es. Sin embargo, también de ver lo que es posible.

Se pone los tenis para correr. Los guantes. Afuera está oscuro: se quedará sólo en las calles iluminadas. Trota colina arriba, concentrándose, como su entrenador le enseñó alguna vez, en que los metatarsos presionen el asfalto, presionar y soltar, presionar y soltar. Su respiración es rígida. El sudor le hace cosquillas en las axilas y arriba de las nalgas. Está demasiado fuera de forma para que correr sea algo agradable, pero siente que es lo correcto, un correctivo: lanzar la sangre a través de cada vena, revolver el sedimento, limpiar los canales, pedirle al corazón que haga más.

Corta por Lupatia y regresa hacia el océano. Pasa por el restaurante chino y la iglesia. Si da vuelta a la izquierda terminará, después de uno o dos zigzags, en la cuadra de Mattie. Se detiene. Se recarga en el tronco de un madroño, jadeando. En el viaje familiar a la capital de la nación hizo carreras con su hermano por los escalones de *El exorcista* y ganó. Archie dijo:

—Sólo porque eres más vieja.

—Bájense, carajo —gritó papá.

¿Mattie, puedo preguntarte algo?

La biógrafa no sabe a qué hora cena la persona promedio, pero supone que hacia las ocho de la noche termina la mayor parte de las cenas en Newville.

Cuando su mamá hacía un pollo entero, exigía una pierna para ella, y papá y Archie se peleaban por la otra; la biógrafa era la niña buena que comía pechuga.

Mattie, si pago todas tus revisiones y vitaminas, ¿podrías…?

Sus pies dan vuelta a la izquierda.

Si te llevo a todas tus citas, ¿me…?

En realidad no lo hará.

No está de más preguntar, ¿o sí?

¿Pero cómo conseguirá pronunciar siquiera las palabras?

El bebé de la biógrafa siempre será el niño bueno, incluso cuando pintarrajee las paredes con marcador permanente. Aun cuando aviente su pierna de pollo por la ventana al patio del vecino.

La llave del candado de bicicleta en la garganta, los dedos enguantados hechos puños apretados contra el frío. Le duelen los dedos, pero no tanto como alguna vez le dolieron a Eivør Mínervudottír. Todos los riesgos que esa mujer corrió —riesgos gigantescos—; la biógrafa también puede correr uno.

Empieza a correr a toda velocidad.

Querido bebé:

Tienes un abuelo vivo. Se mudó a Orlando después de que murió tu abuela. Tu tío está muerto, así que no tienes suerte en el frente de los primos. Como suplentes de primos tendrás a Bex y a Plinio el Joven.

Querido bebé:

Ya te quiero. No puedo esperar a que llegues aquí. Tu pueblo es uno de los lugares más hermosos que haya conocido. Lleno de océano, acantilados, montañas y los mejores árboles de Estados Unidos. Ya lo verás por tu cuenta, a no ser que nazcas ciego, en cuyo caso te amaré todavía más.

La casa de los Quarles tiene guijarros grises y la flanquean pinos de playa. Las luces están encendidas detrás de las cortinas de las ventanas. En realidad no lo hará. Pero sí lo hará. Sube los escalones de madera del porche de madera lleno de platos de cerámica con tierra escarchada. Lo hará. La convencerá. Lo hará. Murmura las oraciones de su discurso preparado. Mientras lleva un dedo hacia el timbre, se le viene a la cabeza que, como resultado lógico de ese plan, la echarán de Central Coast Regional.

Mattie, llevaré al bebé en un tren a Alaska.

Navegaré con el bebé hacia el faro de Gunakadeit.

Su dedo flota sobre el botón de plástico blanco, el corazón le retumba frenéticamente en los oídos, la lluvia escupe sobre su frente. *Mueve las piernas, Stephens.*

Se lanza.

El capitán no comprende que lleva una mujer a bordo hasta que el barco de vapor *Oreius* rodea la península de Jutlandia hacia el Mar del Norte.

Le dijo a la exploradora: «No tenemos más opción que tolerarte».

LA BIÓGRAFA

Ocho segundos después de que oprime el timbre, la madre de Mattie abre la puerta, sonriendo.

—¿Miss Stephens?

—Disculpe que haya venido sin previo aviso.

—No se preocupe; por favor, pase.

La sala está abarrotada de fotos de la niña: en las paredes, las mesas, los libreros; parece que cada año de su hija quedó bien capturado.

—Nos hemos alocado un poco con las fotos —dice la señora Quarles, viendo cómo se ha percatado de ellas la biógrafa.

—Tienen una niña fabulosa, así que ¿por qué no?

—Dudo que Matilda esté de acuerdo. Dice que la cantidad de fotos es, y cito: «demencial». ¿Puedo ofrecerle algo de tomar?

—Oh, no, gracias. No me quedaré mucho tiempo, sólo… necesito… —Respira—. Antes de la Navidad, Mattie me pidió que le hiciera más comentarios sobre el ensayo que escribe, pero yo estaba tan ocupada que, bueno, ahora que ya terminaron las fiestas, quisiera apoyarla con él.

—Eso es poco común —responde la señora Quarles.

—Cuando una alumna se esfuerza como ella, yo también estoy dispuesta a apoyarla más.

—Pero ella no está aquí.

—Oh.

—Se fue a la conferencia.

Es claro que la biógrafa debería entender a qué «conferencia» se refiere la señora Quarles.

—Usted sabía que iba a la conferencia, ¿no?

—A la… ¿conferencia?

—Ella nos dijo que usted la *postuló* para ir.

—Por supuesto. Creo que me confundí con las fechas.

—Debo comentarle —dice la señora Quarles— que ella no nos dio ningún detalle sobre el evento.

—¿Qué les dijo?

—Que era una conferencia de Historia de Cascadia para estudiantes de preparatoria y que solamente se postula a uno por escuela.

—Eso es correcto —dice la biógrafa.

—Nos dijo que no es algo tan prestigioso como la Academia de Matemáticas, pero igual se verá bien en su solicitud de ingreso a las universidades.

Un húmedo crujido atraviesa la garganta de la biógrafa y baja hasta sus costillas.

¿Ya no hay bebé?

Su boca está llena de pedacitos del discurso que había planeado, lugares comunes masticables. *Le puedo dar un buen hogar, sea niño o niña. Tienes toda tu vida por delante.*

—Sí —mascula la biógrafa—. Dará una buena impresión.

—¿Y todos se quedan en el mismo hotel en Vancouver? ¿Hay adultos que los supervisen?

La biógrafa se pone de pie.

—Estoy bastante segura de que están bajo supervisión, sí. Discúlpeme por interrumpir su tarde.

—¿Está «bastante» segura, o está segura? Mattie no ha respondido mis llamadas y yo no he podido encontrar nada en línea sobre la conferencia.

—Eso es por sus, eh, ¿principios? Las personas que organizan la conferencia están comprometidas con hacer que los estudiantes pasen menos tiempo en la computadora, así que trabajan en papel, por medio del correo.

La madre de Mattie es una mujer inteligente; sin embargo, parece aceptar la excusa.

La biógrafa camina lentamente de vuelta a su departamento.

Puede ser que Archer Stephens no tenga un tocayo.

Los labios azules de su hermano en el piso de la cocina.

El áspero gemido en su voz cuando dijo que no estaba drogado.

—Sí estás.

—No estoy.

—¡Sí estás!

—¡Por Dios! No estoy, qué paranoica.

Pero sus pupilas eran los puntos más visibles en el verde pálido; la boca entreabierta y la lengua lenta. Ella conocía las señales, se iba volviendo una experta; pero incluso así, la negación de Archie la deshacía. Papá dijo: «¡Te está viendo la cara!», pero él nunca fue de mucha ayuda, excepto la vez que puso cinco mil dólares para la fianza. Ella le respondió: «No soy paranoica: ¡estás todo rojo!», y Archie contestó: «Porque está *soleado*, amiga». Posiblemente el día no estaba soleado, pero la biógrafa quería creerle. Su Archie, su querido hermano, todavía estaba ahí, sin importar que ya estuviera enterrado.

Cállate, le dice a su mente enloquecida. Por favor, ya cállate, tú que picas las heridas, tú que aprietas los moretones, que cuentas las pérdidas, que temes a los fracasos, que coleccionas agravios pasados y futuros.

Sobre la mesa de la cocina, abre su libreta en la página de COSAS POR LAS QUE ESTOY AGRADECIDA y agrega:

28. Por dos piernas que funcionan
29. Por dos brazos que funcionan
30. Por dos ojos que funcionan

31. Por el océano
32. Por Penny los domingos en la noche
33. Por Didier en la sala de maestros
34.

Pero… ¡al carajo con esta lista de mierda! Está harta de estar agradecida. ¿Por qué chingados tendría que estar agradecida? Está *enojada*: enojada con las enmiendas de la ley, las agencias, el doctor Kalbfleisch, sus ovarios, las parejas casadas y los abortos caseros. Enojada con Mattie por embarazarse a la primera; con Archie, por morirse; con su madre, por morirse; con Roberta Louise Stephens, por intentarlo demasiado.

Arranca la lista de agradecimientos de la libreta, le prende fuego en el fregadero con un cerillo. Todavía no ha arreglado la alarma de humo.

Mattie le dijo a su madre que la conferencia era en Vancouver. Pudo haber dicho Portland o Seattle.

A estas horas ya debe haber llegado a la frontera. Si logra cruzar y encuentra la clínica para abortos, y consigue presentar una identificación canadiense convincente, el aborto ocurrirá mañana.

Por supuesto, puede ser que no logre cruzar.

Puede que la detengan.

¡No desees que la detengan, monstruosa mujer!

Pero lo desea.

He sido desprendida de la tierra para navegar por el océano con hombres cuyas vidas no se parecen en nada a la mía y, sin embargo, sus sueños despiertos son idénticos: trajes toscos de piel de caribú, nuestros dedos entumidos, este tajo de amanecer rojo como las llamas. Si naufragamos en esta nave, naufragamos juntos.

LA HIJA

Mira por la ventana manchada por la lluvia del autobús que cruza el estado de Washington. Árboles, árboles y árboles. Una llanura húmeda o dos. Por centésima vez abre su pasaporte: aún está vigente. Nada más está viajando, eso no es un crimen.

Según los foros en línea, uno debe llevar pruebas de su objetivo en Canadá. Ella y Ash crearon una cuenta de correo para Delphine Gray, una persona dulce pero con mala ortografía, y le enviaron varios mensajes a la hija. «¡No puedo esperar a que llegues Mattie, te encantará *Raincouver*, te llevaré a todas las atracciones turísticas!».

Para la clínica, tiene una licencia de conducir de Columbia Británica que le compró al novio de Clementine. Ash tiene suerte de tener una hermana mayor que la aconseje, hermanos gigantes que la defiendan. Una pandilla alborotada que huele a pescado.

Deja su morral en el asiento del pasillo para que ningún pasajero amistoso pueda preguntarle sobre su destino. Se pasa un dulce de regaliz por la lengua. El azúcar y los químicos corren por sus venas hasta el bulto. Mitad Ephraim, mitad ella.

Una vez fue a Vancouver con la familia de Yasmine. La señora Salter, que representaba a Portland (el distrito 43) en la legislatura estatal de Oregon, daría un discurso sobre el derecho a la vivienda. La hija recuerda una ciudad en un cuenco de montañas y agua oscura plateada. Como se aburrían en el hotel, ella y Yas empezaron su lista de pesos cardiacos. El corazón de un ganso de Canadá pesa doscientos gramos. El de un caribú, tres kilos.

El autobús frena en seco. La hija abre los ojos. Un bosque verde oscuro, cielo color acero, una cadena de casetas de peaje coronadas con hojas de maple rojas.

—Todos abajo —grita el chofer—. Bajen todas sus pertenencias y saquen las maletas del compartimento de equipaje.

Una mujer grita:

—¿Puedo dejar un suéter para guardar mi asiento?

—No, señora, no puede.

—¿Qué es esto, la Unión Soviética? —pregunta.

Arrean a los pasajeros por el aire helado hacia un edificio bajo de madera junto a las casetas de peaje. Unos hombres pálidos y jóvenes con uniformes verde olivo se sientan detrás de los escritorios. Un perro musculoso que lleva un oficial camina sobre el linóleo; sus uñas chasquean.

¿Tienen perros que huelan los embarazos?

A las que buscan un aborto las transportan de vuelta en patrullas o autobuses canadienses, la hija no está segura. Cuando llegan a sus estados de origen, se les acusa de conspiración para cometer asesinato.

Un oficial revisa su pasaporte.

—¿Cuál es su destino en Canadá?

—Vancouver.

—¿La razón de su viaje?

—Visitar a una amiga.

—¿Con qué propósito?

—Vacaciones —responde la hija.

El oficial observa el pasaporte otra vez. Mira su frente, después su pecho.

—¿Cuántos años tiene, señorita?

—Casi dieciséis. Mi cumpleaños es en febrero.

—¿Y viaja sola a Vancouver, de vacaciones?

La cara se le está poniendo caliente.

—Mi amiga vive ahí. Antes ella iba en mi escuela en Oregon, pero se mudó a Canadá hace unos años y voy a visitarla.

«No den demasiados detalles», dicen en los foros.

—¿Cuál es el nombre y la dirección de su amiga?

—Delphine Gray. Ella me recogerá en la estación de autobuses.

—¿No sabe su dirección?

—Perdón, sí la sé. Cuatro-seis-uno-ocho de la calle Laburnum, Vancouver.

—¿Su teléfono?

—Siempre hablamos en línea, así que no… No necesito su número. Es mucho más barato hablar en línea. Pero tengo impreso un correo electrónico suyo, por si lo quiere ver.

—¿Por qué imprimió su correo?

—Tiene su dirección.

—Dijo que la recogería en la estación de autobuses.

—Ya sé, pero por si acaso. Por si necesito tomar un taxi.

—Espere aquí, ¿está bien? —dice el oficial.

No puedes decir que fue violación o incesto: a nadie le importa cómo entró en ti.

La hija ve que la mujer del suéter soviético y su esposa pasan la revisión. Una pareja blanca de mediana edad pasa como la brisa después de ellos. Mujer asiática mayor: brisa. Tipo negro más joven: una brisa un poco menos ligera. Le hacen preguntas extra, que él responde con voz inexpresiva e irritada. Pero él, también, finalmente vuelve afuera.

—¿Matilda Quarles? —dice una oficial con rizos rubios y crespos—. ¿Vendría conmigo?

—¿Adónde?

—Sólo acompáñeme, por favor.

—Mi autobús se va en un minuto.

—Entiendo. Necesita venir conmigo.

—Pero ¿y si pierdo mi autobús?

La oficial cruza sus grandes brazos.

—¿Tenemos algún problema?

—No, señorita.

Su destino era degollar carneros y colgarlos para que se desangren sobre tinas.

En cambio: navega en un barco para reunir información sobre la naturaleza boreal.

LA CURANDERA

Se decepcionó al conocer el nombre de la niña, un nombre típico de niña. Aunque el de la curandera no es mejor. A lo largo de los años, la gente le ha preguntado. ¿Es diminutivo de Virginia? ¿De Jennifer? No, es sólo Gin. ¿Te pusieron ese nombre por algún familiar? No, por el licor. Oh, qué chistoso, pero, en serio, ¿de dónde es tu nombre? Pero de verdad había sido por el licor, el preferido de su madre.

La curandera hubiera llamado a la niña Temple segunda.

Ella no recuerda el dolor, pero sí hubo dolor, y Temple decía: «Pronto terminará, pronto terminará», mientras mecía a la curandera. Comió cerezas a las que Temple les había sacado el hueso; su estómago se sentía esponjoso y colapsado. No recuerda a la bebé. Se la llevaron a otra parte del hospital. Cada dos horas las enfermeras traían la bomba manual, primero para sacarle el calostro y después la leche de los senos hinchados. La mujer de la agencia de adopciones llegó con papeles para que los firmara.

La gente solía creer que las rosas nuevas nacían de las cenizas de rosas quemadas, que ranas nuevas nacían de las que se podrían. Lo que no es más extraño que creer que la curandera le dio a Lola una poción que la hizo caer de las escaleras, o que la madre de la curandera anda allá afuera, en alguna parte, viva.

Cuando la curandera era bebé, su madre se mantuvo sobria. «Nunca usó drogas mientras te dio pecho —le dijo Temple—. Lo que no significa que se merezca una medalla, pero tú fuiste importante para ella. No olvides eso, ¿sí?».

Una mala madre que a veces no fue mala; que podría todavía andar por ahí, viviendo de flores en una torre, de heno en un granero.

La madre, la curandera y la niña: descendientes de Goody Hallett, de Eastham, Massachusetts, quien ató linternas a las aletas de las ballenas.

Una *vía* es un dedo de agua abierta entre bandejones de hielo oceánico. Tengo una teoría: a partir de la forma y la textura de una vía se puede predecir su comportamiento. La probabilidad que tiene de congelarse por completo o de abrirse más.

LA ESPOSA

De camino a encontrarse con Bryan, se enciende la sirena de tsunami. Se detiene en el camino del acantilado. El gemido, triste y animal, sube y llega a la cima, oscila abajo y arriba, una y otra vez. Un lobo torturado. Una vez al mes se enciende durante tres minutos, seguida por campanillas (todo en orden) o un estallido estridente (evacuar). Si hay un terremoto en el mar, una pared de agua que lo engulle todo vendrá tras ellos y los minutos serán importantes.

Los duendecillos están en la colina, más arriba de lo que cualquier ola podría alcanzar, jugando a acampar con su padre.

El océano es una superficie verde. Pilares de roca con forma de chimeneas, focas y pajares se elevan sobre el agua.

Escucha campanillas. Están a salvo.

Podría descubrirla: un mensaje de texto enviado al teléfono equivocado.

O podría confesar. Ver la cara de su esposo cuando le diga: «Me acosté con Bryan».

Ella se queda con la casa; él renta un departamento en el pueblo y va a la escuela en el carro de Ro. El departamento tendrá una segunda habitación para los duendecillos, que se quedarán con él los fines de semana. Entre semana las cosas no serían muy diferentes: nadie la ayudaría con el baño y a la hora de acostarse, como siempre; igual en la mañana, cuando ella sola hierve la avena, viste los cuerpos y lava los dientes. Sin embargo, los fines de semana: la esposa tendrá los fines de semana para ella.

O, por ahora, Didier se puede quedar en la casa. Las corrientes de aire, las llaves que gotean y el feo papel tapiz. La casa ha estado en su familia por generaciones; ella leyó su primera novela en la sala, tuvo su primer periodo en el baño, vio a Bex dar sus primeros pasos en el porche. Sin embargo, ahora la deja ir por un momento.

Es demasiado cobarde para irse primero; en cambio, hará que su vida estalle.

Wenport es un poblado deprimente contiguo a una planta de celulosa y nadie de Newville lo visita, salvo para comprar drogas. Algunas veces la esposa se pregunta cuál de sus niños será más propenso a conseguir drogas algún día, y la respuesta siempre es: Didier.

Se estaciona justo enfrente de la cafetería. No será Didier quien vea el auto, desde luego —está agachado en una tienda de sábanas en la sala, alimentándose con malvaviscos cocinados de mentiritas en fuego de mentiritas—, ¿pero Ro?, ¿Pete Xiao?, ¿la señora Costello?

«El otro día me pareció ver el coche de Susan...».

«¿Estaba Susan en Wenport con Bryan Zakile?».

La cafetería está demasiado caliente. La esposa se quita la chaqueta y le sube el sudor a las mejillas. Son tres minutos después de las dos. Los únicos otros clientes son dos jóvenes con gabardinas que juegan cartas.

—¿Qué le ofrezco? —pregunta la barista.

Las galletas de almendra brillan bajo el cristal.

—Un *latte* deslactosado alto, por favor —responde la esposa.

—Para su información, señora, somos un negocio independiente sin ningún vínculo con corporaciones multinacionales. Es decir, una zona libre de sirenas.

—¿Qué? —La esposa tiene un ojo en la puerta y otro en los jóvenes de gabardina. Podrían ser estudiantes de Didier. O de Bryan.

—Tiene que ordenar un café *chico* —dice la barista.

—Entonces quiero un *latte* deslactosado *chico* y agua.

—El agua es de autoservicio.

Se instala en la mesa más alejada de los jóvenes, frente a la puerta. Diez minutos después de las dos.

—¡Su hechizo de grifo no me asusta, señor! —grita uno de los chicos.

Diecisiete minutos después. No tiene mensajes ni llamadas perdidas.

A los veinte minutos se irá.

A los veinte minutos se termina el agua de su vaso.

Se irá en un minuto.

A las 2:24 aparece Bryan. No parece apurado para nada.

—Bueno, *hola* —dice—. ¿Qué tal va tu día?

—Genial, ¿y el tuyo?

Mientras él está en el mostrador, la esposa, que se acomodó frente a la puerta, lo escucha preguntarle a la barista si sabe el origen de la palabra *capuccino*; escucha que la barista se ríe y dice: «¿Italia?», y Bryan responde: «Bueno, en un principio».

Cuando se sienta frente a ella, recuerda que su cara no es hermosa, a pesar de los hoyuelos. Una cara de normal a media. Sin embargo, el cuerpo que le sigue…

—Tu pelo se ve sensacional —dice él.

—Ay, ¡gracias!

Sorbe espuma de leche:

—¿Te lo cortaste?

—Pues, la verdad no. ¿Qué tal tus vacaciones?

—Bien, bien. Fui a ver a mis papás a La Jolla. Fue bueno volver a la civilización.

—¿Esta zona te parece incivilizada?

Él se encoge de hombros y se limpia la espuma del labio con una servilleta.

—¿O demasiado remota?

—¿A qué te refieres?

—Bueno, en términos de…, no sé…

Bryan sonríe.

—¿Te refieres a que es difícil conocer mujeres?

—O lo que sea. Sí.

—No quiero sonar engreído, pero eso nunca ha sido un problema para mí.

—Estoy segura de que no.

Él empuja un puño lentamente a lo largo de su muslo.

—¿Lo *estás*?

—¿Qué?

—Segura. De que no ha sido un problema.

Un grumo de rímel seco cae de sus pestañas del ojo derecho, y aterriza en su antebrazo.

—Mira —dice Bryan—, como lo veo yo, el modelo de escasez es una mentira. Cuando uno se preocupa por no encontrar a alguien, elige a la primera persona que encuentra.

Ella se quita el rímel con la mano. Tiene la boca muy seca.

—Eso le pasó a una de mis primas —continúa él—. Se casó con un imbécil total porque no creía conseguir algo mejor. Y *quizá* no; pero, oye, yo preferiría la soledad a que me molieran a golpes.

—¿Golpes?

—Como dije, es un imbécil.

—Pero eso es…

—Todos queremos que lo deje. No tienen niños.

—Y aunque los tuvieran.

—Bueno, tal vez. Aunque los niños de verdad necesitan a los dos padres en casa.

La esposa puede ver, oír y sentir, pero ya no está pensando.

Quiere sentir el muslo sentado a seis centímetros de su rodilla. Sentir los dedos que descansan sobre el muslo.

Dedos largos y duros.

Muslo largo y duro.

—¿Y tú, Susan? ¿Newville te parece remoto?

—Me parece… —Gira la boca hacia un lado, algo que Didier solía decirle que era sexy—. Aburrido.

275

—Me pregunto qué podríamos hacer para que fuera menos aburrido.

—Me pregunto.

—Se me ocurren algunas cosas.

—¿Ah, sí? —Ráfaga de humedad en su cavidad.

—Sí.

—¿Por ejemplo?

—Bueno… —Bryan se inclina hacia adelante con los codos en la mesa y la cara apoyada sobre las palmas. La esposa también se inclina, pero el ángulo es extraño con las piernas cruzadas. Él la mira. Ella le devuelve la mirada. Algo está a punto de ocurrir. Él la besará justo ahí, entre grifos y vapor, a veinte kilómetros de la casa de la colina. Ella hará que su vida estalle—. ¡Equipo de minigolf! —responde, sonriendo tan ampliamente que puede ver las amalgamas negras en sus dientes.

—¿Qué?

—El minigolf de competencia; es algo real. Hay un lugar, justo en la 22. Entras en equipos de cuatro. Pienso en ti, yo, Didier y Xiao. Incluso se puede hacer buen dinero.

Como si una mano gigante la hubiera soltado, la esposa se hunde en su silla.

—Soy pésima en el golf —dice.

—¡Por favor!

—Pon a Ro en tu equipo.

—¿La policía de la gramática? *No, gracias.*

Él no la desea.

¿Por qué pensó que la deseaba?

—Oye —dice Bryan—, hay que compartir un pan de canela. Aquí son buenísimos.

Amalgamas negras en toda su boca.

—Por qué rayos no —responde la esposa.

En noviembre de 1875, en el Océano Ártico al norte de Siberia, los bloques de hielo empezaron a cercar al *Oreius*. Los cinturones de agua abierta fueron alejándose; las vías se encogieron hasta volverse listones negros. Mínervudottír vio que las vías más rectas al parecer se mantenían abiertas más tiempo que las encrespadas, con forma de anguilas: ¿había algo en los márgenes irregulares que hacía más rápida la formación del hielo?

Se lo sugirió al capitán, quien dijo: «¿Y señalarás también a las hadas de la nieve?».

LA BIÓGRAFA

Ese día nota lo grande que es el escritorio del profesor Fivey. Él repasa la superficie pulida con las manos ampliamente separadas, como un magnate. Detrás de él cuelga su título de una universidad de la Ivy League y varias fotografías de la señora Fivey, las cuáles dan pie a que la biógrafa diga:

—Me da gusto que su esposa se esté recuperando.

—Muy amable, Ro. Pero vayamos al meollo del asunto: desde el comienzo del año escolar, has llegado tarde de menos catorce veces.

Al menos.

—Y te has ausentado cinco.

—De hecho, fueron cuatro.

—Da lo mismo; se ha vuelto un problema. Estos chicos no se van a enseñar solos. En lugar de aprender Historia, están memorizando los carteles antidrogas de la sala de estudio. Quisiera saber cómo le darás solución a este problema.

—Pues... —responde la biógrafa.

—¿A no ser que prefieras dejar de dar clases aquí?

Ella descruza y vuelve a cruzar las piernas.

—Sí quiero dar clases aquí, sí me importa. Lo que ocurre es que he pasado por algunas cuestiones de salud que...

—Sea lo que sea, Ro, esto no puede seguir así: o tomas un permiso por razones de salud, o renuncias, o llegas al trabajo a tiempo. —Su saliva vuela hasta la cara de la biógrafa.

¿Acaso se ha vuelto más cretino porque su esposa estuvo en coma? ¿O porque el juicio de Gin Percival comenzará pronto? Fivey tendrá que sentarse en el juzgado y escuchar que su esposa presuntamente buscó a la bruja para que le hiciera un aborto, aunque presuntamente ni siquiera estaba embarazada, y también que presuntamente tuvo un amorío con Cotter en la oficina de correos. Y que los pechos de su esposa son presuntamente naturales. Hasta la biógrafa, que no está al tanto de los chismes, ha escuchado esos rumores.

—No volveré a llegar tarde —responde.

—Así es, no lo harás, porque te estoy dando una advertencia oficial. Una falta o retraso más y tendrás que llamar a tu representante sindical.

—No tenemos sindicato.

—Es sólo una forma de hablar; no pretendo ser intransigente —agrega—. Cuando asistes, eres buena en tu trabajo.

Fivey es un pez de ligas menores en un estanque de ligas menores. Y esos chicos *sí* se van a enseñar solos.

Ella está aquí sólo para darles algunos guiños y pistas. Ella está aquí para decirles que no tienen que casarse o comprar una casa o leer la lista de naufragios en el bar cada sábado por la noche.

Diez días para que entre en vigor Todo Niño Necesita Dos.

Debió preguntarle a Mattie antes.

Debió lanzarse más rápido.

Cuando el año pasado el maestro de meditación supo sobre su deseo de tener un hijo, él le sugirió que se consiguiera un perro.

Mezcla con un cuchillo la crema de su tercera taza de café. Heredó los cubiertos de la familia, pues papá no tenía ningún interés en cargar con ellos a Ambrosia Ridge, pero tuvo que tirar a la basura la mayoría de las cucharas: las mismas que alguna vez entraron en las bocas de la biógrafa y de Archie cargadas de helado, natilla o

279

sopa, fueron usadas después para calentar la heroína con agua que una jeringa succionaba de una bola de algodón y que después entraba en la piel de Archie. Era útil encontrar las cucharas chamuscadas (debajo de las camas, entre los pliegues de los sillones) cuando la biógrafa necesitaba confrontarlo con evidencia irrefutable e indiscutible; aunque, para su sorpresa, él a veces discutía.

«¿Has oído alguna vez de los lavaplatos automáticos? Arruinan las cucharas».

O «Esa probablemente lleva ahí unos dos años; no es un suceso reciente, amiga».

Archie era un jodido tonto.

Y era su persona preferida en el mundo.

Ella nombrará a su hijo en su honor, si alguna vez tiene un hijo.

¿Por qué quiere tener uno?

¿Cómo puede decirles a sus estudiantes que rechacen el mito de que su felicidad depende de tener una pareja, si ella cree lo mismo acerca de tener un hijo?

¿Por qué no está contenta, como Eivør Mínervudottír lo estaba, por ser libre?

Toma un sorbo de café. Martillea con el talón al ritmo metálico del radiador de la cocina. Abre la libreta, escribe en una nueva página: RAZONES POR LAS QUE SIENTO ENVIDIA DE SUSAN. Le da vergüenza escribir la palabra *envidia*, pero una buena investigadora no puede detenerse al encontrar datos desagradables.

1. Fuente de esperma conveniente / gratuita
2. Tiene dos

Alguna vez, la familia de la biógrafa se pareció a la de los Korsmo: madre, padre, hermana, hermano, una familia estadounidense de cuatro. Tenían un patio con malezas, una casa. La biógrafa no quiere una casa, pero sí quiere un niño. No puede explicar por qué;

sólo puede decir: *Porque sí*. Lo cual no parece ser razón suficiente para todo este doloroso esfuerzo.

Puede ser que simplemente esté programada, tal cual, por la publicidad: la inundaron de imágenes de la madre con los hijos, la mamá oso y su osito, y aprendió, sin darse cuenta de ello, a desearlos.

Puede ser que haya mejores cosas que hacer con la vida que ya tiene.

Echa un vistazo a la pálida parte interna de sus codos: los rastros de las agujas se van desvaneciendo. Se asemejan a Archie evaporándose. Han pasado semanas desde la última vez que le sacaron sangre, desde la última vez que vio las indiferentes mejillas doradas del doctor Kalbfleisch.

RAZONES POR LAS QUE ~~SIENTO ENVIDIA DE~~ ODIO A SUSAN

1. Fuente de esperma conveniente / gratuita
2. Tiene dos
3. No paga renta
4. Me dijo que me distrajera viendo películas
5. Tiene dos
6. Dijo que uno no se hace realmente un adulto hasta que, etcétera
7. Tiene dos

Una persona menos envidiosa, una que odiara menos, no tendría la esperanza de que arrestaran a Mattie Quarles en la frontera canadiense.

El hielo es un piso sólido alrededor de
nuestra embarcación. Ningún esfuerzo
por cortarlo, serrucharlo o picarlo aligera su sujeción. El timón es inútil. El *Oreius*
está cercado.

LA HIJA

Sigue a la oficial a una habitación parecida a un clóset con un escritorio café, sillas cafés y ninguna ventana. Se sienta antes de que se lo pidan. La oficial permanece de pie, con las manos sobre la cadera.

—¿Puedes decirme la verdadera razón de tu visita?

—Voy a ver a una amiga a Vancouver.

—Dije la verdadera razón.

La puerta está cerrada.

Nadie sabe que está aquí, además de Ash, ¿y qué demonios hará Ash?

—Esa es la verdadera razón, señora.

—Vemos un montón de jovencitas como tú que tratan de cruzar. El problema es que Canadá tiene un acuerdo oficial con Estados Unidos. Acordamos impedir que ustedes rompan las leyes de *su* país en *nuestro* país.

—Pero yo no estoy rompiendo…

—¿Sabes qué es lo bueno de las pruebas de embarazo? Tienes los resultados en un minuto.

—No sé de qué habla, señora.

—Sección 10.31 de las Regulaciones de la Agencia Canadiense de Servicios Fronterizos. Dice: «Si una menor sin compañía tiene un resultado positivo en una Prueba de Embarazo de Resultado Rápido marca FIRST RESPONSE y no puede verificar un propósito personal o profesional legítimo en una provincia canadiense, deberá ser puesta bajo custodia y entregada a oficiales de la ley de Estados Unidos».

—Pero yo sí *puedo* verificar mi propósito. ¿Mi amiga Delphine?
—La hija abre su bolsa y saca el correo electrónico.

La oficial lo observa con dureza.

—¿De verdad? —le regresa la hoja.

La hija aprieta más los muslos.

—Esto es lo que pasará, Matilda: te daré un vasito e irás al baño al final del pasillo a orinar en él.

—No puede hacerme una prueba de drogas aleatoriamente. Es ilegal.

—Buen intento.

La hija decide mirar a esta mujer a los ojos.

—Puedo…, puedo pagarle.

—¿Por qué?

—Por dejarme regresar al autobús.

—¿Te refieres a un *soborno*?

—No, sólo… —Le tiembla la boca—. Señora, ¿por favor?

—Oye, ¿sabes a quién le encanta que le digan señora?

—¿A quién?

—A nadie.

—Tengo cien dólares —dice la hija. Puede dormir en la estación de autobuses y comer cuando haya regresado a Oregon.

—Quédatelo, ¿eh? —La oficial saca del bolsillo de su chamarra un vaso envuelto en plástico y lo pone sobre la mesa café—. ¿Estás lista para orinar o necesitas agua?

—Agua —dice la hija, porque significa ganar tiempo.

Yasmine dijo que no tenía intención de ser el estereotipo de nadie. Madre adolescente negra que se beneficia de los impuestos de ciudadanos que trabajan duro, etcétera.

Y la señora Salter era la única mujer de color en la legislatura del estado de Oregon. Ella no tenía intención de poner en riesgo la carrera de su madre.

Se practicó un aborto casero.

La rubia de rizos regresa sin el agua, seguida por un oficial de ojos azules que parece estar a cargo. Le sonríe a la hija.

—Yo me encargo de ahora en adelante, Alice.

—Ya casi…

—¿Por qué no vas a almorzar?

La oficial subordinada parpadea lentamente hacia la hija. Arruga la boca.

—Pues claro. —Se va.

—¿Qué tal su día, señorita Quarles? —dice el tipo, poniendo una bota negra sobre la silla. Su entrepierna le queda al nivel de los ojos.

Ella se encoge de hombros, demasiado asustada para ser amable.

—Entonces, ¿está de visita en el Verdadero Norte por placer?, ¿por diversión?

Ella asiente.

—Sabe que somos amables aquí, pero no nos gusta que nos mientan.

—Yo no…

—Su cara es *muy* expresiva. Es traicionera.

El miedo se extiende por sus brazos, por su pecho.

—Algunas personas tienen rostros indescifrables. Son los rudos, ¿sabe? Los que hacen que uno tenga dudas. Usted no, señorita Quarles. Sin embargo, no la arrestaré. —Alza el pie y lo azota contra el suelo.

—¿No?

—Tengo dos hijas más o menos de su edad. Digamos que tengo un punto débil.

—Eso es… Guau. Gracias.

—No obstante, tendrá que regresar por donde vino. El siguiente autobús al sur llega en tres horas y media. Yo me aseguraré personalmente de que vaya en él. Si no tiene ya boleto de regreso, le puede pagar al chofer.

¿De regreso? Un suave hoyo gris en la garganta.

—Su foto y licencia de conducir —dice el tipo— se distribuirán en todas las oficinas de la patrulla fronteriza de Canadá, así que no trate de volver a cruzar.

No se puede saber al verla (bufandas, suéteres grandes), pero su su vientre ha crecido y está más duro. Pronto será demasiado tarde.

—Quiero que aprenda una lección de esto. No repita sus errores. Como les digo a mis hijas: sean la vaca que se compra.

—¿Perdón?

—No sean la leche gratis.

En la fresca sala de espera se come unos cacahuates cubiertos de chocolate de una máquina.

Su mamá la llamó dos veces para preguntarle por la conferencia. Al escuchar sus mensajes («¡Estoy tan orgullosa de ti, pollita!»), a la hija se le suelta la nariz.

La hija siente vergüenza de avergonzarse de su mamá cuando las cajeras le dicen: «¿Tú y tu abuela encontraron todo lo que buscaban?».

Este es el peor día de su vida.

El segundo peor: cuando su padre pensó que el congresista Salter era el chofer del autobús escolar.

¿El fracaso de este viaje es una señal? Ya lo intentó dos veces. A lo mejor sólo debe seguir embarazada. No ir a la Academia de Matemáticas, expulsar al bebé y entregárselo a alguna pareja con cabello gris y buen corazón. Es la vía legal. La vía segura. *Piensa en todas las familias adoptivas felices que no existirían.*

Podría no ir a la Academia de Matemáticas, expulsar al bebé y dejar de ir a Central Coast Regional. Terminar la preparatoria en línea. Dejar que su madre le ayude a bañarlo, vestirlo y alimentarlo.

Cuando la hija trata de imaginarse como madre, ve el muro de árboles junto al campo de futbol, ondulante y sin rostro.

No quiere no ir a la Academia de Matemáticas.

(En Cálculo, le patea el culo gótico a Nouri).

O abortar.

No quiere preguntarse, y se preguntaría.

El niño también: *¿Por qué no se quedaron conmigo?*

¿Su madre era demasiado joven? ¿Demasiado vieja? ¿Demasiado caliente? ¿Demasiado fría?

No quiere que él o ella se pregunte.

¿Eres mío?

Y no quiere preocuparse de que vaya a encontrarla.

Egoísta.

Pero tiene un ego. ¿Por qué no usarlo?

El *Oreius* estará atrapado en el hielo durante siete meses.

LA ESPOSA

Le agradece a la señora Costello que llegue temprano. Besa la oreja perfecta de John y toma su camino.

En dos ocasiones, casi da vuelta al auto para regresar.

No ha estado en un juzgado desde la escuela de Derecho. Este tiene un ambiente bochornoso, con las gotas de lluvia llevadas al hervor por los calentadores. En la mesa del frente están sentados Edward y Gin Percival; la esposa no puede ver sus caras. La luz fluorescente rebota en la cabeza rapada de Edward. No hay señales de la señora Fivey, pero su esposo está en primera fila mirando su reloj: las 8:45 de la mañana.

La esposa toma asiento en la fila del fondo, junto a la pared. El jurado consta de siete mujeres y cinco hombres de mediana y avanzada edad, todos blancos. Edward debió pedir un juicio sin jurado. La sobrina de Temple no dará una buena impresión ante ningún jurado de por aquí.

—Gin Percival —dice la jueza, que parece un gnomo—, permanecerá de pie mientras se leen los cargos en su contra.

Ella se pone en pie. Su oscuro cabello recogido, el overol naranja holgado en la parte de la cintura. Se ha puesto más flaca desde la última vez que la esposa la vio, en el banquito de metal de la biblioteca.

El alguacil enuncia:

—Un cargo de infracción por negligencia médica en grado de comisión en contra de Sarah Dolores Fivey. Un cargo de delito grave de conspiración para cometer homicidio al acceder a terminar el embarazo de Sarah Dolores Fivey.

¿De cuánto podía ser su sentencia? La esposa no puede recordar nada sobre la duración de las sentencias.

Recuerda que una vez leyó en voz alta «homicidio pulposo» en lugar de «homicidio culposo», y que Edward fue el único del grupo al que también le pareció chistoso.

Sin poder ver la cara del señor Fivey, se imagina su mortificación. Ahora todo mundo conoce sus asuntos; la esposa del director y su aborto en lo profundo del bosque. No importa cómo acabe este caso, los Fivey quedarán manchados.

En la mesa de la fiscalía se levanta una abogada delgada y pelirroja vestida con un traje de rayas finas. Se toma su tiempo caminando lentamente hacia el jurado, con las palmas juntas a la altura de la garganta, como si rezara. Se ve más joven que la esposa.

—Ciudadanos de Oregon, ya escucharon los cargos en contra de Gin Percival. Su labor es sencilla: decidir si existen suficientes pruebas para condenar a la señora Percival por esos delitos. Durante este juicio, se les mostrará una amplia serie de hechos que establecen su culpabilidad en ambos cargos. Escuchen esos hechos, basen su veredicto en ellos. Sé que los llevarán a concluir, más allá de una duda razonable, que Gin Percival es culpable de los delitos por los que ha sido acusada.

Amplia serie, una frase floja. Repite *delitos*, *cargos*, *culpabilidad* y *hechos*, una jugada predecible. Edward le puede ganar.

Se aclara la garganta.

—Gracias, jueza Stoughton, y gracias, miembros del jurado; ustedes están cumpliendo con un importante deber cívico. —Hace una pausa para rascarse la nuca, por debajo del cuello de la camisa—. Mmm. Mi contraparte les ha dicho que su labor es sencilla, y estoy de acuerdo. Sin embargo, difiero de su afirmación de que las pruebas les mostrarán claramente lo que ocurrió, porque prácticamente no hay pruebas. Se les presentará información de oídas, especulaciones y pruebas circunstanciales, pero ninguna prueba *directa*. Y su trabajo, que ciertamente es sencillo, consiste en ver que no existen suficientes evidencias para condenar a mi clienta más allá de cualquier duda razonable por esos cargos espurios.

Sus frases son demasiado largas; debió haber dicho *falsos* en lugar de *espurios*: es el Oregon rural.

—Gracias, y espero con gusto trabajar con ustedes en estos próximos días. —Toma asiento y se limpia la cara con un pañuelo.

Gin Percival sigue mirando fijamente a la pared. ¿Se atreverá Edward a llamarla al estrado? Por lo que dice la gente —y por lo que la esposa ha olido en la biblioteca—, Gin es algo inestable.

¿Se ha convertido la esposa en alguien que cree lo que dice la gente?

Más o menos, sí, en eso se ha convertido.

Ha estado demasiado cansada para que le importe.

La Enmienda de Estatus de Persona, la anulación del veredicto Roe vs. Wade, las peticiones para que las personas que practican abortos reciban la pena de muerte; a la persona que ella tenía planeado ser sí le habría importado ese desastre, se molestaría en estar furiosa al respecto.

Se siente demasiado cansada para estar furiosa.

En el pasado, la futura Susan MacInnes pudo haber sido una litigante combativa que llevara casos cruciales, parteaguas, a los tribunales más altos. Edward es combativo, caminó derecho al desastre; la esposa a duras penas logra leer sobre el caso.

Oblígate a hacerlo.

En la biblioteca, el cabello de Gin Percival a veces tenía ramitas enredadas y despedía un olor a cebolla. La esposa se sintió repelida por su desarreglo animal; sin embargo, ahora comienza a ver el valor de ser alguien que repele a la gente.

Bryan fue una penosa diversión, una excusa. Esto es un ataque desde adentro.

Lo que sea que libera a Gin Percival para traer el cabello enredado con ramitas, ponerse vestidos de costal sin forma y oler como si no se hubiera bañado, lo quiere la esposa.

Dos días y dos noches a la semana para ella.

Dile a Didier que te vas.

Antes de tener hijos se imaginaba la maternidad como una unión dichosa; nunca pensó que añoraría pasar tiempo lejos de ellos. Es horrendo aceptar que no puede soportar esa unión las veinticuatro horas, todos los días. Esa misma culpa ha evitado que ponga a John en una guardería: no quiere que sea verdad que desea estar lejos.

La jueza dice: «La fiscalía puede llamar a su primer testigo».

La señora Costello, que nunca ha depositado su fe en la ciencia, cree que Gin Percival maldijo las aguas, hechizó las mareas y trajo de vuelta las algas marinas. La mitad de la gente del jurado probablemente también lo crea. Y si una bruja puede hechizar las mareas, ¿de qué más puede ser capaz?

La mujer del traje a rayas se levanta.

—Señoría, llamamos a Dolores Fivey.

En la escuela de Derecho, la esposa sobresalió por su desempeño en tribunales, se acostumbró a recibir aplausos por ello. Sin embargo, aquí, en la galería de los asistentes, viendo la coreografía judicial, no siente el menor deseo de regresar a la escuela. Si mete a John a una guardería será por otras razones, razones que aún no conoce.

¿Cuál es el sabor de la carne humana?
Según informaron los inuit, los hombres
de la expedición de Franklin, extraviados
en el Ártico canadiense, recurrieron al
canibalismo.

LA CURANDERA

Las tetas de Lola ya no están tan gordas; parecen vacías, celdas que colapsan como casas de mantequilla. Las lleva apretadas a más no poder, pero son fantasmas de sus antiguos seres. Fantasmas de mantequilla. Se sienta en el estrado con su brasier *push-up*, un traje azul de manga larga que oculta la cicatriz, una cicatriz menor (gracias a la curandera) que la que debería haber tenido.

—Señora Fivey —dice la fiscal—, por favor díganos cómo conoció a la acusada.

El abogado se levanta.

—Objeción. Señoría, pido que la fiscal se refiera a la señorita Percival con el término menos infamante de «demandada».

Ahogándose en su toga, la jueza con rostro de nuez responde:

—Se sostiene.

—¿Cómo conoció a la demandada?

Lola no deja de verse las manos. La curandera ama esas manos, pequeñas y graciosas, de uñas cuadradas. Sostuvieron las nalgas de la curandera con timidez al principio, después sin timidez. Encontraron el camino hacia su vaina húmeda.

—¿Señora Fivey?

Lola responde con voz asustada:

—Recurrí a ella por tratamiento médico.

—¿Aunque la ac…, perdón, la *demandada* no sea médica? ¿O ningún tipo de doctora, en realidad? ¿Aunque ni siquiera tenga un certificado de preparatoria?

—Objeción —dice el abogado—. La fiscal está declarando.

—Retiro la pregunta. ¿Por qué buscó tratamiento médico de, eh, la demandada?

—Necesitaba… —comienza Lola, luego se detiene.

—¿Señora Fivey? —dice la fiscal—. ¿Qué necesitaba?

—Tratamiento médico.

—Bueno, eso ha quedado establecido. Específicamente, ¿qué tipo de tratamiento?

Lola se encoge de hombros y se retuerce las manos en la baranda del estrado.

—¿Señora Fivey?

—Responda la pregunta, señora Fivey —dice la jueza.

—Una interrupción.

—¿Una interrupción de qué?

—De…

—Por favor, hable más alto, señora Fivey.

—¿De un embarazo? Pensé que estaba embarazada, pero no lo estaba.

A cambio de testificar, le explicó el abogado, Lola obtiene inmunidad. No la acusarán de conspirar en un asesinato.

—¿Y la señorita Percival estuvo de acuerdo en proporcionarle un aborto?

Ella mira a la fiscal con sus hermosos ojos pintados. Después vuelve a verse las manos.

—Sí, estuvo de acuerdo.

Lola tiene una razón para mentir. Es un animal acorralado. La vida que salvará será la suya.

No hay nadie que la contradiga más que la curandera misma, que es una rarita del bosque, una loca que hechiza las algas marinas.

Este predicamento no es nuevo. La curandera es una de muchas. Por lo menos ya no está permitido que la quemen, aunque pueden enviarla a una celda durante noventa meses. Los oficiales de la Inquisición española las asaban vivas. Si la bruja estaba lactando, sus pechos explotaban cuando se avivaba el fuego.

El herrero arponeó un oso polar. El cocinero hizo cocido con el hígado y el corazón. Yo no tomé una porción, aunque fue un sufrimiento oler el caldo suculento. Después de la cena, los marineros se pusieron cada vez más perezosos —durmieron mal—, y por la mañana se les estaba pelando la piel de la boca. La piel de sus manos, panzas y muslos empezó a descarapelarse. No me creyeron cuando les dije que el hígado de oso polar tiene niveles tóxicos de vitamina A. Dicen que maldije el cocido.

LA HIJA

No necesita que la convenzan. ¿Qué es una falta? Siempre ha sido una niña buena; su expediente es impecable. Además, no puede pensar; no dejan de cerrársele los ojos; quiere dormir por un año.

—¡Bien! —dice Ash—. Nunca he visto un testimonio antes.

Cuando la familia Quarles se mudó a Newville, Ash era la única persona dispuesta a pasar el rato con la hija. Ella le advirtió que, en su sopa picosa y agria, el restaurante chino usaba chile fantasma (que puede dejarte los labios permanentemente insensibles). La llevó al faro, le enseñó a encontrar criaturas en los charcos que se forman durante la marea baja: anémonas cuya boca también es su ano, lapas estriadas cuyas conchas hacen marcas en las rocas que se llaman cicatrices de casa.

Se dirigen hacia el norte sobre el aguanieve; en el café piden *mokas* desde el auto. Lamen las torres temblorosas de crema batida.

—¿Nueva bufanda?

—De Navidad —contesta la hija.

—La morada se te veía mejor.

A Yasmine no le caería muy bien Ash, pero es lo único que tiene la hija.

Prende un cigarro. Afuera de la ventana, todo es gris: el cielo, el acantilado y el agua, las frías cortinas de lluvia. Los policías del hospital preguntaban una y otra vez: «¿Cómo lo hizo? ¿Qué utilizó?», y la hija no podía contestarles.

—Entonces, eh, tengo una petición —dice. Ash levanta dos dedos, la hija pone su cigarro entre ellos—. ¿Puedes pedirle a tu hermana el número de una clínica de abortos?

Ash exhala y devuelve el cigarro.

—De ninguna manera.

—Pero es que no se puede distinguir si las que aparecen en línea son de verdad o son trampas. ¿No podrías simplemente *preguntarle*?

—Que no, carajo. Y, de todas maneras, Clementine no me lo diría.

—Tal vez sí, si supiera que no me… queda mucho tiempo.

—Sí, pero no. Es demasiado peligroso. Clem conoce a una chica a la que le dio una infección tan mala en un lugar de Seattle que tuvieron que hacerle una cirugía de emergencia y casi se muere.

—¿La arrestaron?

—Claro. —Ash estira la mano para recibir el cigarro de nuevo—, pero su papá contrató a un abogado muy famoso. La chica le dijo a mi hermana que la clínica clandestina era repugnante. En una cubeta de plástico vio lo que le habían sacado a otra chica, ahí nada más, a medio cuarto. Era una cubeta *transparente*.

Un dolor caliente se aprieta en las costillas de la hija, un sabor a moneda de cobre en los dientes.

Yasmine tampoco murió, pero perdió tanta sangre que necesitó transfusiones. La hija y sus padres esperaron toda la noche en la sala de emergencias con la señora Salter, que se mecía adelante y atrás con su chamarra rosa de esquiar. Las luces chirriaban. La hija tenía muchísimas ganas de orinar, pero quería estar ahí cuando el doctor llegara con más noticias.

El útero de Yasmine estaba tan dañado que tuvieron que extraerlo.

Los policías llegaron cuando todavía estaba en el hospital.

La bruja lleva puesto un overol naranja de presa, no su costal cosido a mano, y su cabello parece peinado, no como en la cabaña en el bosque. Qué bueno que no puede ver el rostro de Gin Percival; podría asomar el miedo en él. La hija, que ahora todo el tiempo tiene miedo, quiere que haya personas que no lo sientan.

Clementine está programada para testificar como aval de personalidad. El resto de la familia de Ash piensa que Gin Percival contaminó las aguas. Aparecen más peces muertos en las redes y el dedo de hombre muerto arruina los cascos de los barcos.

—Favor de poner en modo de silencio todos sus aparatos electrónicos —dice la pequeña jueza.

En esos momentos, Ro/miss debe estar pasando lista y repitiendo varias veces el nombre de quien no responde («¿Quarles…? ¿Quarles…? ¿*Quarles*…?»), en referencia a una película vieja que la hija no ha visto.

—Doctor —dice la fiscal con boca de limón—, antes de que termináramos la sesión de ayer, usted dijo que Dolores Fivey sufrió una lesión cerebral traumática leve, de grado tres, como consecuencia de haber caído por un tramo de escalera de cuatro metros de altura en vertical, que…

—Objeción —dice el abogado de Gin Percival, calvo y redondo—. El doctor ya ha testificado esos detalles; no puedo imaginar por qué necesitamos escucharlos nuevamente.

—La retiro. Por favor, ¿podría decirle a la corte los resultados de la prueba toxicológica realizada a la señora Fivey poco después de su llegada al Hospital General de Umpqua?

—Claro —responde el doctor—. Encontramos alcohol y colarozam en su sistema.

—Como usted sabe, interrumpir un embarazo es un delito grave.

Su ropa le aprieta mucho. Hace demasiado calor en la sala.

Una cubeta de plástico con lo que le habían sacado a otra chica.

—Objeción.

—Puede causar mareo y caídas.

—Cuando se mezcla con alcohol.

—Cuando se mezcla con limón, lavanda, fenogreco y flor de sauco.

—Un delito grave.

—Buscaba la interrupción.

—Un delito grave.

Necesita encontrar un baño…

—Mareada, desorientada, proclive a tropezar.

—Cuando Dolores Fivey fue internada.

—Procedimiento estándar.

Las páginas de internet dicen que las náuseas sólo ocurren en el primer trimestre…

—Y cuáles fueron los resultados.

—Mujeres en edad fértil.

La hija necesita un baño. No puede pensar. Demasiado calor. Colarozam.

Una cubeta de plástico.

Evitar a un jabalí.

Supuestamente creyó.

Cuando se mezcla con alcohol.

Un jabalí evitado.

Tan apretada esta sudadera con capucha, esta sala tan caliente…

El aliento a *moka* de Ash sobre su mejilla.

—Chica, ¿estás bien?

—¿Qué?

—Estás sudando como loca. Vamos por un poco de agua.

—Baño.

—Shhh —dice Ash y la empuja de la banca resbalosa hacia la puerta.

Mínervudottír vio que un narval salía a respirar por uno de los hoyos cortados en el hielo cerca del barco para tener agua rápidamente en caso de que se iniciara un incendio. Pronto se le unieron otros; sus colmillos helicoidales arponearon el aire. Los marineros también observaban los hoyos para incendios y gritaban «¡Unicornio!» cuando aparecía una ballena.

LA BIÓGRAFA

De los narvales, pasa a las notas sobre la Expedición Greely. En agosto de 1881, el explorador estadounidense Adolphus Greely y su equipo de veinticinco hombres y cuarenta y dos perros llegaron a la bahía de Lady Franklin, al oeste de Groenlandia. Iban a reunir datos astronómicos y magnéticos del Círculo Ártico y a tratar de conseguir un nuevo récord de «la llegada más lejana al norte».

El segundo verano, la expedición esperaba el barco de suministros programado para llevarles alimento y cartas. Nunca apareció. (El *Neptuno* quedó bloqueado por el hielo).

El tercer verano: ningún barco. (El *Proteus* fue aplastado por el hielo).

Entre 1882 y 1884, varias embarcaciones fueron en busca de Greely y su tripulación; primero para reabastecerlos y después para salvarlos.

Cada vez que escribe la palabra *hielo*, la biógrafa piensa en *juicio*.

Botas. Chamarra. Guantes. La lluvia enjuagó la escarcha de su parabrisas. En lugar de conducir colina abajo hacia la escuela, conduce hacia arriba: hacia el camino del acantilado y la carretera, la sede del condado. Si Fivey intenta despedirla, contratará a Edward para demandarlo.

Ya ha estado dos veces en una corte, en Minnesota, por cargos de posesión de drogas contra Archie. «¿Cómo sabes cuando miente un abogado?», se volteó él para murmurarle. «Cuando abre la boca», dijo ella, consternada por lo obvio del chiste.

Los Fivey están enfrente; Cotter, del correo, detrás de ellos; Susan, en una fila central; Mattie y Ash, al fondo. Mattie se ve descompuesta y mareada. Como nunca ha tenido que terminar un embarazo, la biógrafa no sabe cuánto tarda una en recuperarse. Una diminuta astilla de vidrio duro en su interior tiene la esperanza de que la chica esté sufriendo.

Las nuevas leyes convierten a Mattie en una delincuente, a Gin Percival en una delincuente, a la biógrafa misma, si le hubiera pedido su bebé a Mattie y falsificado su certificado de nacimiento, en una delincuente.

Si no fuera por su mente comparativa y su corazón codicioso, la biógrafa podría sentir compasión por sus compañeras delincuentes.

En cambio, siente una astilla de vidrio.

En el estrado, Gin Percival se sienta absolutamente quieta. Su expresión es plana como un cuchillo.

FISCAL: Señorita Percival, el lunes escuchamos el testimonio juramentado de Dolores Fivey de que usted le ocasionó heridas significativas. Que usted le dio una droga potente que le aseguró que terminaría su embarazo, pero que tuvo como resultado que cayera por un tramo de escaleras y…

EDWARD: Objeción. ¿Hay una *pregunta* escondida ahí?

FISCAL: Lo retiro. ¿Administró una mezcla de colarozam, fenogreco, lavanda, limón y flor de sauco a Dolores Fivey?

GIN: No.

FISCAL: Le recuerdo que está bajo juramento, señorita Percival. Se encontró una botella que contenía rastros de esos ingredientes en el hogar de la señora Fivey, con sus huellas digitales por todas partes.

GIN: Era mi botella. Aceite para cicatrices. Sólo las últimas cuatro cosas. No la primera.

FISCAL: Perdón, señorita Percival, no está siendo muy coherente.

EDWARD: Objeción.

JUEZA: Se sostiene.

FISCAL: Señorita Percival, dígame: ¿es usted una bruja?

EDWARD: ¡Objeción!

FISCAL: Es una pregunta razonable, señoría. Habla del conocimiento de la demandada sobre medicina herbolaria y sobre su estado mental. Si, incluso de una manera delirante, se identifica a sí misma como proveedora de cuidados de la salud...

JUEZA: Lo permitiré.

FISCAL: ¿Es usted una bruja?

GIN: [Silencio].

FISCAL: ¿Hace cuánto tiempo se considera una bruja?

GIN: [Silencio].

JUEZA: La demandada debe responder.

GIN: Si usted conociera los *verdaderos* poderes, si supiera, estaría...

EDWARD: Señoría, solicito un breve receso.

FISCAL: Señoría, exijo terminar mi línea de cuestionamiento.

JUEZA: ¿«Exige»? No está en posición de exigir nada aquí, señorita Checkley. Suspenderemos durante treinta minutos.

En el siglo XVII, las acusadas de brujería eran sumergidas en ríos o estanques. Las inocentes se ahogaban. Las culpables flotaban y sobrevivían para que se les torturara o matara de otra manera.

¡No estamos en 1693!, quiere gritar la biógrafa.

Niega con la cabeza.

No sólo sacudas la cabeza.

Mientras se escondía en Newville, cerraron las clínicas, le quitaron el financiamiento a Planned Parenthood y enmendaron la Constitución. Lo vio en la pantalla de su computadora.

No sólo te quedes ahí sentada.

Mientras se escondía en su libro, imaginándose las muertes de ballenas piloto nórdicas en el siglo XIX, doce cachalotes murieron, por razones desconocidas, en la costa de Oregon.

Busca a Mattie, pero ella, Ash y sus abrigos han desaparecido.

—Hey, Ro —le dice Susan desde el pasillo.

—Hola —responde la biógrafa, absorta en su antiguo teléfono celular, que ni siquiera puede conectarse a internet. No quiere hablar con Susan, la no delincuente, la adulta buena.

Afuera, en el pasillo de piso de mármol, ve que Mattie sale del baño de mujeres y se dirige a la salida.

—¡Espera! —La biógrafa trota detrás de ella.

Mattie no se detiene.

—Ash fue a buscar el coche.

Está cayendo nieve. En los escalones de la corte se quedan parpadeando hacia las pequeñas estrellas húmedas.

—¿Cómo te sientes? —dice la biógrafa—. ¿Cómo resultó el procedimiento?

Mattie se pone sus mitones azules.

—Me tengo que ir.

—Espera, ¿sí? No se lo contaré a nadie. Haz como si no trabajara en la escuela.

—Sí trabaja en la escuela.

—¿Fuiste a Vancouver?

Los labios de Mattie son púrpuras a la luz de la nieve. Sus ojos, verde lago.

—No ocurrió.

—¿Por qué no?

—El Muro Rosa.

Quieres decir… La biógrafa brilla por dentro.

—Pero por qué… ¿Por qué no te arrestaron?

—Una iba a arrestarme. Después pensé que otro abusaría de mí, sexualmente, a cambio de dejarme ir. Pero en realidad sólo me dejó ir.

¿El bebé no desapareció?

La astilla está emocionada.

—¿Tuviste miedo?

Mattie se quita nieve del labio superior.

—Sí, pero, ¿la verdad? —Inhala entrecortadamente—. Tengo más miedo ahora.

Llevaré al bebé en tren a Alaska.

Navegaré con el bebé al faro de Gunakadeit.

Pregúntale.

—¿Avisaron a tus padres?

—No. —Una mirada de terror—. Y usted tampoco lo hará, ¿verdad?

—Palabra de niña exploradora.

—Ya me voy; ahí está Ash.

Pregúntale ahora.

Sin embargo, la biógrafa se queda detenida, muda.

Da palmaditas en el hombro de Mattie.

El bebé verá el océano negro con vetas de plata.

Cenaré con el bebé todas las noches.

PREGÚNTALE. PUTA. MADRE.

Su boca no puede pronunciar las palabras.

—Bueno, dime si necesitas algo.

—Gracias, miss.

La chica baja los escalones, su bufanda azul vuela detrás; la biógrafa ve bebés envueltos en azul disparados por cañones sobre la frontera canadiense y después arrojados de vuelta, todavía envueltos y arrullados, a suelo estadounidense.

~~La importancia de la investigación de Eivør Mínervudottír estriba~~

~~Mínervudottír fue importante porque~~

¿Fue importante?

Del latín: ser de alguna consecuencia; de peso. Traer consigo, aportar.

Aportó:

1. Rechazo a someterse a una vida en el campo
2. Medición de cloruros en el hielo y temperaturas marinas del Ártico
3. Análisis métricos de respuestas del hielo a la velocidad del viento y las mareas
4. Una teoría sobre los factores de predicción del recongelamiento en las vías del hielo marino, invaluable para la navegación en aguas heladas

Por consiguiente, ayudó a aportar:

1. Navegación y comercio por medio del Paso del Noreste, que alguna vez se consideró impenetrable
2. Más formas para que los piratas blancos robaran de los no blancos, los no ricos y los no humanos

3. Extracción de petróleo, gas y minerales en el Ártico
4. La reducción del hielo

Es posible que Mínervudottír se sintiera libre; sin embargo, fue un engrane en la máquina imperialista que arrebató tierras, chupó recursos y jodió el clima.

~~¿No lo fue?~~

~~¿Lo fue?~~

NO SÉ
QUÉ ESTOY
DICIENDO SIQUIERA
SOBRE ESTA PERSONA DE LA QUE NO HAY
UNA SOLA FOTOGRAFÍA CONOCIDA

         o por qué no pude decidirme
         a pedírselo

               mis labios no funcionan

LA ESPOSA

Los cirujanos que hacen labioplastías ganan hasta doscientos cincuenta mil dólares al mes.

Un animalito —¿una zarigüeya?, ¿un puercoespín?— trata de cruzar la ruta del acantilado.

Chamuscado, quemado, achicharrado hasta parecer hule.

Temblando, tratando de cruzar.

Ya tan muerto.

Luego de pagar los impuestos estatales y federales, la seguridad social, el fondo de jubilación y el seguro médico, Didier trae al hogar dos mil quinientos setenta y tres dólares al mes. No tienen que pagar renta ni hipoteca, pero incluso así no es suficiente.

Clap, *clap*, suenan sus labios.

Si la esposa administrara mejor el presupuesto, sería suficiente. Si fuera más organizada.

La esposa ha dejado «ir» la casa.

También se ha dejado «ir» a sí misma.

Nos iremos si nos dejan.

La esposa y la casa se escapan juntas, con la mano en la puerta, la mano en la ventana de la buhardilla.

Preferiría estar sola a que me molieran a golpes.

Se imagina a la prima de Bryan, sea quien sea, en una choza en el bosque, tirada contra una pared mohosa de aglomerado. El esposo tiene barba larga y cabello salvaje; rara vez sale del bosque y no deja que su esposa salga. Van en el auto al pueblo para abastecerse una vez al mes. En uno de esos viajes, la prima de Bryan trae puestos lentes de sol y un sombrero de ala ancha.

¿Por qué Bryan no hace nada y deja que suceda? ¿Acaso no debería correr a ese bosque, encontrar la choza y poner fin a las golpizas? ¿No deberían llamar a la policía él y la madre a la que visita en La Jolla, si tanto les importa?

No puede pensar en Bryan sin hervir de vergüenza.

—Mami.

—¿Sí, duendecillo?

—Frío —dice su querido niño al que no le interesa hablar mucho, que es tan distinto de su hermana platicadora.

—Vamos a ponerte un suéter —dice cargándolo sobre la cadera.

Después de que se separen, ¿comprará Didier gomitas de marihuana y las dejará afuera, sobre la mesa del café, para que los niños las encuentren?

Tienes que decírselo.

Arriba encuentra un suéter de lana azul.

¿Se puede tener una sobredosis de hierba?

—¡No! —grita John.

—Se me olvidó, odias este, perdón. —Se lleva la lana azul y escoge del cajón uno de algodón rojo, que pica menos.

¿Recordará darles a los niños su vitamina D?

Díselo.

Abajo, la esposa se sienta a la mesa del comedor con los ojos cerrados.

—¡Mamipli!

—No grites, Bex.

—Entonces pon atención.

—¿Qué?

—Te *pregunté*: ¿qué le regalarás a papi por el día de San Valentín?

—Falta más de un mes.

—Sí, pero yo ya sé qué tarjetas regalaré. Las de las tortugas, ¿te acuerdas, las que vimos?

—Pues yo no le daré nada a papi.

—¿Por qué?

—No es un día que celebremos.

—Pero es el día del amor.

—No para nosotros —responde la esposa.

—¿Quieres a papi?

—Claro que sí, Bex.

—Entonces, ¿por qué no lo celebran?

—Porque es bobo.

—Oh. —La niña se mira los dedos entrelazados y piensa en las tarjetas de las tortugas, firmadas y selladas en sobres blancos, una para cada uno de sus compañeros de clase.

—Me refiero a que es bobo para los adultos —agrega la esposa—, no para los niños; para los niños es genial.

—Bueno —dice Bex, apartándose distraída.

Dos días y dos noches de soledad a la semana, la casa para ella sola.

Pero primero tienes que decírselo.

Se sentirá tan bien estando sola que enseñará a John a que le gusten otras comidas que no sean espagueti con mantequilla y *nuggets* de pollo. Horneará los panecillos de cebada y nueces que Bex come en casa de los Perfect. Volverá a limpiar la casa, a mantener las habitaciones aseadas y sin polvo; lavará los bordes del escusado semanalmente; comprará un deshumidificador para el ático, hará una cita para que les revisen a los niños el nivel de plomo en la sangre.

O puede que ni siquiera viva en esa casa: rentará un departamento que prácticamente no requiera limpieza.

Tal vez el departamento esté en Salem.

Después de que se lo digas.

—¡Ya llegó papi! —chilla Bex, corriendo hacia el porche.

—Papi —dice John en un resoplido.

—¡Fi fai fo fu! —llama Didier.

Los niños necesitan tener a ambos padres en casa. Todo niño necesita dos.

Eso es lo que dicen los legisladores, los comerciales y Bryan, el niño sin hijos cuyo propósito en la vida es ganar dinero en competencias de minigolf.

Jessica Perfect le sacará mucho jugo: «¡Por Dios! ¿Ya se enteraron? Los Korsmo se están separando. Me siento tan mal por los niños; *ellos* son los que realmente la pagan».

La madre de la esposa, que nunca ha sido admiradora de Didier, le dirá: «Era clarísimo que esto pasaría, lo vi venir».

Hurga en el cajón de la cocina para ver cuántas barras de chocolate le quedan.

—¿Mamipli?

Dos.

—¿Sí?

—Perdí la hoja de mi tarea.

—Busca en tu cuarto.

—¡Incinérenlas! ¡Todas las hojas de la tarea! —canta Didier.

El verano pasado, en el día de campo de los maestros, Ro le preguntó por qué había tomado el apellido Korsmo, y la esposa respondió:

—Porque quería que todos tuviéramos el mismo apellido.

—Pero ¿por qué?

—*Porque sí.*

—Estamos en el siglo XXI.

—No me sentaré aquí a justificarte mis decisiones —contestó la esposa.

—¿Y por qué no?

—Porque no tengo que hacerlo.

Ro apretó los dientes hasta el hueso.

—¿Por qué nadie tiene permiso de criticar la decisión de una mujer de renunciar a su apellido y adoptar el de su esposo? ¿Sólo porque es *su decisión*? Se me ocurren otras malas decisiones que…

—Cállate, por favor —respondió la esposa, y ese fue el comienzo del fin de su amistad con Ro.

En el calendario de la cocina, en el recuadro del sábado, la esposa anota una «D».

Díselo.

No puede hacer trampa para salir de esto.

No puede esperar con la cabeza metida en la arena a que suceda.

Ella es quien tiene que decirlo.

—¿Mamipli?

—¡Por Dios, Bex! Debe estar en tu cuarto. ¿Ya buscaste abajo de la cama?

—No es eso —responde la niña.

—Entonces, ¿qué? —La esposa está de pie, sosteniendo la pluma con la que acaba de escribirse un recordatorio para informarle a su esposo que lo dejará. De golpe, quiere encajarse la pluma en el cuello.

—¿Estoy gorda?

—¡No!

—Peso cuatro kilos más que Shell —dice la niña con voz temblorosa.

—¡Ay, corazón! —Se arrodilla en el suelo de la cocina, acomoda a Bex en su regazo—. Tú tienes exactamente el peso adecuado para *ti*. ¿A quién le importa cuánto pesa Shell? Eres hermosa y perfecta tal como eres.

Como madre, la esposa fracasa en muchos frentes.

—Tú eres mi querida y preciosa niña perfecta.

Pero hay una cosa que sí hará bien.

317

Odio la carne chiclosa y grasienta que se llama *pemmican*, y admito que temo el ataque de un oso polar, y los dedos me duelen todo el tiempo; pero prefiero estar confinada en estos yermos espectrales a sentarme junto al fogón más cálido.

LA CURANDERA

Una bruja que le dice no a su amante, y no a la ley, tiene que morir sofocada en una celda del panal. La que le dice no a su amante y no a la ley tiene que sangrar sal por el rostro. Dos ojos de sal en el rostro de una bruja que le dice no a su amante y no a la ley tienen que ser vistos por los policías que llegan a la cabaña. Los rostros de las brujas que dicen no, se parecen a los de los búhos atados con correas a estacas. *Venefica mellifera, Venefica diabolus.* Si un pueblo es plagado por una bruja que dice: «No, no dejaré de curar», y que dice: «No, no te puedes esconder en mi casa», y Lola, la amante, siente pena y vergüenza, y el esposo de Lola, de puños fuertes, descubre la traición de su esposa, y Lola, la amante, para salvar su propia vida, cuenta una mentira sobre la bruja, el cuerpo de la bruja tiene que ser quemado en una hoguera. Sus dientes de búho se encenderán primero con la llama, chispas azules en el blanco antes de que la lengua roja también se encienda. Al arder, el cuerpo de una bruja huele a leche quemada; el olor hace que los que miran vomiten, pero no dejan de mirar.

Los dedos me duelen tanto que siempre
estoy tarareando.

El contramaestre dice que me golpeará
en la boca si no me detengo.

LA BIÓGRAFA

El cubículo de la trabajadora social de adopciones está adornado con coronas de ramas de cedro y tarjetas de renos colgadas de un hilo. Lleva pasadores verde menta en el cabello.

—¿Qué tal sus festejos de Yule?

—Bien, gracias —responde la biógrafa—. Hice esta cita para… Perdón, ¿cómo estuvo *su* Yule?

—Superdivertido. Fuimos a casa de mi hermana en Scapoose. Bebí demasiado rompope del fuerte, por supuesto, pero, como dicen, cuando estés en Roma…

Esta es la cuarta trabajadora social de la biógrafa en la agencia; cambian de personal rápidamente. Recién salida de la universidad, tiene un periodo de atención muy corto, y piensa que «por supuesto» es una respuesta adecuada a una revelación con carga emocional. Sin embargo, es mejor que la que le preguntó a la biógrafa si era consciente de que un niño no era un remplazo de una relación de pareja.

—La próxima semana es el 15 de enero. Estoy aquí, literalmente, para rogarle que me encuentre un niño al que pueda adoptar antes de esa fecha.

A la trabajadora social le toma algunos segundos de extrañeza comprender el significado de la fecha.

—Entiendo su preocupación —responde—. Veamos qué novedades hay en su archivo. —Teclea, espera y mira fijamente; la biógrafa no puede ver la pantalla—. Bien, desde la última vez que actualizó su perfil, el 2 de septiembre, su página de inicio ha tenido seis vistas y cero entradas en la parte de más detalles.

—¿Seis? ¡Oh, Dios!

—Para algunas madres biológicas es difícil ver más allá de la edad. Usted es mayor que algunos de sus padres, lo cual…

—Bueno, sí, gracias, lo sé. Pero ustedes dijeron que si hacía énfasis en mi carrera como profesora y en el hecho de que estoy a punto de terminar un libro, tendría más entradas.

—Por supuesto, pensé que eso ayudaría. Aunque hemos notado que el estatus y el ingreso relacionado con la ocupación pueden hacer una diferencia, puede que para usted no sea necesariamente bueno. Eso sin contar que es soltera.

—¿Y si sólo les mostraran un perfil?

—¿Qué quiere decir?

—A la próxima madre biológica. Usted podría mostrarle sólo mi perfil y ningún otro. Las parejas casadas de la lista de espera tienen mucho tiempo por delante, mientras que a mí sólo me queda una semana.

La trabajadora social sonríe.

—Lo que usted sugiere no es ético.

—Es *muy* ético, de hecho. Usted manipularía sólo un poco las reglas, de forma temporal, con el fin de crear una oportunidad para alguien que es merecedor pero que de otra manera no tendría ni la menor posibilidad. Usted tomaría una decisión moral. Piense en todas las personas que han cambiado las cosas a lo largo de la historia, que…

—Yo no soy una de sus estudiantes, señorita Stephens.

—¿Qué? No, disculpe; no trataba de darle una clase.

—Pues como que lo estaba haciendo.

—Me disculpo. Sería tan sólo una gota microscópica en el…

—Una gota por la que podría perder mi trabajo.

—¿Y si…? —La biógrafa no tiene idea de cómo expresarse, así que toma prestadas frases de películas—. ¿Y si hiciera que su molestia valiera la pena?

—¿Eso qué significa?

—Si yo le ofreciera un *incentivo* para que usted corriera ese riesgo.

—Disculpe, ¿qué?

—Me refiero a un incentivo financiero.

La única luz que se prende en el rostro de la trabajadora social es para mostrar que no ha entendido.

—¿Qué tal si yo le diera, a usted personalmente, mil dólares? —susurra la biógrafa, mencionando una cantidad que podría pedir prestada de manera realista: a su padre, Penny, Didier...

—¡Oh, por Dios! ¿Intenta sobornarme? ¡Este es mi primer soborno! Soy la única persona en la oficina a la que no le habían ofrecido un soborno, hasta hoy.

Alentada por su falta de indignación, la biógrafa medio pregunta:

—¿Felicidades?

—¡Qué locura! O sea, claro que no puedo aceptarlo, pero gracias.

—¿Por qué no? Nadie se enteraría. Se lo doy en efectivo, le enseña mi perfil a una madre biológica antes del 15, me dan en adopción al bebé y usted sigue con su vida.

—Señorita Stephens, siento total empatía por su situación, pero no puedo ser parte de una transacción ilegal.

—Sí *puede*, sólo que no quiere. —La biógrafa trata de respirar con normalidad pero sus pulmones se sienten mojados y fibrosos, como madera a la que le ha llovido—. ¿Por favor? Esto..., esto cambiaría mi vida. Nunca se lo contaría a nadie, mentiría bajo juramento si fuéramos a juicio. —Decir eso fue un error: los ojos de la trabajadora social se entornaron—. Lo que por supuesto *no ocurriría*, nunca pasaría eso. Si nadie se enterará, no sé por qué lo dije, pero supongo que fue para enfatizar cuánto significaría para mí, y para el bebé, que tendría un buen hogar conmigo, un hogar verdaderamente bueno.

La plata negra, moteada de mar.

En un tren al faro Gunakadeit.

—¿Por favor? —implora—. *¿Por favor?*

Respira, Stephens.

—Mi supervisora no se encuentra el día de hoy —dice la trabajadora social, lenta y cuidadosamente—, pero ¿le gustaría que le diga que la llame?

—¿Ella puede darme una extensión del plazo?

—Todo Niño Necesita Dos es una ley federal. Aun si *nosotros* hiciéramos una excepción con los solicitantes solteros, las adopciones no serían válidas, lo que provocaría más dificultades para todos los involucrados. Sin embargo, usted puede seguir en la lista de espera de acogida, *porshupueshto* —agrega.

Los pulmones empapados de la biógrafa luchan para respirar plenamente.

Conduce el auto de vuelta a Newville, sin aliento.

En la playa, el viento le sopla el cabello a los ojos. Le avienta un tenis a una gaviota que vuela bajo. Maldice su mala puntería. Recupera su zapato. Salta sobre un viejo tronco. La playa es un buen lugar para la furia: el cielo y el mar la pueden aguantar. Las rugientes olas, los campos de ostiones colmados de bruma absorben sus gritos. Como esto es Oregon en enero, no hay ni un ser humano alrededor que pueda escucharla.

El doctor reportó que le robaron el cofre de medicamentos. Lo encontraron en la nieve, a unos cuantos metros de las tiendas; faltaban las píldoras de morfina y de opio. Se culpó del hurto a un marinero apto y se le fusiló.

LA HIJA

—El jurado la condenará —dice papá.

—¿Ahora eres adivino? —pregunta la hija.

—Perdió la cabeza completamente en el estrado, según escuché. Parece que irá a la cárcel durante un buen tiempo.

—¿Y por qué estás *contento*? —Esa noche se siente especialmente mareada.

—Simplemente es justo que pague su deuda con la sociedad. Toma agua para aliviar las náuseas.

—¿Y si no hizo lo que dicen? Y si...

—¿Quieres más arroz, Mattie?

—Es como si aceptaras todo lo que dicen en las noticias. Ni siquiera fuiste al juicio.

—Tu madre te preguntó si querías más arroz.

—No, gracias.

Mamá, aún sosteniendo el plato:

—¿Segura, pollita?

—¿Miss Stephens les ha dicho que esa mujer es inocente? No es su deber hablar de política en el salón de clases, y si lo está haciendo, entonces...

—Puedo tener mis propias ideas. Miss Stephens no dijo un carajo.

—¿Y ese lenguaje? —dice mamá.

—Ocurren toneladas de injusticias a plena luz del día —añade la hija—, y los ciudadanos comunes están al tanto pero no hacen nada.

328

—Por ejemplo —dice papá.

—El efecto espectador: nadie ayuda a la víctima de un crimen cuando hay otras personas alrededor porque todos creen que alguien más lo hará.

—De acuerdo. ¿Qué más?

Su padre la ha preparado para que dé más de un ejemplo en cualquier debate; y sabe que los números que no terminan en cero son más convincentes en una negociación porque suenan menos arbitrarios.

—Por ejemplo —continúa ella—, todo mundo sabe de la matanza de ballenas piloto en las Islas Feroe, pero nadie es capaz de…

—La gente tiene todo el derecho a practicar sus rituales culturales. —Observa su pequeña chuleta rosa de puerco—. Los feroeses han cazado ballenas de esa manera durante siglos.

—Las ballenas piloto técnicamente son delfines. Delfines oceánicos.

—Eso no lo sé.

—Bueno, papá, yo sí lo sé, y lo son.

—El punto es que ellos se comen lo que matan, y sólo matan lo que se pueden comer. La caza se reparte con justicia entre la comunidad.

—Bien por ellos —murmura la hija.

—¿Te pasa algo? —pregunta mamá—. Te ves…

—Estoy *bien*.

—No quiero que te estreses por la Academia de Matemáticas —dice mamá—. Si entras, entras. Si no, lo intentas el próximo año.

—No hay razón para que no entre este año —dice papá.

—¿Puedo retirarme? —dice la hija.

Tiene que limpiar su cuerpo. Dejar de estar mareada. Evitar que las venas azules se esparzan por sus pechos, cada vez más tensos. *No seas la leche gratis.*

Extraña terriblemente a Yasmine.

La Correccional Juvenil Bolt River es una prisión estatal de seguridad media para mujeres de doce a veinte años.

Total de cartas, tarjetas y paquetes que la hija envió a Bolt River durante el primer año que Yasmine estuvo dentro: sesenta y cuatro.

Número de palabras que recibió de vuelta de Yasmine: cero.

Siempre que hablaba a la oficina, le decían: «La infractora se niega a recibir su llamada».

La madre de Yasmine dijo: «No tengo idea, Matts. Simplemente no lo sé».

Después de un año, la hija dejó de intentarlo.

La piel congelada, que al principio le picaba de modo intolerable, se ha vuelto cerosa e inerte. De unas ampollas negras y púrpuras brota pus de olor rancio. El doctor me ofreció cortarme los dedos, pero me dijo que, sin morfina u opio, sería el peor dolor que hubiera sentido. Rechacé el ofrecimiento.

LA ESPOSA

Guarda la ropa limpia mientras las niñas juegan a Amelia Earhart en la cama de Bex. Didier está en el bar con Pete; estará en casa para la hora de la cena. La cena consistirá en un guisado para tacos, y Shell preguntará si se remojaron los frijoles en casa o si son de lata.

—¿Qué es ese ruido?

—¡Oh, no! ¡El avión se está quedando sin gasolina!

—¡Mi única opción es caer al mar!

—¡Estoy cayendo! *Plop.*

—*Plop.*

—¡Qué asco! ¿Por qué hay polvo en todo tu piso? —dice Shell en un tono de voz que ya no es de juego.

Bex mira el piso y luego voltea a ver a la esposa.

—Mi mamá dice que sólo vale la pena vivir en una casa limpia —agrega Shell.

Hasta ahí, Perfect. Ya es suficiente.

—Me parece que tu mamá no sabe mucho de polvo —dice la esposa—. Si supiera, sabría que contiene fibras de polen que son muy buenas para la salud.

Bex sonríe.

—¿En qué son buenas para la salud? —pregunta Shell.

Ese papel tapiz es horrendo, flores morado oscuro sobre un fondo café. No debería ser lo primero que su niña ve cada mañana.

—Cuando las inhalas, crean en tu cuerpo más glóbulos blancos, que te ayudan a no enfermarte. El polvo es *extremadamente* saludable.

Es la hora de la cena y su esposo no ha llegado, así que les sirve de comer a los niños, mete el plato al horno a noventa grados, apresura a Shell para que salga y entre al auto de Blake Perfect, les da a Bex y a John un baño de tina, trata de recordar cuándo fue la última vez que Didier los bañó. Mientras les lee sobre la familia de los peluditos (*Calientitos como panecitos, más chiquitos que los demás*), la puerta principal se azota y se escucha el sordo ruido de voces en la entrada.

—¿Papi vendrá a darnos las buenas noches?

—No lo sé; depende de él.

—¿Puedes *decirle* que venga?

En la planta baja, ella ve que él logró hallar el guisado y todo el contenido se encuentra apilado en los platos de Didier y Pete.

—¡Esto está muy sabroso! —dice Pete a manera de saludo y engulle lo que su tenedor pesca.

—Sí que lo está —agrega Didier—. ¿Le pusiste más salsa de lo usual?

—¿Ya no queda más? Yo no comí nada.

—Imaginé que habías comido con los niños.

—Te esperé.

Didier voltea a ver su plato.

—¿Quieres lo que queda del mío?

—Me haré un sándwich.

Unta queso crema en pan integral, agrega rodajas de pepino y sal. Un sándwich virtuoso, un sándwich que podría necesitar un complemento más tarde, como galletas suaves con chispas de chocolate.

Galletas suaves… Mirador panorámico… Bryan Zakile…

Algo le pica en los recovecos de su mente.

Voltea a ver al ficus, que, aunque algo enclenque, todavía está vivo (¿no lo regó ayer?), y la cabeza de medusa, siempre incierta en invierno y cuyos serpenteantes brazos verdes se pudren rápidamente cuando le falta sol.

Algo que Bryan le dijo.

—Literalmente estoy pasmado —dice Pete, probablemente refiriéndose a algún asunto de la escuela; la esposa no puede participar en la conversación.

—Pensé que odiabas que la gente diga *literalmente* —comenta ella.

Él le echa una mirada de tiburón.

—Me refería al mal uso y abuso que hace la gente del término. En este caso, sí *estoy* literalmente pasmado.

—¿Por qué?

—Por la noticia de que mi colega consiguió un agente literario para su libro de quinta.

A la esposa le duele la cara.

—¿Ro consiguió un agente?

Venderá la historia de la exploradora polar, le pagarán, escribirán reseñas, incluso puede que se vuelva…

—No, Penny Dreadful.

—Bien por ella —responde la esposa, aliviada y repugnante.

—Y malo para la literatura —replica Pete.

Algo le da vueltas en el cerebro: algún gancho, algún vínculo, dos cosas que se supone que debe conectar.

Bryan… Las galletas… La cabeza de medusa…

—Necesito salir a fumar.

—Discúlpame si te *aburro*, Didier —dice Pete—, pero da la casualidad que creo importante hacer una crítica a la hegemonía de las publicaciones comerciales. Si no, nos tienen justo donde quieren.

—¿Quiénes?

—Las corporaciones que generan los gustos. El complejo industrial del romance. ¡Baila, títere! ¡Baila!

—Ve a darles las buenas noches a los niños —dice la esposa.

—Ahorita, después de que haya…

—Para cuando termines, ya estarán dormidos.

Didier avienta el cigarro sin prender sobre la barra y se dirige a las escaleras.

En el baño, orina, se limpia, se levanta, pero no se sube el calzón de vuelta; mira más allá de su panza —que mete—, a su peludo monte de Venus. ¿Cuántos pelos individuales habrá en ese montículo? ¿Más de cien, o menos? Agarra uno con los dedos y lo arranca; duele un poco. Jala otro; duele. Luego un tercero, un cuarto, un quinto. La esposa levanta el asiento del escusado y coloca los vellos, uno por uno, en el borde.

¿Qué es lo que le carcome?

Es algo sobre Bryan.

Ir tras él fue un movimiento cobarde.

Necesita entender cómo se volvió tan cobarde.

Aunque es algo más, no sólo Bryan.

¿Pero qué?

Mira el calendario de la cocina, justo donde escribió y luego tachó la «D», escrita y tachada, escrita y tachada.

Está parada frente al fregadero, tallando el recipiente donde cocinó el guisado.

Didier y Pete regresan de fumar sus cigarros.

—¿Quieres una cerveza, Peetle-juice?

El animalito calcinado, negro, tratando de cruzar. Derretido y tembloroso.

—¿Puedes creer que ella no los ha escuchado nunca?

—Amigo, la suma total del conocimiento musical de Ro cabría en el suspensorio de Bryan Zakile.

Derretido y tembloroso.

—¿Y los hacen en talla extrapequeña?

Suspensorio. El suspensorio de Bryan. Huevos. Las joyas de la familia. Padre. Madre. Primo. *Prima…*

—De hecho él usa una talla para niños.

No tienen hijos, así que ¿por qué no irse?

La prima molida a golpes.

Oh, no.

La esposa deja caer el recipiente del guisado. Un estrépito en el fondo del fregadero.

¿Dónde está su celular? ¿Dónde…?

—¿Dónde está mi *teléfono*? —pregunta mientras se sacude con furia el agua de las manos.

—Justo aquí, en la mesa. ¡Por Dios!

Lo toma y va apurada al comedor a oscuras mientras marca.

Él contesta al primer timbre.

—¿Susan?

La sangre le palpita con fuerza en el cuello.

—Edward, escúchame —está hablando más rápido que nunca—. Necesitas entrevistar a un nuevo testigo; su nombre es Bryan Zakile. Él me contó, de primera mano, que el esposo de su prima la golpea, y su prima es Dolores Fivey. Creo que él podría…

—Espera —responde Edward.

Siente la cabeza aturdida, y que se le va el aliento.

—¿Presenció él mismo que fuera golpeada?

—Bueno, pues no *directamente*, pero…

—Es decir, es algo de oídas —replica.

—Lo cual es admisible si constituye evidencia material exculpatoria, y si hay circunstancias comprobatorias que claramente apoyen la confiabilidad de lo dicho.

—¡Demonios, Susan! ¿Después de siete años?

Siente que le estalla un resplandor en el pecho, y continúa apresurada su explicación.

—Al menos introduciría cierta *duda* convincente en el caso…

—Espera. Mmm.

Silencio, mientras él piensa.

Todo su cuerpo palpita; esto es algo que importa.

—Eso corroboraría la declaración de la señorita Percival —dice Edward— de que la señora Fivey le reveló que su esposo la maltrataba físicamente. Lo que a su vez sugiere un motivo para que la señora Fivey mintiera sobre… mmm.

—Debes hablar con Bryan esta noche —agrega ella—. Te mandaré un mensaje con su número.

—Espera un momento. Dijiste: «Él me contó que el esposo de su prima la golpea», pero la gente suele tener más de una prima.

—Él no lo especificó, pero *es* la señora Fivey, Edward. Tiene que ser ella.

—¿Cuándo te dio esa información?

—Hace un par de semanas.

—¿Y me lo dices ahora?

El resplandor baja.

—Yo no…, no había hecho la conexión.

—Mmm. No sé si algo de esto haga diferencia, pero dame su número. Buenas noches.

Ella envía el mensaje y se sienta en la silla de su abuela, temblando un poco y eufórica, en la oscuridad.

Tras el regreso del *Oreius* a Copenhague, en el verano de 1876, le amputaron a Eivør Mínervudottír los gangrenados dedos anular y meñique de la mano izquierda. Su cuaderno de notas no abunda en la pérdida: «Me quitaron dos, con anestesia. Me quedan otros ocho».

Escribió los datos del *Oreius* con la mano derecha. Aun antes de terminar el borrador del artículo, ya tenía el título: «Sobre los contornos y tendencias del hielo marino del Ártico».

LA CURANDERA

No deja de pedir otras cobijas, pero le dicen arréglatelas con lo que tienes, flaca. No ha podido dormir. Le duele la garganta. Extraña a Temple, que quemaría las cobijas cloradas y herviría un jarabe para la garganta con raíz de malvavisco y le diría: *Muéstrales que no tienes miedo.*

Pero sí tiene.

En el jurado hay un hombre con los ojos vivos. Mira a la curandera como una persona. Sonrió cuando Clementine dijo en la corte: «Gin Percival salvó mi vagina». Los otros once la observaron como si fuera una chiflada.

Loca. *A la gente le gusta poner etiquetas.*

Rara. *No permitas que te definan.*

Excéntrica. *Eres auténticamente tú misma, eso es.*

Temple, ojalá no te hubieras ido.

El abogado está emocionado ese día. Su rostro se mueve más rápido. Trajo dulces de regaliz y lechuga, una hogaza café de Cotter, mantequilla en una bolsa de plástico. Le habla del nuevo testigo al que llamará, el primo de Lola, que no quiere testificar, así que se le considerará hostil.

—Sólo mentirá —dice la curandera mordiendo el pan con los dientes.

—No si lo abordo de la manera correcta. —Toma la porción con mantequilla que ella le entrega y la deja sobre la banca de metal; es demasiado amable para rechazarla—. Si dice lo que creo que dirá, entonces llamamos a Dolores Fivey al estrado de nuevo.

—¿Y a mí también? Podría decirles lo que ella me dijo. Después de que le rompió el dedo le dijo que sería mejor que tomara suplementos de calcio.

—Tú... —El abogado sonríe—. Tú no.

—¿Por qué?

—Eres demasiado tú, Gin. Y algunas personas del jurado podrían sentirse... inquietas por ello. La gente tiende a sentirse más cómoda con el discurso y el comportamiento que se ajusta a sus expectativas. Tú no eres así y yo lo respeto, pero tengo que pensar en las percepciones del jurado.

Ella lo mira de reojo. ¿Es falso? ¿Condescendiente? Con ese abogado no es fácil saberlo.

Clementine la saluda desde la galería. Cotter también está ahí, y la señora rubia y enojona de la biblioteca que no baja la voz cuando habla con la bibliotecaria.

La curandera no puede recordar si ha visto antes al primo de Lola. Se ve como cualquier hombre de traje, con el cabello oscuro peinado de manera cruel.

—Señor Zakile —dice el abogado—, ¿es verdad que fue una estrella del futbol en la universidad?

La boca del primo se abre con sorpresa.

—No sé si «estrella», pero sí, hice una contribución.

—¡Más que una contribución, diría yo! Según el periódico estudiantil de la Universidad de Maryland, *The Diamondback*, obtuvo honores All-Conference con su «exquisito control del balón y agresividad de pantera».

—Objeción —dice la fiscal—. ¿Adónde va el señor Tilghman con esto?

—Señoría, establezco el contexto y el trasfondo de este testigo. Señor Zakile, el *Washington Post* lo describió como «una revelación» en un triunfo sobre Georgetown en el cual anotó tres goles.

Una sonrisa dudosa del primo.

—Fue un gran juego.

— Entonces, en pocas palabras, Central Coast Regional tuvo la fortuna de contratarlo como entrenador de su equipo masculino de futbol. Me han dicho que es un entrenador eficiente; ¿estaría de acuerdo con eso?

—Tuvimos catorce y cuatro la última temporada. Estoy orgulloso de mis chicos.

—Señoría, *¿qué?* —pregunta la fiscal.

La curandera observa cómo su abogado conduce a Bryan Zakile al agua. Conforme se desarrolla la historia de lo maravilloso que es —como atleta, entrenador, maestro de Literatura y ciudadano del mundo—, el testigo se va animando. Se va haciendo comunicativo. Desde luego que ama a su familia. Desde luego que quiere contar la verdad como ejemplo para sus alumnos. Por supuesto que no tiene ningún motivo para difamar al señor Fivey. Por el contrario —como señala cuidadosamente el abogado—, tiene más bien motivos para *protegerlo*, aun cuando eso requiere que mienta, porque el señor Fivey tiene el poder de echarlo; por lo menos, *tenía* ese poder. Ahora, desde luego, el señor Fivey no puede despedirlo sin importar lo que Bryan diga en el estrado: eso se vería como tendencioso, ¿no es así? Francamente, merecería un *juicio*. Así que si Bryan tuviera la libertad, como la tiene, de decir toda la verdad y nada más que la verdad —la libertad de actuar como corresponde a un hombre de su carácter—, ¿qué nos diría de la relación de su prima Lola con su esposo?

19 de febrero de 1878

Estimada señorita Mínervudottír:

Recibí su artículo «Sobre los contornos y tendencias del hielo marino del Ártico», un texto que, evidentemente, usted no escribió. A pesar de los sensacionales descubrimientos que contiene, a no ser que se reconozca a su verdadero autor, la Real Sociedad no puede publicarlo.

Sinceramente,

SIR GEORGE GABRIEL STOKES
Secretario de Ciencias Físicas
Real Sociedad de Londres
para Mejorar el Conocimiento
de la Naturaleza

LA BIÓGRAFA

A las 2:40 p.m. del 15 de enero ella espera, sudando y temblando, afuera de la puerta del salón de la clase de Latín del octavo periodo.

Tendrá que ser un parto en casa, para evitar los registros del hospital. Mattie es joven y fuerte: no hay razón para que se vea en peligro. La biógrafa puede llevarla en el auto a la sala de urgencias si algo sale mal. Conseguirá a una partera para que les ayude. Ellas harán el acta de nacimiento.

La chica tendrá todo el verano para recuperarse.

La biógrafa lidiará con la señora y el señor Quarles, de alguna manera.

Mattie sale, atándose la bufanda azul alrededor del cuello. Sus mejillas están más llenas; pero, fuera de eso, no se le nota: las bufandas, las sudaderas holgadas y los abrigos de invierno hacen un buen trabajo ocultándola.

—¿Podemos hablar rápidamente? —dice la biógrafa.

Hace demasiado frío para caminar. Se meten al salón de música, que se utiliza como bodega desde que no hay clase. Carteles de tubas y flautas sobre sillas rotas, montones de papel bond.

—¿Viene a ver si estoy bien? —pregunta Mattie.

—¿Y bien?, ¿cómo estás?

—Aquí huele a jamón.

La biógrafa sólo puede oler su propia ansiedad sudorosa.

—Nada ha cambiado —dice Mattie— desde que me preguntó el otro día.

La biógrafa abre la boca.

Dámelo a mí.

El aire se mueve ligeramente por su lengua y dientes. Le seca los labios.

—¿Mattie?

—¿Sí, miss?

—Quiero ayudarte.

—Entonces no se lo diga a nadie, ¿sí? Ni siquiera al señor Korsmo; sé que son amigos.

Se prepara para dar forma a las palabras: *Pagar las vitaminas. Llevarte a cada cita con el doctor. Si me lo das.*

La chica tose, se traga una flema.

—Por cierto, hice una cita en un…, un lugar en Portland. Debo hacerlo pronto porque ya casi tengo veintiún semanas.

Veintiún semanas significa que le quedan diecinueve, cuatro meses y medio.

«¡Sólo cuatro meses y medio, Mattie!».

—Eso ya es avanzado; el procedimiento podría ser peligroso. —La astilla de vidrio es la que escoge las palabras—. Muchas de las clínicas clandestinas no tienen idea de lo que hacen. Sólo quieren ganar dinero.

—No me importa —responde Mattie.

—He sabido de… errores fatales. —La biógrafa se ha convertido por completo en la astilla.

—¡No me importa! Aunque el lugar sea horrible y tengan en cubetas lo que les sacaron a otras chicas, no me importa. ¡Quiero que esto *termine*!

Comienza a pegarse en ambos costados de la cabeza con los puños, *bam bam bam bam bam bam bam*, hasta que la biógrafa la jala de los brazos y se los baja suavemente.

—Sólo trato de decirte que tienes otras opciones —dice sujetando las muñecas de Mattie.

Puedes esperar cuatro breves meses y medio.

—¿Opciones? —Su voz tiene un nuevo filo.

—Pues, por ejemplo, la adopción.

—No quiero hacer eso. —Mattie se zafa de la biógrafa y se voltea.

—¿Por qué no? —*Dámelo a mí.*

—Porque no quiero.

—Pero, ¿por qué? —*Dámelo a mí; lo he estado esperando.*

—Usted siempre nos ha dicho —la voz de la chica se convierte en un quejido— que cada quien hace su propio camino y que no tenemos que explicárselo a nadie.

—Sí, eso digo. —Mattie la mira con furia. La biógrafa agrega—: Sin embargo, quisiera asegurarme de que lo has pensado bien.

La chica se agacha y se sienta recargándose en un archivero verde. Se sostiene la cabeza con ambas manos, con las rodillas dobladas contra el pecho; se mece un poco.

—Sólo quiero que ya no esté en mi cuerpo. Quiero dejar de estar *infiltrada.* ¡Dios, por favor, sácamelo del cuerpo! Haz que esto termine. —Se sigue meciendo y meciendo.

La biógrafa se da cuenta de que la chica está aterrada.

—Y no quiero traer al mundo a alguien —susurra Mattie— por quien me preguntaré toda la vida: ¿dónde *está* ese alguien? ¿Estará bien?

—¿Y si supieras quién lo está criando?

La biógrafa se imagina la cumbre de un acantilado vasto y soleado; más allá, el cielo azul y el mar azul, y Mattie con un vestido floreado, protegiéndose los ojos del sol con la mano, y la biógrafa en cuclillas junto al bebé, diciendo: «¡Ahí está tu tía Mattie!», y el bebé gateando hacia ella.

—Simplemente *no puedo* —contesta la chica en tono áspero—. Lo siento.

Un golpe seco de horror en el pecho de la biógrafa: hizo que la chica se disculpara por algo por lo que no necesita disculparse.

Mattie es una niña de huesos ligeros y mejillas suaves. Ni siquiera puede conducir legalmente un auto.

Cuatro meses y medio.

De hinchazón, dolores, ardor, desgaste, preocupación, espera, y de sentir que su cuerpo se desbordará. De esconderse de las miradas en el pueblo, de las preguntas en la escuela. De ver las caras, cada día, de sus padres mientras ven crecer a su nieto que no será su nieto. Tener que preguntarse, más adelante, dónde está ese alguien que ella hizo crecer en su cuerpo.

La astilla de vidrio dice: «¿Y a quién carajos le importa?».

Mattie pregunta: «¿Usted iría conmigo?».

A las revisiones médicas y a yoga prenatal.

A la tienda, a comprar legumbres de hojas verdes.

A la limpia y cómoda cama preparada en el departamento de la biógrafa, cuando sea el momento.

Por un instante deslumbrante, ella tiene al bebé, que será alto y de cabello oscuro, bueno en el futbol y las matemáticas. Llevará al bebé en un bote de remos al faro, en tren a Alaska; resolverá problemas de matemáticas con el bebé en una cancha de futbol. Ella amará tanto al bebé.

Aunque, claro, no es eso a lo que se refiere Mattie.

Un alambre le pica por la espina dorsal.

Si la biógrafa admitiera sus propios motivos para sentir *Torschlusspanik*, si aclarara que el bebé sería para ella, Mattie podría terminar por aceptar. Mattie quiere complacer, ser complaciente. Quiere que su maestra preferida esté contenta.

La biógrafa estaría pidiéndole algo que no cree que deba pedírsele a nadie. Sus más profundas convicciones, pisoteadas.

Sin embargo, aquí está, a punto de pedirle a una niña sollozante que le dé lo que crece en ella.

La astilla de vidrio dice: «Esta es tu última oportunidad».

Lánzate.

La biógrafa responde: «Bueno».

Mattie levanta la vista; sus ojos verdes están rojos y rebosantes.

—¿Irá conmigo?

—Sí. —Siente que quiere vomitar.

—Perdone que… No hay nadie que… Ash no…

—Lo entiendo, Mattie.

—Gracias —responde, y agrega—: ¿Sabe si hay más de una correccional juvenil en Oregon?

—¿Tienes…? —Pero claro que tiene miedo. Torpemente, la biógrafa le da unas palmaditas en la cabeza—. Estaremos bien.

¿Lo estaremos? Podrían arrestarlas a las dos. La biógrafa podría aparecer en un encabezado del periódico: SOSPECHOSA INSTITUTRIZ ES CÓMPLICE DE LA ABORTISTA. Siente un espontáneo éxtasis de amor puro por quienes son atrapadas, por quienes saben que podrían serlo.

La chica se levanta, se echa el morral al hombro y se ajusta la bufanda. No mira a la biógrafa a los ojos.

—¿La veré mañana? —dice saliendo por la puerta.

Semilla y tierra. Huevo y cascarón.

Un tapón de bilis sube y baja por el fondo de su garganta.

«La clave de la felicidad es no albergar esperanzas», dice el maestro de meditación.

Como un tiburón: sigue moviéndote.

La biógrafa camina hasta un cartel del club de música [¿CUÁL ES EL MEJOR LUGAR PARA CANTAR? ¡DONDE SEA!], lo arranca de la pared y lo rompe a la mitad.

La exploradora le escribió al tutor, Harry Rattray, que seguía trabajando para el director del astillero de Aberdeen:

> Tras muchas semanas de reflexión sobre mis dificultades con la Real Sociedad, he tomado la dolorosa decisión de solicitarle que publique mis hallazgos con su nombre. De otro modo, el mundo jamás los conocerá.

LA CURANDERA

El testimonio del primo Bryan, aunque dañino para el señor Fivey, sólo importa si Lola lo corrobora. Cuando el abogado le explica esto a la curandera, advirtiéndole que podría haber sido un desvío sin objetivo, ella sonríe y dice:

—No para Lola.

—¿A qué te refieres?

—A que ahora lo saben otras personas —dice—. Fuera de su familia. Es libre.

El abogado acaricia pensativamente la piel rosada y limpia sobre su cráneo.

—Aquí vamos —murmura.

Ese día, Lola no lleva mucho maquillaje en los ojos, así que su cara parece más lejana.

—Señora Fivey —dice el abogado—, gracias por regresar al estrado.

—Bueno, me dieron un citatorio. —Pero mira al abogado. La vez anterior sólo se miró las manos.

—Ya conoce el testimonio de su primo, Bryan Zakile. Quiero preguntarle, señora Fivey...

—Prefiero Lola.

Sí, los miembros de su familia han presenciado discusiones entre ella y su esposo. Sí, esas discusiones pueden calentarse. No, su primo no mentía cuando describió un altercado el Día de Acción de Gracias que terminó en que su esposo le estampó la mano en la boca con una fuerza tremenda. Tampoco mentía cuando testificó que su esposo le había amoratado la mandíbula. O que, en otra ocasión, ella le confió que su esposo le había roto una falange. Y sí, la cicatriz del antebrazo derecho fue provocada cuando su esposo le pegó una sartén caliente sobre la piel. No denunció ninguno de esos incidentes porque ambos tenían responsabilidad. Ella tampoco es perfecta. Algunos miembros de su familia expresaron preocupación, sí, pero, como dice su madre, uno no se mete sin invitación en los matrimonios de otras personas.

Cuando el señor Fivey encontró el aceite para cicatrices en la bolsa de Lola, la hostigó hasta que aceptó haber ido con la señorita Percival por la quemadura. ¿No había sido una mejor idea que ir al Hospital General de Umpqua, donde le habrían hecho preguntas? El señor Fivey no estuvo de acuerdo. Vio a una bruja loca que ni siquiera se había graduado de la preparatoria y que no tenía nada que ver en los asuntos de su esposa.

Lola fue a hacer su maleta. Tenía planes de conducir a Nuevo México (tiene una amiga ahí que prepara dulces de piñón) para pensar las cosas.

El señor Fivey entró a la habitación con un vaso de vodka y la botella de aceite para cicatrices. Había molido (se enteró después) varias tabletas de colorozam y las había mezclado con el aceite. Se lo dio y le dijo: «Tómatelo». Cuando ella se negó, él la abofeteó. Ella se lo bebió. Y después del aceite se tomó el vodka. Se puso tan borracha que, de camino a la cocina, cayó por las escaleras.

Cuando consultó a la señorita Percival no estaba embarazada, ni creía estarlo. Era lo último que tenía en mente.

¿Alguna vez estuvo embarazada?

Una vez, hacía trece años, antes de conocer a su esposo. Preferiría no hablar de eso.

¿Por qué se retracta de su testimonio anterior?

Esa pregunta la deja en silencio. La jueza tiene que recordarle que está obligada a responder.

Finalmente, Lola dice:

—Porque ya me harté de lavarle la ropa sucia.

Esperan en la sala mientras el jurado delibera. El asistente del abogado les lleva una caja de moras azules cubiertas de chocolate y dice:

—¿Algo de fortaleza?

La curandera las prueba: deliciosas.

Lola no dijo: «Estoy cambiando mi testimonio porque no sería justo que Gin Percival pase siete años en prisión». Apenas mencionó a Gin Percival.

El abogado se rasca, como siempre: las muñecas, las orejas, la nuca.

—¿Sarpullido? —pregunta la curandera.

—Chinches —dice—. Cortesía del hotel Narval. Mi departamento en Salem ahora también tiene. Estoy en la segunda fumigación.

—Conozco algunos métodos. Si salgo…

—*Cuando* salgas. —Alza los brazos al aire para secarse las axilas empapadas.

—¿Adónde irá Lola? —pregunta ella—. No puede quedarse en casa.

—Su abogada dice que ya se mudó con sus padres. —La pregunta que queda es ¿dónde se quedará el *señor* Fivey?

La curandera se come la última mora azul.

—O sea, ¿en qué celda?

Cuando el vocero del jurado se levanta, ella cierra los ojos.

—Damasycaballeros.

—Hanllegado.

—Siseñoría.

—¿Cómoncuentran?

Deja de temblar. Eres una Percival.

—Encontramos a la demandada…

Descendiente de un pirata.

—… inocente de ambos cargos.

Un ruido de celebración entre la audiencia. Ella tiembla demasiado como para voltear, pero sonó como la voz de la mujer enojona de la biblioteca.

Toma la mano húmeda del abogado.

En el primer cuento de hadas que el tío me contó, una astilla de vidrio en el ojo hace que todo el mundo parezca feo y malo. Tengo esa astilla en el ojo ahora. Veo el nombre de Harry en mi artículo en *Actas filosóficas de la Real Sociedad de Londres* y me encojo de furia. Es mío, pero nadie lo sabe. Ahora conocen los hechos que expresa, que son más valiosos que mi pequeño ser; sin embargo, esa astilla alojada en mí no me deja descansar. Me gustaría encontrarme con sir George Gabriel Stokes en la Real Sociedad, mostrarle los muñones de mis dedos y decirle: «Di estos a cambio de mis datos».

LA HIJA

El viernes por la noche explora la página web de la Academia de Matemáticas, relee las descripciones de los seminarios e inserta su propio rostro en las fotos de los ñoños que se ríen sentados alrededor de mesas. Si logra entrar; el proceso de postulación fue difícil. Todos los postulantes tendrán calificaciones muy altas y muy buenos resultados en los exámenes. El profesor Xiao le dijo: «Tienes que sobresalir. Cobrar vida en las respuestas del ensayo».

> *¿Cómo ves las matemáticas en tu futuro?*
> ~~Mi futuro incluirá~~
> ~~Las matemáticas serán importantes en mi futuro porque~~
> ~~En mi futuro, yo veo~~
> ~~Noto que hay un juego de palabras en la pregunta~~

Si logra entrar, planea tomar el seminario sobre recursividad: estructuras autosimilares, variabilidad por repetición, fractales, teoría del caos.

Pensar en fractales, no en succiones y tubos que escurren, ni en la puerta de la clínica clandestina derribada por la policía.

No tendrá dieciséis hasta dentro de casi un mes, así que no sería juzgada como adulto; pero incluso a los no adultos pueden mandarlos lejos.

Cuando Yasmine se operó su bulto, la mayoría de las clínicas clandestinas todavía no existían. Fue justo después de que la prohibición federal entrara en vigor. Para ayudar a que la prohibición funcionara, el fiscal general ordenó que los fiscales de distrito en todo el país buscaran obtener las sentencias más duras posibles para quienes intentaran conseguir un aborto. Mandar un mensaje: encarcelar a chicas de hasta trece años con sentencias de tres a cinco años. Incluso la hija de Erica Salter, legisladora de Oregon, fue encerrada en la Correccional Juvenil de Bolt River. El mensaje tenía que ser claro.

Un día antes de la autointervención, Yasmine le dijo que nadie podía saber que había estado embarazada, y que si la hija se lo decía a alguien, no volvería a dirigirle la palabra nunca más.

—No les daré una razón más para que piensen que no soy inteligente.

—¿Por qué alguien pensaría que no eres inteligente?

—¿Es broma?

—No —respondió la hija.

—Eres una niña blanca muy ignorante —contestó Yasmine.

Cuenta cada mosaico del baño del piso de arriba para no pensar en eso.

El sábado por la mañana le recuerda a mamá que luego de ir al acuario pasará la noche en casa de Ash. Nos vemos mañana. Sí, sí lleva su paladar.

Cuando Ash la deja en el estacionamiento de la iglesia, parece que Ro/miss no está del mejor de los humores: el rostro frío, total silencio. La hija le ofrece dinero para la gasolina y Ro/miss pone los ojos en blanco. ¿Cómo harán para encontrar temas de conversación? Por suerte, Ro/miss prende el radio. La hija se sume en el asiento mientras atraviesan el pueblo: ¿cómo se verá una alumna en el auto de la maestra? Piensa en los chismes de Newville, no en el procedimiento.

Mientras pasan por una ladera talada, deforestada y estéril cuyos tocones parecen lápidas, la hija ve los brillantes pisos de madera de abeto de su casa. Huele humo en su cuerpo. Chimenicienta. Un día dejará de fumar, cuando haya obtenido su título en Biología Marina y esté trabajando en algo relacionado con los cetáceos. Su futuro incluirá el estudio de las toxinas que afectan a las ballenas y que el ser humano ha vertido en el mar. Un viaje a las Islas Feroe para interrumpir la masacre de las ballenas piloto, que técnicamente son delfines. Un viaje al templo japonés en el que cantan réquiems por las almas de las ballenas, donde dan nombres a los fetos dentro de sus madres capturadas.

Se encaja ambos pulgares en la panza, la casa del infiltrado sin nombre que se va amontonando y agrandando. *Por favor, que no lo dejen por ahí en una cubeta.*

El lema de la Real Sociedad de Londres: NULLIUS IN VERBA. No te quedes sólo con lo que alguien dice.

LA BIÓGRAFA

Las indicaciones de Mattie las llevan a una calle estrecha y tranquila en el sureste de Portland. Hay casas rurales de techo plano y prados amarillentos. La que buscan está escondida detrás de una valla metálica llena de enredaderas y un roble vivo del que cuelgan figuritas de metal. No se puede ver la puerta principal a través de los arbustos, y la reja tiene candado.

—Vamos por la parte de atrás. —La biógrafa avanza por el camino de grava. Entre el garaje y la casa hay una cerca alta de madera, también cerrada con candado.

—¿La cagué? —pregunta Mattie—. Revisé la dirección cinco veces.

—Hay que tocar, por lo menos.

Antes de que alguna de ellas toque, la reja se abre.

—Las vi en las cámaras de seguridad —dice una joven con una larga línea de delineador sobre los ojos y los brazos marcados de tinta.

—¿Tú eres Delphine?

—Sí —dice Mattie—. Y ella es mi…

—Mamá —contesta la biógrafa rápidamente. La cuidarán mejor si su madre observa.

Mattie observa el suelo con la cara roja.

—Yo soy L. Vamos a la camioneta. —La mujer hace un gesto hacia el garaje.

—¿A la camioneta? —dicen juntas.

—No hacemos los procedimientos aquí, en la oficina principal. Usamos sitios temporales que no dejamos de cambiar por razones de seguridad. Y tengo que pedirles que se pongan máscaras en el camino.

La biógrafa se ríe.

—¿Es en serio?

L. sube la cortina metálica del garaje.

—Sí, nos tomamos la legislación de supremacía machista y la vigilancia del Estado muy en serio. Aunque nos digan locas.

—No, está bien —dice Mattie.

—Pónganse los cinturones, por favor. Después les daré las máscaras. ¿Cerraron su coche?

—¡Sí, señor! —dice la biógrafa.

Mattie voltea desde el asiento del copiloto para hacerle un gesto de molestia y el mundo se pone al revés, el orden se invierte.

Los antifaces de algodón se sienten absurdos. Las ventanas de la camioneta están ahumadas. Sin embargo, la biógrafa no quiere avergonzar más a Mattie.

—En el mensaje que mandaste por teléfono —dice L.—, calculaste que tienes alrededor de veintiún semanas. —La camioneta pasa por un tope—. En condiciones óptimas, un aborto a finales del segundo trimestre requeriría un mínimo de dos días para dilatar tu cérvix adecuadamente antes de la evacuación, pero no estamos en condiciones óptimas.

Modales casi tan encantadores como los de Kalbfleisch.

L. repasa unas cuantas cosas más: ultrasonido, sedante, anestesia. La biógrafa apenas la escucha: realmente le encantaría estar en otro lugar. Lo mejor que puede hacer es ser un cuerpo cercano a Mattie, un cuerpo capaz de llevarla a casa. Con la palabra *espéculo* se estremece y siente los muchos espéculos que Kalbfleisch deslizó dentro de ella. Cuenta sus inhalaciones, cuenta sus exhalaciones.

Mattie no tiene preguntas para L.

Sólo efectivo, se paga después, ningún formulario que firmar, por obvias razones, pero llevan expedientes de los pacientes en confidencialidad, utilizando alias.

—Delphine, tu nombre en nuestros archivos será Ida.

—Okey —dice Mattie.

—Oye, mamá —pregunta L.—. ¿Tienes preguntas allá atrás?

—Por ahora no —responde la biógrafa.

Se quitan los antifaces y salen de la camioneta al patio trasero de un búngalo, con maleza demasiado crecida. El cielo está alto y silencioso. L. pone las manos en la espalda de Mattie y la biógrafa y las apresura. Junto a la pantalla de la puerta cuelga un pedazo de madera pintado con letras negras: COLECTIVO POLIFONTE. La biógrafa se esfuerza tratando de recordar su mitología griega. Polifonte... Afrodita... ¿Artemisa?

L. abre tres cerrojos con tres llaves y las conduce hacia una cocina brillante de paredes púrpura que huele a chile. Libros, frascos de especias, macetas con cactus, una tabla para picar con pimientos amarillos a medio cortar.

—Arriba —dice su conductora.

En vez de una cama común hay una camilla de examinación cuyos soportes para los pies tienen calcetines tejidos rojos. Junto a la silla hay una máquina de ultrasonido. Durante un escalofriante momento la biógrafa piensa que es ella la que subirá a la silla, pondrá los talones en los estribos y esperará a que una varita lubricada con gel azul lea las formas de su interior. *Vas a sentir una ligera presión.*

—Ellas son Delphine y su mamá —anuncia L.

—Soy la doctora V. —responde una mujer pequeña y hermosa con un traje médico verde—. Yo me encargaré de ustedes, ¿okey?

—Parece surasiática y tiene la voz de las señoras de Queens que viven en el centro de retiro de su papá—. Empecemos con tus signos vitales.

—¿Ha hecho esto muchas veces antes? —pregunta la biógrafa.

La doctora V. se quita de la frente un mechón de cabello negro plateado.

—Miles. —Coloca una banda para tomar la presión sanguínea alrededor del bíceps de Mattie—. Trabajé en Planned Parenthood durante casi veinte años, hasta el día en que cerraron.

Mattie dice:

—Ya te puedes ir, eh, mamá.

Sus proveedoras son hábiles. No cobran una millonada.

Quiere que Mattie sea feliz. Que esté a salvo. Que esté libre de sufrimiento.

También: no la soporta.

La odia por poder experimentar las veintiún semanas de embarazo que ella jamás podrá vivir.

Hay millones de cosas que la biógrafa jamás hará y de las que no se arrepiente por perderse. (Escalar una montaña, descifrar un código, asistir a su propia boda). ¿Entonces por qué *esta* cosa?

Iba preparada para esperar: se llevó un montón de exámenes para calificar; pero frente a la idea de pasar todo el día en esta habitación de sofás tejidos y almohadas de cebra, con un olor a frijoles picantes que llega desde la cocina, la biógrafa se siente incómoda. Se pasea por un pasillo donde hay carteles y panfletos que describen los servicios que ofrece el Colectivo Polifonte, con tarifas variables: asesoría en salud mental; servicios legales para mujeres sin casa ni documentos, maltratadas o con adicciones; cuidado infantil durante comparecencias legales; vigilancia policiaca en protestas. Esta casa ha de ser su oficina central. Seguramente, la primera dirección era una pista falsa.

El cartel más grande dice:

¡RECHAZO A LA ENMIENDA 28!
CONFERENCIA / PROTESTA POR LOS DERECHOS REPRODUCTIVOS
ORADORES:
REP. ERICA SALTER (DEMÓCRATA, PORTLAND)
Y DOCTORES DE MUJERES SOBRE LAS OLAS
1 DE MAYO, CAPITOLIO DE OREGON

En la oscuridad gomosa de su pecho, entre la autoconmiseración y el resentimiento, siente pequeños pinchazos de gratitud. Los Polifontes no se limitan a negar con la cabeza.

Empieza a leer exámenes, pluma en mano. *Los acontecimientos que llevaron a la guerra de Independencia estadounidense incluyeron.* ¿Y los acontecimientos en el segundo piso? ¿Mattie está asustada? *Tres causas principales de la guerra fueron.* ¿Debería ir a revisar? *Los colonizadores realmente odiaban los impuestos... ¡y aún los odian!*

De la mesa de café toma una novela gráfica sobre las mujeres de la resistencia cretense durante la Segunda Guerra Mundial. Niñas de escuela de ojos oscuros y viejas con cartucheras meten paquetes de municiones en gastadas mochilas de montaña. Les disparan a los paracaidistas alemanes cuando aterrizan. No se quedan ahí observando.

La biógrafa se duerme con la cara apoyada en una almohada de cebra.

La doctora V. la sacude para despertarla.
—Es hora de irse, mamá.
—¿Quién?
—Delphine está bien. Todo salió bien; ya pueden irse.
El futuro bebé, el niño por nacer, su propio...

Nunca fue tuyo.

—L. las regresará a su carro. Mientras más pronto se vayan, más seguros estaremos todos. A ver; se sentirá un poco atontada un rato, por los sedantes. Esperamos sangrado, coágulos incluidos. Puede tomar ibuprofeno para los cólicos. Nada de alcohol, tampones o sexo por lo menos durante una semana. Afortunadamente es Rh positivo y no necesita una inyección de inmunoglobulina. Debería tomar antibióticos una temporada, pero el colectivo no se los puede permitir y no podemos recetar, así que manténgase al pendiente, ¿está bien? Cualquier fiebre superior a treinta y ocho grados, llévela directamente a urgencias. ¿Esta es su bolsa? —La doctora V. le pasa a la biógrafa su mochila y hace un gesto hacia la puerta—. Las están esperando.

En la cocina, Mattie está sentada con su chaquetón, tomando un vaso de agua. Se ve adormilada, cansada y más joven. Al ver a la biógrafa, sonríe de oreja a oreja.

—Bueno —dice con un alivio inconfundible—, *ocurrió.*

L. no puede evitar dejarlas demasiado rápido. La calle a la medianoche hace sonidos chirriantes. ¿Las estarán vigilando desde un carro estacionado?

—¿Tienes hambre? —La biógrafa ayuda a Mattie a acomodarse el cinturón.

—*Nix nought nein.*

Viene a su mente: Polifonte era una de las vírgenes seguidoras de Artemisa. Afrodita la castigó por… algo.

Ningún coche las sigue.

Probablemente la policía ni siquiera sabe que el colectivo existe.

A no ser que esté siendo estúpida. Que ingenuamente piense que la gente en el poder tiene un mínimo de decencia, como pensaba antes de que la Enmienda de Estatus de Persona mostrara todos sus dientes.

Afrodita hizo que Polifonte se enamorara de un oso.

NECESITAMOS VIGILANTES DE LA POLICÍA EL 1 DE MAYO —decía un volante en la sala principal—. ¡POR FAVOR, PRESÉNTATE COMO VOLUNTARIX!

Ya no seas estúpida, escribió una vez en su cuaderno, en la lista ACCIONES INMEDIATAS.

Para cuando lleguen a Newville serán casi las tres de la mañana.

Después de dar a luz unos osos gemelos, Polifonte se convirtió en búho.

¿Es el camino correcto?

—¿Miss? —llega una vocecita adormilada.

—¿Sí? —Pensaba que este camino las llevaría a la rampa de acceso a la autopista, pero sólo sigue adelante, sin ninguna rampa.

—Perdón, pero tengo que ir al baño.

—¿No puedes aguantar un ratito? —La biógrafa se esfuerza en leer un letrero, difuso en la oscuridad. ¿No podría haber *una* maldita luz en esta ciudad?

—Bueno, en realidad es una especie de emergencia, a menos que sea otra sensación de, ya sabe, y en realidad no tengo que ir, pero *siento* que tengo que ir.

Por favor, que no estén perdidas. Su teléfono no sabe nada.

El gobierno canadiense financia una nueva misión de búsqueda del teniente Adolphus Greely y sus hombres. La supervivencia no está garantizada: otros barcos de reabastecimiento no consiguieron llegar a la expedición durante dos años seguidos. Un rompehielos de vapor llamado *Khione* sale de Terranova en dos meses. Yo iré en ese barco, lo prometo.

LA HIJA

El corazón de un ganso canadiense pesa doscientos gramos; el de un caribú, tres kilos.

El corazón de la hija no pesa nada, al menos esa noche, no; no tiene sangre. Toda la sangre de la parte superior de su cuerpo está abajo, remplazando la que se perdió. Trae puesta una toalla sanitaria y unos pants gruesos, y extendió una toalla sobre la cama de Ro / miss. La toalla es beige, pero parece que una toalla manchada es más perdonable que una sábana. La toalla sanitaria es un pequeño pañal para sangre. En su casa hay una foto de ella de bebé mientras le cambian el pañal, las piernas gorditas al aire, y mamá le hace una cara a la cámara con una toallita limpiadora en mano.

¿Eres mío?

La hija se está vaciando.

No vio ninguna cubeta.

Se siente raro estar en el baño de una maestra, como escuchar a escondidas; pero este cuarto no revela mucho. No hay carteles ni un estéreo; la única cosa en la pared es un mapa de estilo antiguo —de los que tienen dragones dibujados en las olas— del Polo Norte. Sobre la cómoda hay dos fotos enmarcadas: una de sus padres —deben serlo— y una Ro / miss más joven junto a un tipo guapo que lleva una camiseta de calavera. ¿Un novio? ¿Un exprometido?

Hay tostaditas saladas y una naranja pelada sobre el buró, pero su boca no quiere tener nada dentro, ni siquiera un cigarro. No puede decidir cómo llamar esta sensación; no es tristeza, es más como marchitarse, desinflarse, como un globo después de que se le sale todo el aire salvo por un par de soplidos.

Cero semanas con cero días.

Alguien toca suavemente. La cara de Ro/miss se asoma por la puerta entornada.

—¿Cómo te sientes?

—Con cólicos.

—¿Quieres más ibuprofeno?

—¿Está segura de que no le molesta que use su cama?

—Mi sillón es muy cómodo.

Ro/miss desliza dos cápsulas del frasco en la palma de la hija, que las traga sin agua.

—¿Estás lista para dormir? Ya es *muy* tarde.

—¿Cómo se llama una flor que viaja en el tiempo?

Ro/miss levanta una ceja.

—Volver al florero —responde la hija.

—¿Hora de dormir?

—Tengo una idea para un invento —dice la hija—. Puede que no funcione, pero sería increíble si sí. ¿Quiere que se la cuente?

Ro/miss cruza los brazos sobre el pecho.

—Claro.

—Bueno, entonces, usted sabe que el mundo se quedará sin energía a no ser que dejemos de quemar petróleo y hagamos más campos eólicos.

—Bueno, entre otras cosas.

—Mi idea es ponerles un arnés a las ballenas. Podrían hacerse arneses muy ligeros pero fuertes, como de hilo de acero, y engancharlos a unas riendas de acero superlargas. Esas riendas, unidas a unas turbinas que estarían sobre plataformas flotantes, capturarían la energía. También habría generadores sobre las plataformas para convertir la energía en electricidad.

—Eso es... Mmm.

La hija se retuerce por una punzada de calor oscuro sobre el hueso púbico.

—Todavía no he trabajado en los detalles, pero el punto es que ya no matarían a las ballenas porque estarían generando energía. Serían atesoradas.

—No por las grandes compañías petroleras o de carbón, pero sí..., es interesante.

—Cree que es una tontería.

—Nop, no lo creo. Creo que probablemente deberías dormir, querida.

La hija no quiere que se vaya.

—¿Me leería algo antes, por favor?

Ro / miss suspira.

—¿Qué te leo?

—Lo que sea, excepto poesía o libros de superación personal.

—¡Pues déjame decirte que no encontrarás un solo libro de superación personal en esta casa! Bueno, no, no es cierto; puede que haya algunos. —Jala la cobija más hacia arriba, hasta los hombros de la hija—. ¿Estás calientita?

Ella asiente.

Ro / miss sale del cuarto y regresa. Apaga la luz de la habitación y prende la lámpara de lectura al lado de la cama.

—Cierra los ojos.

Todas las personas de Newville duermen profundamente junto al mar.

Tu nombre en nuestros archivos será Ida.

Se aclara la garganta y se oye que hojea el libro.

—«De niña me encantaba (¿pero por qué?) ver el *grindadráp*. Era una danza de la muerte. No podía dejar de mirar. El olor de las fogatas encendidas en los acantilados, llamando a los hombres a la caza. Ver los botes arrear la manada hacia la caleta, las ballenas agitándose más rápido conforme sentían pánico. Hombres y jóvenes varones entrando al agua con cuchillos para cortarles la médula espinal. Tocan el ojo de la ballena para asegurarse de que esté muerta. Y la espuma…».

Quién es esta agua… Niña… Ida… Cuchillo…

—«… del agua se vuelve roja».

Duerme.

Por la costa de Groenlandia vieron los montes Crimson: hombros enormes de nieve manchada de rojo.

—La sangre de Dios —dijo el herrero.

—Algas —lo corrigió Mínervudottír.

LA ESPOSA

Llega temprano al bar, se para frente a una pared donde hay nombres de barcos hundidos. *Antílope. Intrépido. Phoebe Fay.*
Por favor, permítele dejar de ser cobarde.
Novia de Pilotos. Gema. Perpetua.
Permite que sus niños no queden con cicatrices.
Adelante. Zarina. Chinook.
Didier llega de la escuela, creyendo que su propósito es tomar cerveza y comer sándwiches de pescado frito. La esposa sugiere esperar a que disminuya la multitud de después del trabajo. En el parquecito detrás de la iglesia caminan entre lechos de flores llenos de tallos jóvenes. Los primeros botones de un febrero cálido. La tierra es negra y suave por la lluvia de ayer.
Ella es una cobarde egoísta.
—¿Tienes ganas de jugar dardos esta noche? —dice Didier—. Te fue mal la última vez, es cierto, pero...
—Tenemos que hablar de algo. —Deja de caminar. *Dilo, Susan.*
—¿Tienes dinero para Costello?
—Creo que... —*Dilo.*
—Porque yo no tengo nada. Podemos parar de camino a la casa.
—Creo que tenemos que darnos un tiempo.
—¿Eh?
—Entre nosotros.
Él entrecierra los ojos.

—Como una separación —añade ella.

—¿Por qué?

—Porque ya no… Ya no está bien. —Falta aire en sus pulmones.

Demasiado asustada para mirarlo a la cara, se concentra en la piel azul de sus zapatos.

—Susan, estoy buscando la broma con un microscopio.

Ella niega con la cabeza.

—Tenemos cosas que podemos mejorar, de acuerdo, pero les pasa a todos. Podemos trabajarlo.

—Tú no *quisiste* trabajarlo —dice ella.

—¿Te refieres a la terapia? Pero es que eso es…

—De cualquier manera, es mejor así.

—¿Por qué? —pregunta él en voz baja.

—Lo siento —dice la esposa.

La cara de Didier se volvió de goma. Los ojos fijos en las cuencas oscuras. Ella observa cómo se verá de viejo.

Él saca sus cigarros.

—Si sigues apretando así los ojos —dice la esposa—, se te podrían quedar atorados.

—Y si tú sigues comiendo así, tus nalgas se quedarán atoradas. En cada puerta.

—Mañana me voy a casa de mis padres —dice ella—. Por ahora te puedes quedar en la casa.

—¿De verdad? ¿Me puedo quedar? ¿En esa trampa para incendios burguesa y estropeada?

Pero sí se quedará. Esa es la cosa. Hará juicios y críticas, insultará y herirá; sin embargo, por pura pereza, se quedará ahí.

Fuma su cigarro.

—No tenemos que decidirlo ahora.

—Didier.

—Hablemos de eso mañana, ¿te parece? —Le tiembla la voz en la última palabra.

—Mañana nada será diferente.

Ella no tiene ningún plan.

Ni para decírselo a los niños, para hacer un horario de custodias, para encontrar un trabajo.

Su madre le dijo en el teléfono esa mañana: «Espero que por lo menos hayas abierto una cuenta bancaria», y la esposa tuvo que mentir.

La única idea en su cerebro adolorido y ahogado era: *Dile.*

Él pisa el cigarro en el camino de grava.

—¿Sabes qué no extrañaré?

A mí.

—Tu cocina de mierda.

—Y yo no extrañaré tener tres hijos —responde la esposa.

—Vete al carajo, Susan.

La esposa se arrodilla en el camino.

Renta un coche. Abre una cuenta bancaria. Ve a terapia.

Toma un puñado de tierra negra.

Su cuerpo anhela, inexplicablemente, probarla.

Se lleva un puñado a los labios. Los minerales chispean en su lengua, ricos por la esencia de flores y huesos.

—¿Qué carajo haces? —dice Didier.

Minerales brillantes. Plumas hechas polvo. Conchas viejas.

—Por Dios, ¡*detente!*

Ella sigue probando. La tierra es corteza, agujas y pedazos de cerebro, pequeños animales quemados y muertos.

Adiós, naufragios.

Adiós, casa.

Adiós, esposa.

Los hombres de Greely les dispararon a los perros de trineo que quedaban. Mantuvieron vivos a sus favoritos lo más que pudieron, pero no tenían comida. Los animales muertos de hambre ya se habían comido sus arneses de cuero. Primero mataron al que se llamaba *Rey*, un sinvergüenza y un caballero. Sus hermanos, que esperaban en el iglú de los perros, sabían que también los matarían. *Tejón, Patas, Grillo, Aullador, Odiseo, Sansón*: una bala para cada uno. El marinero más joven lloró, y para cuando las lágrimas llegaron a su barba rala, eran botones de hielo. Cuando se rescató a la expedición de Greely, en junio de 1884, este marinero joven había muerto de

LA BIÓGRAFA

Golpea la taza sin querer, se ladea y corre café por toda la mesa hasta el suelo.

Cuando el marinero más joven murió de inanición y frío, sus compañeros del barco probablemente se lo comieron; ella no puede más que especular. *Voy a insertar el espéculo en tu vagina; sentirás una ligera presión.* Luego de que los seis supervivientes regresaron a la civilización, corrieron rumores de que la expedición de Greely había recurrido al canibalismo. Se exhumó el ataúd de uno de los muertos, un tal Frederick Kislingbury. El cadáver no tenía piel; los brazos y las piernas estaban unidos al cuerpo solamente por los ligamentos. Greely declaró que habían desollado a Kislingbury con el fin de hacer carnada para atrapar camarones y peces, no para comérselo.

La biógrafa limpia el café con toallas de papel.

Susan le dijo alguna vez que no debía concluir precipitadamente que la vida de Mínervudottír fue más significativa porque se marchó de las Islas Feroe.

—Es la narrativa más predecible —dijo Susan—. Pero ¿acaso no es posible que tuviera una vida igual de significativa si se hubiera quedado?

—Eso depende de a qué te refieras con «significativa» —repuso la biógrafa—. No veo cómo destripar pescado y lavar a mano los calzones de seis niños es equivalente a investigar en el Círculo Ártico.

—¿Por qué no?

—Porque la primera actividad es repetitiva y mecánica; la segunda es emocionante, valiente y beneficia la vida de muchas personas.

—Si hubiera criado a seis hijos —replicó Susan—, habría sido benéfica para *sus* vidas.

Mínervudottír no tuvo que criar niños envueltos en lana, alimentados con cordero.

Y Susan no tiene ningún libro, ninguna carrera de abogada, ni, de hecho, empleo alguno.

La biógrafa, técnicamente, tampoco tiene un libro. La mesa de su cocina está llena de obras sobre la cacería de ballenas y el hielo que ya debería haber devuelto a la biblioteca; ha leído una docena de veces la traducción de los diarios de viaje de Mínervudottír; sin embargo, su manuscrito tiene más huecos que palabras. Quiere contar la historia de una mujer que el mundo debió haber conocido mucho antes, pero ¿por qué no puede terminar de contarla?

La biógrafa se come la orilla seca de un panquecito de mora azul que encontró al fondo del refri de la sala de maestros. Se obliga a sí misma a decir:

—No hemos platicado sobre tus buenas noticias.

Penny resplandece.

—La señorita Tristan Auerbach quiere tener el privilegio de venderle *Arrebato en arenas negras* al mejor postor.

Podría convertirse en una escritora publicada antes de su septuagésimo cumpleaños, y si ese libro se vende, podrían seguir los otros ocho.

—Me da gusto por ti.

—Oye, querida, tú deberías enviarle *tu* libro a Tristan; puedo recomendarte personalmente.

Debió felicitar a Penny antes; ya han pasado semanas. Enredada en sus propios asuntos, ha evitado la sala de maestros y dado excusas baratas para no asistir a las noches de *Grandes misterios*. Si la biógrafa hubiera encontrado un agente para *Minervudottir: una vida*, Penny le hubiera hecho un pastel ese mismo día.

—No estoy muy segura de que a una agente de novelas románticas le interese un libro carente de romance.

—¡El romance de los naufragios! —replica Penny—. El romance de la gangrena.

Penny amaba a su esposo, ya fallecido. Ama su casita, ama escribir sus entretenimientos. No tuvo hijos porque nunca se le antojó. Cuando la biógrafa compara tal realización con su propio anhelo pegajoso, le resulta tentador caer en la desesperación.

—Me disculpo, Pen.

—¿Por qué?

—Por ser una mala amiga.

Penny asiente.

—Has tenido años mejores.

—De verdad lo siento.

Penny comienza a abotonarse el suéter turquesa.

—Te perdono, pero más te vale no faltar a la fiesta de mi libro.

—No lo haré, lo juro.

—Y creo que deberías pedir el puesto de Fivey.

—Sí, cómo no.

—Pues fíjate que no bromeo. Eres una buena candidata.

La biógrafa se ríe de todas maneras, arrojando pedacitos azules de panqué por toda la sala de maestros.

Sube hasta la cima de la escalinata este, se sienta recargada contra la pared.

La emoción que alguna vez sintió por el esperma de un joven de diecinueve años que estudiaba Biología, su disposición a tomarse un asqueroso pero mágico té, sus locas esperanzas cuando corrió esa vez a casa de Mattie…

Todo eso se ha ido.

Juega con las agujetas de sus tenis.

Todas las puertas se han cerrado; cuando menos, todas las que intentó abrir.

¿Qué tanto de su feroz añoranza es instinto celular, y qué tanto es educación social? ¿De quién son las necesidades que ha escuchado?

Su vida, como la de cualquiera, podría resultar de una forma que nunca deseó, que nunca planeó, y podría ser maravillosa.

Jugueteando con sus agujetas, escucha la primera campanada.

Piensa en su hermano cuando lo aceptaron en la universidad que más quería, alardeando: «Ya la hice».

¡NECESITAMOS VIGILANTES DE LA POLICÍA!, decía el folleto del Colectivo Polifonte.

La segunda campanada.

Se hace el camino al andar, suele decirles a sus estudiantes.

La mañana después de lo de Portland, Mattie señaló la foto sobre su cómoda.

—Es lindo; ¿quién es?

—Mi hermano favorito y único —le respondió.

Él usó esa camiseta por años, le dijo a Mattie. Era de una banda que le encantaba, pero ya se le olvidó cuál. La biógrafa nunca tuvo buena memoria para los nombres de bandas ni para los títulos de canciones o para la música en general, cosa que le preocupaba cuando era más joven: ¿acaso se perdía de algo crucial?

No le contó a Mattie que, aunque Archie se graduó con honores de la universidad que quería, no tuvo éxito.

No le contó a Mattie que lo encontró, hace ocho años, en la cocina de su departamento. Vestía jeans negros pero estaba sin camisa; con los labios azules y las mejillas demacradas y blancas. Sobre la barra de la cocina había un plato de cereal a medio comer, un frasco de miel, una cuchara quemada, un encendedor y una bolsita de celofán. La jeringa estaba tirada en el suelo, junto a él.

—¡Hola, niña! —dice su padre—. ¿A quién debo agradecer el milagro de tu llamada?

—Ya van a ser las vacaciones de primavera —contesta—, y pensaba en ir de visita.

—¿De visita adónde?

—A visitarte a *ti*, genio.

—¿Al duque de la dentadura postiza? ¿Al rey de hemorroidelandia?

—¿Podrías simplemente responder: «Hija, me encantaría verte»?

—Me encantaría verte, pero ten en cuenta que la primavera en Orlando es un infierno.

—Me aguanto —contesta ella.

El hielo es demasiado duro para seguir adelante. La tripulación martilla la banquisa para mantener la vía. Estamos a más de cien kilómetros de Fort Conger, donde se cree que está la expedición de Greely.

La vía desapareció. Se arrastra la comida y el equipo sobre un bandejón, las tiendas se sujetan de los trineos. El cocinero llena tazones de sopa de chícharo y tocino hervido.

Despertamos con el sonido de los bandejones que se amontonan alrededor del barco. Unas enormes capas de hielo blanquiazul que el viento y la marea empujan de forma vertical, saltan rugiendo fuera del agua y chocan contra la quilla. A mi cúmulo de conocimientos ahora podría añadir el ruido que hace el hielo cuando destruye un barco. Crujidos atronadores de armas, después un gañido más ligero; y por la vibración, las campanas del barco empiezan a repicar de manera macabra. Dentro de unas horas, dice el capitán, el *Khione* se habrá hundido.

LA CURANDERA

Tras la inmovilidad de semanas en la cárcel, la caminata al pueblo le parece terrible. Las rodillas se le rinden cuando llega al Acme.

Mantiene la cabeza agachada contra las luces, contra las miradas. Una caja de dulces de regaliz. Una botella de aceite de ajonjolí. ¿Se estará inventando las miradas? Quizá su mente también está rindiéndose. No ha dormido bien; el recuerdo del cloro no deja de despertarla.

Cuando la soltaron, el abogado fue por ella para llevarla a casa.
—Agárrate de mi brazo, ¿de acuerdo? —dijo—. No te sueltes.
—Salieron de la prisión del condado hacia un alboroto de cámaras y micrófonos, los cuales se dirigían hacia ella. Uno le pegó en la cara.
—¿Qué se siente estar libre, señorita Percival?
—¿Está enojada con sus acusadores?
El abogado le dijo al oído:
—No digas ni una palabra.
—¿Planea demandar a Dolores Fivey?
Clics y flashes.
—¿Qué hará ahora?
—¿Tiene alguna opinión sobre la infestación local de alga marina y las pérdidas económicas que ocasiona?
—¿Alguna vez realizó un aborto?

Clic flash clic flash clic flash.

—¿Con sus acusadores?

—¿Ser libre?

Clic. Flash.

—¿Hola? ¿Gin? —Una voz alegre detrás de ella.

La curandera se detiene en el pasillo. Los jitomates enlatados son soles rojos y estridentes en su visión.

—Soy yo… Mattie.

Ella voltea y parpadea al ver a la chica, que empuja un carrito, y a su madre, que tiene largo cabello gris y dientes grandes cuando sonríe. La curandera las ha visto juntas en la calle Lupatia.

—Mamá, ella es Gin. Gin, ella es mi mamá.

—Gusto en conocerla —dice la madre, atónita. Extiende la mano y la curandera la saluda; su piel está seca—. ¿Ustedes dos cómo se…?

—Nos conocimos en la biblioteca —dice Mattie Matilda.

—Ah. —Los ojos de la madre se relajan un poco. Ojos cafés y amables. Ha mantenido a la niña sana y salva.

—Hola —dice la curandera con rigidez.

Observa el vientre de la joven: plano, con un suéter ajustado. Su cabello: menos lustroso. Su piel: sin manchas oscuras. ¿Cómo y dónde se ocupó del asunto? Consiguió que no la atraparan. Siguió un camino distinto. No se preguntará y olvidará, olvidará y se preguntará otra vez. O se preguntará, pero no de la misma manera como lo hizo la curandera.

—Me da mucho gusto su veredicto —dice Mattie Matilda.

El verde de sus iris no es el mismo verde que el de la curandera. Mía y no mía.

—Qué cosa tan terrible la que tuvo que pasar —dice la madre.

La curandera asiente.

—Despidieron al director Fivey —dice Mattie Matilda.

La curandera asiente.

—Tenemos que irnos —dice la madre—, pero fue un gusto conocerla, señorita Percival. —Empieza a empujar el carrito.

—¡Adiós! —La chica se despide con la mano.

La curandera le devuelve el saludo.

Pronto será 15 de febrero: el festival romano de Lupercalia. Y el
cumpleaños de la chica.

Ella y Cotter empezaron a la chica. La curandera, con su cuerpo, la
continuó. Durante un tiempo su reloj estuvo lleno de agua, de sangre y de un pez que pateaba. Lo cual es importante y no importante.

Es posible que él lo descubra por sí mismo, una vez que la haya
visto suficientes veces en el pueblo. Sin embargo, también es posible
que no lo descubra. ¿Debería decírselo? Todo lo que hace Cotter
por ella. El pan en su puerta; el pay de nuez moscada en Navidad.
Que sacara el cuerpo de Temple envuelto en plástico en la caja de
su camioneta hacia el puerto, que echara el cuerpo en un bote
prestado, que manejara el bote en la oscuridad, más allá del muelle
y más allá del rompeolas hacia el mar abierto. Hizo esas cosas sin
dudarlo.

La chica está continuándose a sí misma. No necesita a Cotter ni a la
curandera.

Sin embargo, si alguna vez regresa a la cabaña por voluntad propia,
será bienvenida. Le darán té que sepa bien. Le presentarán a *Hans* y
a *Pinka* y a la gallina tullida. (Ya conoce a *Malky*).

La curandera paga los dulces y el aceite de ajonjolí.

Camina de regreso al bosque.

Cuando el camino se estrecha en un sendero de tierra, cubierto por helecho, rododendro y marah de Oregon, busca el abeto plateado con la ampolla de resina.

Hola, Temple.

Viva en las mujeres que tragaron mezclas hechas con su piel, su cabello, sus pestañas.

Enterrada en el mar.

La curandera se frota ungüento de acónito en las pantorrillas, que le arden. Se acuesta en la oscuridad con el gato sobre el pecho. No hay más voces humanas durante el resto del día. Sólo quiere el ronroneo de *Malky* y el balido de *Hans* y *Pinka*. El ulular del búho, el chillido del murciélago, el gemido del fantasma de la liebre. Así es como lo hacen las Percival.

Empacó el anemómetro y el barómetro aneroide en su bolsa de lona, junto con un termo de té y dos galletas. En una tienda llena de miembros de la tripulación que jugaban a las cartas informó que regresaría en unas horas.

—Si no, te silbamos —dijo el contramaestre, y provocó risas atontadas.

No llevaba mucho tiempo caminando cuando llegó la niebla.

Hay muchos nombres para la niebla. *Pogonip*. Bruma. Nubes de tierra. Tiempo gris. Mínervudottír ha escrito todos en su cuaderno de piel marrón. En ese momento estaba parada en medio de una neblina densa y cremosa, la peor cellisca que hubiera visto.

¿Se le habría descompuesto la brújula? ¿Se le había olvidado llevarla?

Campanas y mazos = señal de niebla.

Gritó «Ayuda» en tres idiomas.

Cuando las piernas se le entumieron y le temblaron demasiado para mantenerse en pie, se sentó.

No tenía un saco de reno en el que meterse.

Pensó que escuchaba las campanas del barco, pero no podía ubicar la dirección.

Bebió diez sorbos de té.

Era como estar sentada en una nube.

Hermano, ¿dónde están las campanas?

Eivør trató de caminar otra vez, pero no veía nada más que blancura frente a ella. Temía pisar una grieta en el hielo y caer al mar.

Volvió a sentarse.

En el cobertizo colgaban corderos degollados, con la garganta roja.

Yo sé de qué colina.

No tenía un saco de reno.

Se alimentó este cordero.

La supervivencia no estaba asegurada. Se le cerraban los ojos. Se acostó ~~y se durmió hasta~~. Saboreó el frailecillo hervido en leche: masticaba sus propios carrillos.

Hermano Gunni, ¿dónde están las campanas?

Si no se movía, la sangre se le detendría.

Persiste, se dijo Eivør a sí misma.

Se levantó y caminó tambaleándose.

LA HIJA

Queridísima Yasmine:

Te escribo esta carta desde la Academia de Matemáticas. No es tan genial como nos la imaginábamos, pero está bien.

Te extraño. Siempre me pregunto cómo estarás. ¿Qué tipo de situación escolar tienes allá? ¿Todavía quieres estudiar Medicina? Mi plan es estudiar Biología Marina. Toqué el ojo de una ballena en la playa.

Por favor créeme, Yas: yo nunca se lo conté a nadie. Pensé que morirías, por eso les llamé. Esa fue la única razón.

También: Tuve ~~que pasar por un procedimiento~~ un problema. Hace tres meses.

Cuando salgas de Bolt River, ¿podemos volver a ser amigas?

Con cariño,

MATTS

Encontraron a Mínervudottír bajo una hoja de hielo. Primero vieron su cara, como aplastada contra un cristal, con una mejilla aplanada y blanca. Más tarde, el herrero le escribió a su esposa: «Nunca había visto un ojo más abierto». Se había quitado el abrigo para liberarse y luchar contra la corriente y romper el hielo. De rascar, casi habían desaparecido sus uñas.

El grupo de búsqueda no rompió el hielo para recuperar el cadáver de la exploradora. Quizá se persignaron o dijeron plegarias, o simplemente se sintieron aliviados de tener una boca viva menos que alimentar. «Es insoportable perder el cuerpo de una mujer en estos parajes —le escribió el herrero a su esposa—, pero no teníamos la fuerza para recuperarlo».

LA BIÓGRAFA

¿Dónde termina el libro?

Tiene que terminar en algún punto.

Tiene que salir de él.

Mínervudottír: un hueco.

La mayoría de las ballenas, cuando mueren, no terminan en las playas. Sus cadáveres caen al suelo oceánico, donde a lo largo del tiempo son consumidos por recolectores grandes y pequeños. La caída de una ballena de las profundidades puede alimentar a los carroñeros durante cincuenta años o más.

«El osedax —escribe la biógrafa en su computadora —es un gusano que come huesos».

Se asoma entre las cortinas cerradas hacia los prados bañados por el calor, las palmeras y las zarzas. El aire acondicionado está tan alto que ella se estremece. El condominio de su papá es una caja de estuco apilada en una fila de otras cajas, cada una con una palapa diminuta que da al centro comunitario. No es tan malo, dice él. El centro tiene barbería y ponen películas. Cada 4 de julio sirven un ponche de whisky decente.

Archie nunca puso un pie en Florida. La idea de un centro de retiro lo agobiaba, y Ambrosia Ridge le sonaba como un nombre pornográfico. Una de sus últimas discusiones fue porque se negaba a ir de visita. A la biógrafa tampoco le gustaban los centros de retiro, pero papá estaba en uno ahora. Archie la llamó burócrata piadosa y colgó.

Ella grita hacia la habitación:

—Voy a apagar el aire acondicionado, ¿está bien?

—Salgo en un segundo. —Los resortes de la cama rechinan.

—No te apures. Todavía estoy haciendo el desayuno.

Le tomará un tiempo salir. Cuando camina, su dolor es evidente: marcha encorvado, hace una pausa cada pocos pasos. Evita las preguntas de la biógrafa sobre opciones de tratamiento. Ella misma tendrá que llamar al doctor.

Una vez que su padre entra, ella le describe la comida de las Feroe expuesta en la barra color coral: huevos de frailecillo hervidos (huevos de gallina), grasa de ballena deshidratada al viento (tocino de puerco) y panecillos Shrovetide (bizcochos de masa prehorneada).

—Mi doctor dice que no puedo comer tocino —se mete una tira en la boca—. Pero grasa de ballena sí.

—¿Por qué no puedes?

—Porque cuando estás viejo les gusta prohibirte cosas. ¿De qué otra manera llenar esas citas de veinte minutos? Nada de tocino, nada de azúcar. Y nada de cansancio amoroso.

—*Papá*.

—Ay, relájate.

La biógrafa mastica y observa el estanque artificial. Como muchas cosas en Ambrosia Ridge, el estanque es deprimente y reconfortante en igual medida. Una máquina impulsa una fuente que nunca se detiene, prueba de fraudulencia; sin embargo, la fuentecita, que arroja gotas de luz solar verde, en realidad es bastante bonita.

—Brindemos por tu madre.

Ella alza su taza.

—Por mamá.

Papá alza la suya.

—Por mi querido corazón.

El refrigerador suena. Un cortacésped acelera el motor a la distancia.

—También deberíamos… —dice la biógrafa.

Él asiente.

—Por Archie —dice ella.

—Por Archie, el niñito más dulce. —Se aclara la garganta—. Que fue de tal dulzura a…

Rematar la joyería de su madre muerta.

Hundir un cuchillo de carne en la grasa del brazo de papá.

—Paz —dice la biógrafa.

Alzan sus tazas.

Papá se baja del banco alto.

—Esta maldita silla es un infierno para mi espalda. Mejor me paro.

Realmente tiene que llamar a su doctor.

—Pues hoy es mi cumpleaños —dice ella.

Él se palmea la frente.

—¿Qué? Dios, ¿me olvidé?

—No tenemos que celebrar, yo sólo…

—Respuesta: *no* me olvidé. —Saca un sobre doblado del bolsillo de su camisa—. Feliz cumpleaños, corazón.

—Guau, papá, ¡gracias!

Adentro del sobre hay un certificado de regalo de Solteros Rose City, válido por dos meses de membresía en línea y tres tardes de citas rápidas. ENCUENTRE SOLTEROS EN OREGON MAYORES DE CUARENTA AÑOS.

—Okey —toma un largo sorbo de café.

—Sé que es un regalo poco convencional, pero podría ser útil.

Él vive en Ambrosia Ridge. La mayor parte del tiempo tiene un dolor físico agudo. Ella dice con voz tenue:

—Gracias. —Y deja el certificado junto a su plato.

—Soy fanático de los panecillos Shrovetide —dice papá, untando mantequilla en su tercero.

—Te compraré más masa antes de irme. Sólo abres el frasco y se hornea sola.

—Ojalá pudieras quedarte más tiempo, niña.

—Ojalá. —A pesar del certificado de regalo, no es mentira.

RAZONES POR LAS QUE NO PUEDO

1. Trabajo

El periodo escolar termina en junio. Sin embargo, quizá se postule al puesto de Fivey. Hay algunos cambios que no le importaría hacer. Menos exámenes, más clases de música. Justicia social y meditación en el plan de estudios. *Directora Stephens*. ¿Un buen trabajo para una burócrata piadosa?

O podría trabajar fuera del sistema, como los Polifontes.

Después de que el cuerpo de Eivør Mínervudottír se hundió en el fondo de la bahía de Baffin, al oeste de Groenlandia, entró en muchos otros cuerpos.

Está menstruando cuando muere. Jirones de tela metidos en su entrepierna se desenredan en el agua, lo que provoca una breve nube roja. Un tiburón de Groenlandia huele la sangre a tres kilómetros de distancia; se voltea en un arco lento y silencioso, y dirige su masa en dirección de la sangre.

Pedazos de su piel flotan hacia los canales del océano. Pelo de reno y hebras de franela quedan atrapados en las dentritas de hielo situadas en la capa inferior.

Después de que los principales predadores obtienen su parte, los más pequeños hacen su festín: peces bruja, langostas, lapas, ostras, estrellas de mar. Después los anfípodos, los gusanos que comen huesos, las bacterias.

Un narval que busca huecos de aire proyecta su sombra sobre su cuerpo.

El kril roe brotes de alga del techo de hielo.

Con el tiempo, la exploradora se fragmenta.

Semanas después de digerir la carne de Mínervudottír, el tiburón de Groenlandia es atrapado cerca de la costa oeste de Islandia.

Los pescadores le cortan la cabeza y entierran su cuerpo en grava y arena; le ponen encima un montón de piedras que extraen los venenos naturales de la carne (urea y óxido de trimetilamina). Después de dos o tres meses, el pescado, ahora fermentado, se rebana y se cuelga en un cobertizo para que se seque. Las tiras generan una corteza café de olor impactante. Cuando los ciudadanos de Reikiavik comen el tiburón el 25 de diciembre de 1885, se están comiendo a Eivør Mínervudottír.

No dejó dinero, propiedades, un libro o un hijo, pero su cadáver mantuvo vivas a criaturas que, a su vez, mantienen vivas a otras criaturas.

Entró en otros cuerpos, pero también en otros cerebros. La gente que leyó «Sobre los contornos y tendencias del hielo marino del Ártico» en *Actas filosóficas de la Real Sociedad de Londres* fue transformada por la exploradora. El traductor al inglés de sus diarios fue transformado por ella. Mattie, al oírla hablar del *grindadráp*, cambió. La biógrafa, desde luego. Y, si su libro tiene lectores, Mínervudottír permanecerá en ellos.

Ella realizó investigaciones que ayudaron a los barcos piratas a penetrar el norte: se amartillaron armas, se afilaron taladros.

Y ella aportó: «Si naufragamos en esta nave, naufragamos juntos».

Y ella aportó: «El nombre que más me gusta es "paquete"».

En lugar de solicitar el trabajo de directora, la biógrafa podría pasar el verano en Ambrosia Ridge horneando panecillos Shrovetide, llamando a los doctores e iniciando su próximo libro. Ir como pareja de su papá al día de campo el 4 de julio.

Podría quedarse en las montañas cubiertas de niebla, pedir el puesto o no pedirlo, respirar el abeto Douglas y el pino escocés. Las nubes se alzan, se derraman, se vuelven a hundir.

Quiere más de una cosa.

Escribir la última oración de *Minervudottír*.
Escribir la primera oración de algo más.
Ser cortés pero feroz con los doctores de su padre.
Ser madre adoptiva.
Ser la siguiente directora.
No ser ninguna de esas cosas.
Quiere más expandir su mente que «tener una».
Más ampliamente que «no tener una».
Dejar de reducir la vida a una casilla tachada, a un cuadro en el calendario.
Dejar de negar con la cabeza.
Ir a protestar en mayo.
Hacer más que ir a una protesta.
Estar conforme con no saber.
Mueve las piernas, Stephens.
Ver lo que es. Y ver lo que es posible.

AGRADECIMIENTOS

Estoy inconmensurablemente agradecida con Lee Boudreaux, cuya brillante edición llevó este libro a un territorio más audaz y profundo, y con la fenomenal Meredith Kaffel Simonoff, que ha sido la agente de mis sueños en todos los sentidos. Un enorme agradecimiento también a Suzie Dooré, mi editora en Reino Unido, por sus astutas sugerencias y excelente sentido del humor.

Quedo en deuda, por su arte y experiencia, con Carina Guiterman de Lee Boudreaux Books; Charlotte Cray de The Borough Press; Lauren Harms, Karen Landry, Sabrina Callahan, Katharine Myers y Julie Ertl de Little, Brown; la observadora Dianna Stirpe; Alice Lawson, de Gersh, y Reiko Davis, Colin Farstad, Linda Kaplan y Gabbie Piraino, de DeFiore and Company.

Gracias por su generosidad a Money for Women / Barbara Deming Memorial Fund y al Regional Arts and Culture Council, así como a los editores de *Columbia: A Journal of Literature and Art* y *Winged: New Writing on Bees*, donde aparecieron fragmentos de este libro de una forma muy diferente.

Por su aliento, apoyo e inspiración, agradezco a Heather Abel, John Beer, Liz Ceppi, Paul Collins, Sarah Ensor, Brian Evenson, Jennifer Firestone, Michele Glazer, Adria Goodness, Amy Eliza Greenstadt, Noy Holland, Alastair Hunt, Michelle Latiolais, Elena Leyva, Nanci McCloskey, Tony Perez, Peter Robbins, Shauna Seliy, Sophia Pfaff Shalmiyev, Anna Joy Springer y Adam Zucker. Siento especial gratitud con los primeros lectores del manuscrito: Zelda Alpern, Kate Blackwell, Eugene Lim y Diana Zumas.

Gracias a mi familia: Kate, Felix, Diana, Casey, Bridget, Greg y el pequeño Charles. *E grazie ai miei amici e alla mia famiglia in Italia*: Lucia Bertagnolli, Pietro Dipierro, Chiara Berattino *e* Federico Zanatta.

Sobre todo, gracias a Luca, por su amor feroz y maravilloso, y a Nicholas, por ser auténticamente él mismo.

NOTAS

Algunos detalles de los juicios de animales en Europa fueron tomados de E. P. Evans, *The Criminal Prosecution and Capital Punishment of Animals*, Londres, William Heinemann, 1906.
«Ciudad que nació del terror a la vastedad del espacio»: W. G. Sebald, «And If I Remained by the Outermost Sea», en *After Nature*, trad. al inglés de Michael Hamburger, Nueva York, Random House, 2003; primera publicación en alemán de Eichborn AG [Frankfurt], 1988.
Detalles de la cura de la ceguera y la perforación de oído fueron tomados de Francesco Maria Guazzo, *Compendium Maleficarum*, trad. al inglés de E. A. Ashwin, Londres, John Rodker, 1929; primera publicación en latín de Apud Haeredes August [Milán], 1608.
«Tú has estado donde jamás llegó campana o buzo [...] Y no dices una sílaba»; «Se ha movido entre los cimientos del mundo [...] cuando los piratas lo tiraron de la cubierta a medianoche»: Herman Melville, *Moby-Dick; or, The Whale*, Londres, Richard Bentley, 1851.
«When I lay with my bouncing Nell, I gave her an inch, but she took an Ell: But [...] it was damnable hard, When I gave her an inch, she'd want more than a Yard». John Davies of Hereford, «Wits Bedlam» (1617), en *A Dictionary of Sexual Language and Imagery in Shakespearean and Stuart Literature*, vol. 1, Gordon Williams (ed.), Londres, Athlone Press, 1994.

«Ellos les roban a los pobres bajo el resguardo de la ley [...] y nosotros saqueamos a los ricos bajo la protección de nuestra propia valentía»: Capitán Samuel Bellamy, como se registra en *A General History of the Robberies and Murders of the Most Notorious Pyrates*, del capitán Charles Johnson [seudónimo], Guilford, Lyons Press, 2010; publicado originalmente en 1724.

«Me gusta más la manera antigua, la sencillez/del veneno, cuando nosotras también somos fuertes como los hombres»: *The Medea of Euripides*, trad. al inglés de Gilbert Murray, Nueva York, Oxford University Press, 1907; interpretada primeramente en 431 a.C.

«La geografía nos hizo vecinos [...] Aquellos a quienes tanto ha unido la naturaleza, que el hombre no los separe»: John F. Kennedy, pronunciamiento ante el Parlamento canadiense en Ottawa [discurso], 17 de mayo de 1961, transcripción en línea, página web de The American Presidency Project, <http://www.presidency.ucsb.edu/ws/?pid=8136>.

«La mañana roja presagia naufragio al marinero [...] y al ganadero»: William Shakespeare, «Venus y Adonis», en *The Works of William Shakespeare*, vol. 2, Charles Knight (ed.), Londres, George Routledge and Sons, 1875, libro electrónico.

«Somos los dinosaurios, marchando, marchando... Somos los dinosaurios. ¡Ponemos la tierra al revés!»: Laurie Berkner Band, «We Are the Dinosaurs», *Whaddaya Think of That?*, Nueva York, Two Tomatoes Records, 1997.

«He sido desprendida de la tierra para navegar por el océano...», préstamos de una línea de Virginia Woolf en *The Voyage Out*, Londres, Duckworth, 1915: «how strangely they had been lifted off the earth to sit next each other in mid ocean...».

«Calientitos como panecitos, más chiquitos que los demás»: Margaret Wise Brown, *Little Fur Family*, Nueva York, Harper Brothers, 1946.

Algunos detalles de la investigación sobre el hielo de Mínervudottír fueron tomados de Adolphus Washington Greely, *Handbook of Arctic Discoveries*, Boston, Roberts Brothers, 1896.